MÉMOIRE

SEIGNEUR RUSS

TRADUITS PAR

ERNEST CHARRIÈRE

TOME SECOND

PARIS

LIBRAIRIE HACHETTE ET Cⁱᵉ

79, BOULEVARD SAINT-GERMAIN, 79

Librairie HACHETTE et Cie, boulevard Saint-Germain, n° 79, à Paris.

ÉDITIONS A 1 FRANC 25 C. LE VOLUME

FORMAT IN-18 JÉSUS

BIBLIOTHÈQUE DES MEILLEURS ROMANS ÉTRANGERS

Ainsworth (V. Harrison). Abel. 1 v. — Crichton. 2 v. — Jack Sheppard. 1 v.

Andersen : Livre d'images sans images. 1 v.

Anonymes : César Borgia. 1 v. — Les Pilleurs d'épaves. 1 v. — Paul Ferroll. 1 v. — Violette. 1 v. — Whitehall. 2 v. — Whitefriars. 2 v. — Mes Mémoires. 1 v.

Azeglio (Massimo d') : Nicolas de Lapi. 2 v.

Beecher-Stowe (Mrs) : La Case de l'oncle Tom. 1 v. — L. fiancée du ministre. 1 v.

Bersezio (V.) : Nouvelles piémontaises. 1 v.

Braddon (miss) : Œuvres. 33 v. — Aurora Floyd. 2 v. — Henry Dunbar. 2 v. — Lady Lisle. 1 v. — La trace du Serpent. 2 v. — Le Cap. du Vautour. 1 v. — Le Secret de lady Audley. 2 v. — Le Testament de John Marchmont. 2 v. — Le Triomphe d'Eléanor. 2 v. — Ralph l'intendant. 1 v. — La Femme du Docteur. 2 v. — Le Locataire de sir Gaspard. 1 v. — L'Aile des Dames. 2 v. — Rupert Godwin. 2 v. — Le Brasseur du Lieutenant. 1 v. — Les Oiseaux de proie. 2 v. — L'Héritage de Charlotte. 2 v. — La Chanteuse des rues. 1 v. — La Fille de la mer Morte. 2 v.

Bulwer-Lytton : Œuvres. 18 v. — Devereux. 2 v. — Maltravers. 1 v. — Le Dernier des Barons. 2 v. — Le Désavoué. 2 v. — Les Derniers jours de Pompéi. 1 v. — Mémoires de Pisistrate Caxton. 2 v. — Mon roman. 2 v. — Paul Clifford. 2 v. — Qu'en fera-t-il ? 2 v. — Rienzi. 2 v. — Zanoni. 1 v. — Eugène Aram. 2 v. — Alice ou les Mystères. 1 v. — Pelham. 2 v. — Jour et Nuit. 2 v.

Caballero (F.) : Nouvelles andalouses. 1 v.

Cervantes : Nouvelles. Trad. 1 v.

Commins (miss) : L'Allumeur de réverbères. 1 v. — Mabel Vaughan. 1 v. — La Rose du Libau. 1 v.

Currer Bell (miss Brontë) : Jane Eyre. 2 v. — Le Professeur. 1 v. — Shirley. 2 v.

Dickens (Charles) : Œuvres. 27 v. — Aventures de M. Pickwick. 2 v. — Barnabé Rudge. 2 v. — Bleak-House. 2 v. — Contes de Noël. 1 v. — David Copperfield. 2 v. — Dombey et fils. 3 v. — La petite Dorrit. 2 v. — Le Magasin d'antiquités. 2 v. — Les Temps difficiles. 1 v. — Nicolas Nickleby. 2 v. — Olivier Twist. 1 v. — Paris et Londres en 1793. 1 v. — Vie et Aventures de Martin Chuzzlewit. 2 v. — Les grandes Espérances. 2 v. — L'Ami commun. 2 v.

Dickens et Collins : L'Abîme. 1 v.

Disraeli : Sybil. 2 v. — Lothair. 2 v.

Douglas Jerrold : Sous les rideaux. 1 v.

Freytag (G.) : Doit et Avoir. 3 v.

Fullerton (lady) : L'Oiseau du bon Dieu. 1 v. — Hélène Middleton. 1 v.

Gaskell (Mrs) : Œuvres. 8 v. — Autour du sofa. 1 v. — Marie Barton. 1 v. — Cranford. 1 v.

Marguerite Hall : Nord et Sud. 2 v. — Ruth. 1 v. — Les Amoureux de Sylvia. 1 v. — Cousine Phillis. 1 v.

Gerstæcker : Les deux Convicts. 1 v. — Les Pirates du Mississipi. 1 v. — Aventures d'une colonie d'émigrants en Amérique. 1 v.

Gœthe : Werther. 1 v.

Gogol (N.) : Tarass-Boulba. 1 v.

Grenville Murray (E. C.) : Le jeune Brown. 2 v. — La Cabale de boudoir. 1 v.

Hacklænder : Boutique et Comptoir. 1 v. — Le Moment du Bonheur. 1 v. — La Vie militaire en Prusse, 4 séries.
Chaque série se vend séparément.

Hall (Cap. Basil) : Scènes de la Vie maritime. 1 v. — Scènes du Bord et de la Terre ferme. 1 v.

Hauff (W.) : Nouvelles. 1 vol. — Lichtenstein. 1 v.

Hawthorne (N.) : La Lettre rouge. 1 v. — La Maison aux sept pignons. 1 v.

Heiberg (Mme) : Nouvelles danoises. 1 v.

Hildreth : L'Esclave blanc. 1 v.

Immermann : Les Paysans de Westphalie. 1 v.

James : Léonora d'Orco. 1 v.

Jenkin (Mrs) : Qui casse paie. 1 v.

Kavanagh (J.) : Tuteur et Pupille. 2 v.

Kingsley : Il y a deux ans. 2 v.

Kompert : Nouvelles Juives. 1 v.

Lawrence : Maurice Dering. 1 v. — Guy Livingstone. 1 v. — Frontière et prison. 1 v. — L'épée et la robe. 1 v. — Honneur et erreur. 2 v.

Lennep (J. Van) : Les Aventures de Ferdinand Huyck. 2 v.

Lever (Ch.) : Harry Lorrequer. 2 v. — L'Homme du jour. 1 v.

Longfellow : Drames et Poésies. 1 v.

Ludwig (O.) : Entre ciel et terre. 1 v.

Mayne-Reid : La Bête de guerre. 1 v. — La Quarteronne. 1 v. — Le Doigt du Destin. 1 v. — Le Roi des Séminoles. 1 v.

Melville (G. J. Whyte) : Les Gladiateurs. 1 v. — Kate Coventry. 1 v.

Müggo (Th.) : Afraja. 2 v.

Pouchkine : La Fille du Capitaine. 1 v.

Smith (J. F.) : L'Héritage (Dick Tarleton). 3 v.

Stephens (miss A. S.) : Jubilence et Misère. 1 v.

Thackeray : Œuvres. 9 vol. — Henry Esmond. 2 v. — Histoire de Pendennis. 3 v. — La Foire aux Vanités. 2 v. — Le Livre des Snobs. 1 v. — Mémoires de Barry Lyndon. 1 v.

Tourguénef : Mém. d'un seigneur russe. 2 v.

Trolloppe (A.) : Le Domaine de Belton. 1 v.

Trolloppe (Mrs) : La Pupille. 1 v.

Wilkie Collins : Le Secret. 1 v. — La Pierre de Lune. 2 v. — Mademoiselle ou Madame? 1 v. — Mari et Femme. 2 v. — La Morte vivante. 1 vol. — La Piste du crime. 2 v. — Pauvre Lucile! 2 v. — Cache-Cache. 2 v.

Wood (Mrs H.) : Les Filles de lord Oakburn. 2 v.

Zschokke : Aldrich des Mousses. 1 v. — Le Château d'Aarau. 1 v.

COULOMMIERS. — Typographie PAUL BRODARD.

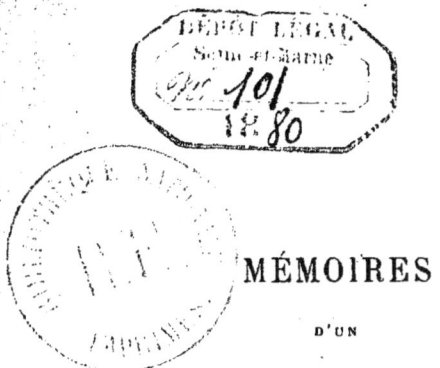

MÉMOIRES

D'UN

SEIGNEUR RUSSE

II

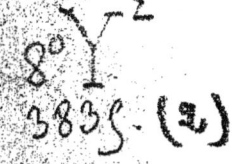

OUVRAGE DU MÊME AUTEUR

QUI SE VEND A LA MÊME LIBRAIRIE

Scènes de la vie russe. 1 vol.

Coulommiers. — Imp. Paul BRODARD.

IVAN TOURGUÉNEFF

MÉMOIRES

D'UN

SEIGNEUR RUSSE

TRADUITS PAR

ERNEST CHARRIÈRE

TOME SECOND

PARIS

LIBRAIRIE HACHETTE ET Cie

79, BOULEVARD SAINT-GERMAIN, 79

1880

MÉMOIRES

D'UN

SEIGNEUR RUSSE

Les deux Seigneurs de village.

J'ai déjà eu l'honneur, chers lecteurs, de vous présenter quelques-uns de mes voisins; je vous demanderai à présent la permission de vous recommander tout spécialement deux gentilshommes propriétaires. Si je les fréquente quelquefois, plus souvent encore il m'est arrivé de chasser sur leurs terres; ce sont d'ailleurs des gens très-estimables, très-droits et qui jouissent de la considération générale dans plusieurs districts de notre gouvernement.

Je vais tâcher de vous décrire bien fidèlement le général-major en retraite Viatcheslaf Illarionovitch Khvalinski : veuillez vous représenter un homme de haute stature, qui n'a pas été sans élégance et sans grâce, aujourd'hui, il est vrai, un peu déformé, mais nullement caduc encore, et pas même ce qu'on appelle un vieillard; c'est un homme mûr, et très-réellement dans la force de l'âge. Quant aux traits de son visage

en particulier, ils ont été fort réguliers, et, quoique
changés, ils sont encore agréables; les joues, j'en conviens, sont un peu affaissées, la traîtresse patte d'oie
s'est empreinte au coin de l'œil sur chaque tempe,
quelques dents manquent à l'appel; les cheveux blonds,
je veux parler de ceux qui ont tenu bon, ont une assez
forte teinte lilas ou violacée qu'ils doivent à un certain
liquide philocome acheté à la foire aux chevaux de
Romène, d'un Juif qui se donnait pour Arménien. Mais
Viatcheslaf Illarionovitch a une démarche ferme et un
rire retentissant; il y a plaisir à entendre tinter ses
éperons, à le voir manipuler sa moustache, et enfin à
l'entendre s'appeler *vieux cavalériste*, tandis que le
vrais vieillards, on le sait bien, ne jouent jamais avec
le mot de vieux quand il s'agit de leurs personnes. Il
porte habituellement un surtout qu'il boutonne jusqu'au menton, une haute cravate d'où ressort un col
empesé, et un pantalon gris qui a je ne sais quelle
ombre de coupe militaire; il met son chapeau horizontalement, ce qui lui donne l'air crâne. Au fond, c'est
un homme très-bon, mais il a des idées et des habitudes assez étranges; par exemple, il lui est impossible
de traiter les nobles sans fortune et sans rang ou sans
emploi comme gens valant autant que lui. S'il leur
adresse la parole, il les regarde obliquement en appuyant fortement l'une de ses joues contre son col
tempesé et raide; ou bien il les prend devant lui à deux
mains, les tient silencieusement fixés sous son regard
écarquillé, fait remonter en bourrelets toute la peau
de son front sous la lisière de ses cheveux, et, s'il
darle, abrége les mots et les prononce autrement, en
défigurant surtout à plaisir les noms propres. Avec les
gens placés dans les rangs inférieurs de la société, il
se conduit d'une façon bien autrement cavalière; il ne

les regarde pas du tout, et, avant de leur expliquer ce qu'il attend d'eux ou de leur donner un ordre formel, plusieurs fois il leur dit d'un air affairé, distrait et ennuyé : « Comment t'appelle-t-on ? hé ! .. Comment, diantre, t'appelle-t-on ?... » en appuyant beaucoup sur le premier mot et en mâchonnant tous les autres, ce qui donne à sa voix, en pareil cas, un petit air de parenté avec le cri du mâle de la caille.

Il est grand faiseur d'embarras, interlocuteur fâcheux s'il en fut, et mauvais administrateur de sa fortune ; il a pris pour régisseur un Petit-Russien [1], qui par extraordinaire se trouve être un sot et un ancien maréchal des logis. Au reste, en fait d'économie rurale, personne dans nos cantons n'est de la force d'un grand fonctionnaire de Saint-Pétersbourg qui, voyant d'après les rapports de son intendant que les granges de ses domaines étaient souvent la proie du feu, ce qui lui faisait perdre beaucoup de blé, donna par écrit l'ordre le plus sévère pour qu'à l'avenir on n'osât plus chez lui mettre une seule gerbe dans les granges avant que l'incendie fût parfaitement éteint.

Ce même haut dignitaire, pour n'avoir plus à craindre l'incendie de ses gerbes, s'avisa d'une invention nouvelle. Il fit ensemencer tous ses champs de graine de pavot ; son calcul était tout simple et superbe en apparence ; le grain de pavot se vend plus cher que le seigle et le froment : donc il est plus avangeux de semer du pavot que des céréales vulgaires. Ami du goût et de l'élégance, comme tout noble habitant des capitales, il ordonna que toutes les babas [2] de son obéissance portassent des *kakochniks* [3] faits d'après un modèle

1. Les Petits-Russiens ont dans la grande Russie la réputation d'avoir beaucoup d'esprit, et surtout l'esprit des affaires.
2. Femmes des paysans serfs ou affranchis.
3. Ornement de tête national bien connu, de la forme d'un énorme sabot de cheval renversé.

envoyé de Saint-Pétersbourg; et en effet, depuis ce jour, les paysannes de ses terres portent des kakochniks très-réduits, qui se posent légèrement sur le haut de la *kika* [1]. Mais revenons à M. le général Khvalinski.

Viatcheslaf Illarionovitch est un redoutable amateur du beau sexe, et il n'a pas plus tôt aperçu soit sur ses terres, soit sur le boulevard de la ville du district, une jolie personne bien chaussée, que tout d'abord il emboite le pas derrière elle, mais presque aussitôt il commence à boiter, et c'est une circonstance qui a été souvent remarquée.

Il aime les cartes, mais on ne le voit jouer qu'avec des gens de condition inférieure, qui lui disent de minute en minute : *Votre Esslence* [2], et qu'il peut railler et gronder à cœur joie. Cependant, s'il lui arrive de faire la partie du gouverneur ou de quelque haut fonctionnaire, il s'opère en lui une prodigieuse métamorphose : il sourit, et il berce son sourire à droite et à gauche; son aménité résiste même à une autre épreuve; il perd et sourit encore au lieu de se plaindre. Viatcheslaf Illarionovitch lit peu; quand il lit, ses moustaches et ses sourcils se relèvent continuellement, et c'est comme s'il s'opérait sur ses traits un flux houleux depuis le menton jusque vers le haut de la tête. On a observé que ce plissement charnu des traits, qui est chez lui l'indice extérieur d'une forte méditation, a lieu plus particulièrement quand il lui arrive (devant ses visiteurs, et non autrement, bien entendu) de parcourir les colonnes du *Journal des Débats*.

1. Bandeau qui, en assujettissant la chevelure des femmes, leur sert aussi de parure quand elles sortent sans kakochnik. La kika, seule, supplée souvent le pavoïnik, sorte de diadème d'où pendent des rubans flottants. Les filles ne portent pas le kakochnik.

2. Le titre d'Excellence n'appartient point aux généraux-ma-

A l'époque des élections, il joue un rôle assez consi-
dérable; mais il refuse obstinément, par esprit de par-
cimonie, les fonctions purement honorifiques de maréchal de la noblesse. « Messieurs, » dit-il ordinairement
aux nobles électeurs qui viennent le pressentir là-dessus; et avec quel aplomb, avec quels airs avantageux
et superbes il leur dit cela! « Messieurs, je suis sensible
à l'honneur que vous me faites ; mais j'ai voué à la solitude tous les moments de mes loisirs. » Après avoir dit
ces mots, il balance mollement sa tête à droite et à
gauche, puis il plonge avec un grand air de dignité son
menton et ses joues dans sa cravate.

Dans sa jeunesse, il a été attaché comme aide de
camp à un très-haut personnage, qu'il ne nomme que
par son nom de baptême, suivi du nom de baptême du
père. On raconte qu'outre ses fonctions d'aide de camp,
il avait pris d'office, sous son général, d'autres fonctions... mais allez donc prêter l'oreille et surtout donner
crédit à de méchants propos! Tout ce que je dirai, moi,
c'est que Khvalinski s'abstenait sagement de parler de
son service et de ses campagnes; c'est étrange, à la
bonne heure, mais cela est ainsi, et je l'approuve. Il
n'avait jamais fait aucune campagne; son épée était
vierge de sang humain.

Le général Khvalinski habite une toute petite maison; il vit seul; il est resté étranger aux douceurs
de l'état conjugal; et il doit à cette circonstance de
pouvoir jusqu'à présent passer dans le pays pour un
parti, et même pour un parti avantageux. On ne s'en
étonnera pas, si l'on prend en considération qu'il possède une ménagère de mérite; c'est une femme de
quelque trente-cinq ans, qui a pour signalement : œil

jors ; mais on le leur donne souvent pour leur être agréable, et
leur oreille s'y fait très-vite

noir, embonpoint, fraîcheur et moustaches presque viriles. Les jours ordinaires, elle est en robe *amidonnée;* les dimanches, elle ajoute à sa toilette des manches de mousseline.

Où Viatcheslaf Illarionovitch est beau à voir, c'est surtout aux dîners de cérémonie donnés par les gentilshommes du pays, en l'honneur des gouverneurs et des autres puissances du jour; là, il est, on peut le dire, tout à fait dans son assiette. On le place en ces occasions, sinon immédiatement à la droite du premier magistrat, du moins à fort peu de distance de ce personnage. Jusqu'au premier entremets, il garde fort convenablement le sentiment intime de sa propre dignité, et, renversant sa tête en arrière, sans la détourner d'une ligne en aucun sens, il glisse un regard oblique sur le revers des têtes et sur les collets brodés des convives. Mais en revanche, à la fin du banquet, il s'égaye, il commence à sourire de tous les côtés (au commencement du repas, il ne souriait que du côté du gouverneur), et quelquefois même il s'émancipe jusqu'à proposer son toast favori en l'honneur *du beau sexe, l'ornement de notre planète.*

Le général Khvalinski figurait encore très-bien à toutes les cérémonies publiques et solennelles, aux examens, aux assemblées de la noblesse, aux expositions. Aux sorties, aux passages, en tous les lieux où l'on a l'ennui d'attendre son équipage, les gens de Viatcheslaf Illarionovitch ne font ni grands gestes ni grands cris; au contraire, en écartant la foule et en appelant la voiture, ils disent avec un agréable baryton de gorge : « Permettez, permettez, veuillez laisser passer le général Khvalinski; » ou : « Ici l'équipage du général Khvalinski! »

L'équipage!... Il est vrai de dire que le véhicule de

Khvalinski est d'une forme surannée ; il est vrai que la livrée de ses laquais est usée (inutile, je crois, de dire qu'elle était de drap gris avec passe-poils rouges), les chevaux sont vieux et fourbus, mais Viatcheslaf Illarionovitch n'a pas la moindre prétention aux vanités de l'élégance léonine, et il est d'un rang où, si l'on se respecte, on ne cherche à jeter de la poudre aux yeux à personne.

Khvalinski n'est pas orateur, ou du moins aucune circonstance n'a pu lui offrir l'occasion de déployer son talent de parole ; il ne souffre ni la discussion ni même une réplique ; il évite toute conversation prolixe, et plus particulièrement avec les jeunes gens. Au fait, c'est plus sûr ; car enfin que ferez-vous avec la nouvelle génération, avec des gaillards tout prêts à sauter à pieds joints par-dessus la ligne de la discipline et du respect ?

Avec les gros bonnets, Khvalinski, le plus ordinairement, se tait ; avec les inférieurs, et il est évident qu'il les méprise, il ne rompt point ses relations, mais il leur tient un langage brusque et tranchant, en commençant par ces formules qu'il a adoptées : « Allons, allons, mon cher, vous dites des bêtises. » Ou bien : « Je me vois, en définitive, obligé, mon cher monsieur, de vous faire observer..... » Ou bien encore : « Vous devez pourtant bien savoir à qui vous parlez, etc., etc., etc. »

Il est redouté surtout par les maîtres de poste, par les juges et par les inspecteurs des maisons de relais. Il ne reçoit personne chez lui et vit, dit-on, comme un ladre. Tout cela n'empêche pas qu'il ne soit un bon gentilhomme de province, un brave militaire, un homme désintéressé qui présente le type honorable du *vieux grognard ;* c'est là ce que vous diront tous ses voisins. Il n'y a guère que le procureur du gouvernement qui se permette de sourire quand on parle en sa présence des qualités distinguées et solides de Khvalinski ; mais, vous savez, l'envie !...

Je crois en avoir assez dit pour vous faire connaître, dans la localité que j'habite, mon honorable voisin de droite. Passons maintenant, je vous prie, à l'autre honorable gentilhomme, qui est mon voisin de gauche.

Mardari Apollonovytch Stégounof ne ressemble en rien à Khvalinski ; Dieu sait s'il a jamais été au service, et jamais il n'a dû passer pour bel homme. Mardari Apollonovytch est un petit vieillard tout rond, tout chauve, à deux mentons, à petites mains mollasses et à panse rebondie. Il est bon vivant et grand farceur : il vit à sa guise, et, comme on dit, il aime ses aises ; en été comme en hiver, on le voit en robe de chambre rayée, doublée de soie sur ouate. Il n'y a qu'un point de commun entre lui et le général Khvalinski : il est, lui aussi, célibataire. Il est possesseur de cinq cents âmes.

Mardari Apollonovytch s'occupe de son bien assez sommairement. Il a acheté, il y a dix ans, à Moscou, pour n'être pas trop en arrière du siècle, une machine à battre le blé ; il l'a enfermée dans une remise et il n'en a plus été question. Parfois, un beau jour d'été, il se fait atteler une béegovaïa-drochka, et va visiter aux champs l'espoir de la moisson prochaine et cueillir des bluets. Mardari Apollonovytch vit comme au bon vieux temps, et l'architecture de sa maison est à l'avenant. Dès son antichambre on est saisi à la fois par les odeurs de kvass, de chandelles de suif et de cuir de bottes ; l'un des coins est orné d'une pyramide de pipes et de tout ce qui se rapporte à ce service. Dans la salle à manger sont les portraits de famille, des mouches, un grand pot de géranium et une épinette criarde ; dans le salon se trouvent trois divans, trois tables, deux glaces et une pendule à réveille-matin, pourvue d'un vieux cadran émaillé et d'aiguilles en bronze sculpté ; le cabinet contient un bureau chargé de papiers, un paravent à fond bleu orné d'estampes découpées provenant des livres du dernier siècle, deux armoires remplies de bouquins, d'araignées et d'épaisses couches d'une poussière noirâtre, et un fauteuil bien rebondi ; cette pièce est éclairée par une fenêtre vénitienne et par les quatre vitres d'une porte-fenêtre condamnée, qui donne sur le jardin. Bref, rien n'y manque.

Mardari Apollonovytch tient à son service un grand nombre de gens, tous habillés, à l'ancienne manière, de longs habits bleus à hauts collets, de pantalons d'une couleur indécise et descendant à peine à la cheville, de gilets jaunâtres, et enfin de cravates consistant en un mouchoir de cou blanc mis en corde. Ces braves gens disent aux visiteurs *père* au lieu de *monsieur* [1]. M. Stégounof a, pour s'occuper de l'économie domaniale, un bourmistre ou bailli choisi parmi ses paysans, c'est un homme dont la barbe finit avec son touloup ; juste aux genoux. Quant à l'économie domestique, le soin en est confié à une vieille femme qui porte pour coiffure un mouchoir de soie à personnages, bien serré sur la tête ; rien de ridé et d'ingrat comme cette figure-là. Dans les écuries de Mardari Apollonovytch sont nourris trente chevaux d'encolures différentes. Le maître fait usage pour ses courses d'une calèche bâclée par ses charrons, ses menuisiers et ses peintres à lui ; elle est solide, mais elle pèse cent cinquante quintaux. On conçoit qu'une telle patache mange beaucoup d'avoine.

M. Stégounof reçoit ses visiteurs avec des acclama-

---

1. *Bateouchka*, au lieu de *soûd'r* pour *soûdar*.

tions et des embrassades, et les régale très-cordiale-
ment, trop cordialement; grâce aux propriétés ahuris-
santes de la cuisine russe, il prive d'emblée son monde
de la faculté de pouvoir se livrer, de toute la soirée, à
aucune autre occupation qu'à une partie de préférence.
Lui-même ne s'occupe jamais de rien ni matin ni soir,
et il a même renoncé à son habitude de lire son *sonnik* [1]. Comme nous comptons encore dans notre chère
Russie un trop grand nombre de seigneurs terriers
taillés sur ce patron, je dois, à ce qu'il me semble, prévoir qu'on me demandera à quel propos je me suis mis
à décrire un Mardari Apollonovytch; eh bien, le fait est
que je me mourais d'envie de raconter une visite toute
récente que je lui ai faite.

Nous sommes en été, j'arrive chez lui à sept heures
du soir; les vêpres venaient de finir; il rentrait, il s'é-
tait fait accompagner par le prêtre, qui était un jeune
homme fort timide, et qui avait quitté depuis un an à
peine les bancs de son séminaire; je trouvai cet ecclésiastique assis près de la porte du salon sur l'angle
d'une chaise. Mardari Apollonovytch me fit comme toujours un accueil des plus chauds; c'est un homme très-
bon, très-cordial, et à qui toute visite fait un plaisir
réel qu'il n'a pas à feindre et ne sait pas dissimuler. Le
prêtre se leva et me regarda.

« Un moment! un moment! dit à ce jeune homme
Mardari Apollonovytch sans lâcher ma main, ne t'avise
pas de sortir; j'ai ordonné qu'on te présentât de l'eau-
de-vie.

— Je n'en bois pas, murmura avec inquiétude le
jeune ecclésiastique en rougissant jusqu'aux oreilles.

— Qu'est-ce que c'est que cette plaisanterie? allons

1. Sonnik, interprète des songes, l'un des plus **sots livres**
qu'ait jamais produits l'Onirocritie.

donc ! répondit Mardari Apollonovytch. Hé ! Michka !
Eouchka ! de l'eau-de-vie, et lestement, au bon père ! »

Eouchka, un grand et maigre septuagénaire, entra
aussitôt, portant un verre à madère rempli d'eau-de-vie
sur un plateau où je crus distinguer une scène de nym-
phes au bain, peinture dont il ne restait à peu près
intactes que quelques parties excessivement charnues.

Le prêtre insistait pour ne point boire.

« Bois, mon père, bois ; allons, pas de *contorsions*,
chez moi, vois-tu, ce n'est pas reçu ! » dit le gentilhomme d'un ton de doux et sincère reproche.

Le pauvre jeune homme obéit.

« Eh bien, à présent, mon père, tu peux t'en aller. »

L'ecclésiastique le remercia de sa bienveillance par
des inclinations de tête.

« C'est bon, c'est bon, va. Charmant homme, je vous
assure, me dit Mardari Apollonovytch en suivant de l'œil
le prêtre qui se retirait : je suis très-content de lui, sauf
qu'il est... jeune encore. Ah çà, vous, cher voisin, vous,
vous, vous, comment cela va-t-il ?... Allons sur le balcon... hein ! quelle belle soirée ! »

Nous passâmes sur le balcon, nous nous assîmes et
nous mîmes à causer. Mardari Apollonovytch, tout en
babillant, regarda en bas, et tout à coup je le vis tout
hors de lui, tout transporté de colère.

« A qui sont ces poules ? cria-t-il ; à qui ces poules qui
courent dans le jardin ? Eouchka ! Eouchka ! cours vite,
vite, savoir à qui ces poules qui courent dans le jardin...
Combien de fois j'ai défendu !.. Combien de fois j'ai dit !.. »

Eouchka courut.

« Quel désordre ! je vous demande un peu... quel
désordre ! c'est une horreur ! » ajouta-t-il. Mardari Ap-
pollonovytch était fort courroucé.

Les malheureuses poules, au nombre de trois, et si je

m'en souviens bien, l'une tigrée en roux, l'autre en gris,
la troisième toute blanche et huppée, continuaient d'aller et venir sous les pommiers, exprimant leurs impressions par un gloussement prolongé, quand tout à coup
le vieux Eouchka, la tête nue, une houssine à la main,
et trois autres domestiques mûrs fondirent ensemble
et crânement sur cette volaille irrévérencieuse. L'affaire fut chaude. Les poules criaient, battaient des ailes,
faisaient des sauts et des bonds extraordinaires, appelaient du renfort par des cris désespérés ; les assaillants
faisaient des feintes, se croisaient dans la course, se heur-
taient, tombaient, pirouettaient et s'accrochaient aux
branches en se relevant ; — le bârine, à côté de moi sur
le balcon, criait comme un furieux : « Pille! pille! pille!
Empoigne donc! Ah! les imbéciles! mais à qui diantre
sont donc ces poules? » Enfin, un des quatre poursui-
vants, par un effort suprême, se vit maître de la blanche à la huppe, qu'il écrasa de sa poitrine contre terre,
— et, dans le même instant, de la rue, par-dessus la palissade, vint sauter dans le jardin une jeune fille de quelque onze ans, tout ébouriffée, une broutille à la main.

« Ah! voilà donc à qui sont les poules! dit le bârine
tout triomphant, les poules du cocher Ermile ; il a envoyé sa petite Natalka les ramener. Il n'a eu garde d'envoyer Prascovie... bon! ajouta le gentilhomme entre ses
dents ; et il rit d'une manière très-significative. Eh!
Eouchka! laisse les poules en repos et m'amène ici
Natalka. »

Mais avant qu'Eouchka, qui était essoufflé, fût parvenu à l'endroit où se tenait la pauvre petite, madame
la ménagère, tombant là on ne sait d'où, l'avait saisie
par le bras et lui avait déjà porté quelques bons coups
en plein dos....

« Ahi! attrape! ouhi! ouhi! té té té té té..., disait pen-

d.int cette exécution-là le bon bârine, comme elle y va!
Hé! Avdotia, n'oublie pas de faire saisir les poules,
ajouta-t-il de sa plus forte voix.» Puis se tournant vers
moi : « Quelle chasse, hein? dites-moi un peu; en voilà
une chasse! voyez, j'en suis tout en sueur. »

Et Mardari Apollonovytch éclata de rire.

Nous restâmes sur le balcon.

La soirée était tout ce qu'on peut imaginer de plus
beau. On nous servit le thé.

« Dites-moi, je vous prie, Mardari Apollonovytch, ces
chaumières reléguées là-bas sur la route, derrière le
ravin, est-ce que c'est à vous ?

— Eh oui; quoi donc?

— A vous, sans plaisanterie? Eh bien! Mardari Apollonovytch, je ne l'aurais pas deviné; mais c'est un péché
que vous avez sur la conscience et que je sais de vous
maintenant. Des cases étroites, misérables, détestables,
et pas un arbre autour, pas un buisson! pas même un
vivier, une mare à canard; un puits, oui, un seul et
dans un état déplorable. Est-ce que vous n'avez pu
trouver un autre emplacement? Un chasseur m'a raconté qu'on a ôté à ces malheureux d'anciennes chènevières qui étaient leur seule ressource.

— Et que voulez-vous qu'on fasse avec le cadastre ?
me répondit Mardari Apollonovytch. Ah! ce cadastre, je
l'ai là. (Il s'appuya avec force la main droite sur la nuque.) Et je ne présage, moi, rien de bon de ce fameux
cadastre. Si je leur ai ôté des chènevières, si je ne leur
ai pas creusé de viviers, c'est que... enfin ce sont là,
n'est-ce pas, des choses... que je sais fort bien moi-
même. Je suis, voyez-vous, moi, monsieur, un homme
simple, un homme d'autrefois; ce qu'on faisait avant
moi, je le fais; le seigneur est seigneur, le paysan est
paysan : voilà toute ma règle. »

A des arguments si clairs et si convaincants, il n'y
avait certainement rien à répondre.

« Et puis, reprit-il, dans cet endroit dont vous parlez,
ce sont de mauvais paysans ; ce sont des paysans mis
au ban du domaine. Il y a là deux familles surtout que
feu mon père n'aimait point et qu'il ne pouvait pas
souffrir... Je ne l'ai point oublié ; et j'ai, voyez-vous,
toujours fait cette remarque, que si le père est voleur,
le fils aussi est voleur ; pensez là-dessus ce qu'il vous
plaira. Oh! le sang ! le sang est tout ! »

Le vent était tout à fait tombé. De temps en temps
il passait quelque faible brise ; un de ces légers courants,
en venant expirer contre la maison devant laquelle
nous étions assis, apporta à notre ouïe un bruit de coups
mesurés et nombreux partant soit de l'écurie, soit des
remises que nous avions à notre droite. Mardari Apol-
lonovitch portait à ses lèvres sa soucoupe remplie, et
déjà il allait élargir du double ses narines, opération
sans laquelle on sait qu'aucun vrai Russe pur n'aspi-
rerait son thé avec plaisir; mais il s'arrêta, prêta l'o-
reille, hocha la tête, ingurgita une cuillerée, et, plaçant
la soucoupe sur la table, prononça avec un sourire de
grande bonhomie, et comme s'il accompagnait involon-
tairement de la voix les sons tels quels que nous en-
tendions : « Tcheouki! tcheouki! tcheouki! tcheouk!
tcheouki! tcheouki! tcheouk!

— Qu'est-ce que c'est que cela? lui demandai-je
avec étonnement.

— Ce n'est rien; un drôle que je fais fouailler d'importance; Vacia, mon buffetier, vous savez?

— Vacia, dites-vous?

— Eh oui! Vacia, qui à dîner, avant-hier, nous servait à
boire. Ce grand, vous vous rappelez, qui a de si énormes
favoris! de vraies brosses. Ah! vous y êtes à présent?»

La plus profonde indignation n'aurait pu tenir devant le regard limpide et naturellement doux de Mardari Apollonovytch. Je m'abstins de tout geste et de toute parole, mais il paraît que mon œil, braqué sur sa bonne face réjouie, lui donna un peu à penser, car presque aussitôt :

« Qu'est-ce qu'il y a, jeune homme? voyons, qu'est-ce qu'il y a? me dit-il en branlant la tête... Je suis un grand scélérat; ah! oui, à voir comme vous me regardez... Vous savez le proverbe : « Qui aime bien, châtie « bien. » il n'est pas d'hier ce principe-là. »

Un quart d'heure après cette conversation, je pris congé de Mardari Apollonovytch et partis.

En traversant le village, j'entrevis le *buffetier* Vacia, l'homme aux grands favoris. Il longeait la rue, et, tout en marchant, il croquait des noisettes. Je fis arrêter ma calèche et j'appelai cet homme.

« Qu'est-ce que c'est donc, frère? on t'a châtié aujourd'hui?

— Comment se fait-il que vous sachiez cela? répondit Vacia.

— Je le sais parce que ton maître me l'a dit.

— Mon maître lui-même?

— Oui. Çà, pourquoi t'a-t-il fait rosser?

— Il y avait une raison, monsieur, certainement. *Chez nous*, on n'est pas rossé sans cause... non, non, non; *chez nous*, rien de pareil, non, non; *chez nous*, le bârine n'est pas comme ça; *chez nous*, c'est un bârine... Ho! ho! ho! un tel bârine... non, non, il n'a pas son second dans tout le gouvernement, allez!

— En route! » dis-je à mon cocher.

Voilà, voilà bien la vieille Russie, pensai-je en rentrant chez moi.

II

Lébédiane ou la petite ville russe.

Un des principaux avantages de la chasse consiste en ce qu'elle vous fait perpétuellement passer d'un lieu à un autre, et, pour un oisif, cette locomotion est d'un agrément incontestable. Il faut bien avouer que parfois, surtout en temps de pluie, il n'est pas fort plaisant d'errer dans des chemins de traverse, d'aller à la garde de Dieu, d'arrêter chaque paysan qui passe pour lui dire : « Hé! l'ami, par où faut-il prendre pour gagner Mordovka? » Et, à Mordovka, d'aller demander à une baba stupide (les hommes sont tous aux champs) s'il y a loin avant de rencontrer quelque auberge de grande route et quel est le chemin le plus direct pour y arriver; et, après avoir parcouru encore dix verstes avec des chevaux éreintés, de se voir, non devant une auberge, mais dans quelque village seigneurial très-misérable, du nom de Khoudoboubnof, au grand étonnement de tout un troupeau de pourceaux pataugeant au beau milieu de la rue, plongés la plupart jusqu'aux oreilles dans une boue noirâtre, et n'imaginant guère qu'âme qui vive puisse venir les troubler dans le bain où ils s'ébattent à loisir. Il n'est pas amusant non plus d'être cahoté de proche en proche sur les ponts branlants, d'opérer une descente dans de profonds ravins, de passer un gué à travers les embranchements d'un courant lent et marécageux ; rien de moins délicieux

que de rouler des journées entières sur la mer ver-
doyante de certaines de nos grandes routes, ou, que
Dieu vous en préserve! de vous embourber, pour quelques heures, **devant un** poteau à inscription énigmatique ou qui **n'indique** rien; il est peu appétissant de
se nourrir d'œufs, de laitage et de notre fameux pain
de seigle... Mais tous ces petits désagréments sont com-
pensés par des avantages et des plaisirs incontestables.
Au reste, abordons notre sujet plus directement.

Après ce que je viens de dire, il serait superflu d'expliquer au lecteur de quelle manière, il y a cinq ans,
je suis tombé en plein Lébédiane dans le coup de feu
même de la foire aux chevaux qui s'y tient une fois
l'an. Un chasseur, c'est connu, peut un beau matin
franchir la limite de son domaine plus ou moins patrimonial avec le ferme propos d'être de retour dans sa
seigneuriale maison le lendemain au soir, et, toujours
marchant et toujours tirant ici la caille, là la bécasse,
se voir enfin face à face dans le miroir d'un des remous
de la Petchora. Ce qu'on ne sait pas moins, c'est que
tout amateur du chien, du fusil à deux coups et de la
gibecière, est en même temps un des plus passionnés
adorateurs du cheval, le plus noble animal de la création. J'arrivai donc, un peu à l'aventure, à Lébédiane.
Une fois arrivé, je pris vite mon parti de m'emparer
d'un numéro d'auberge, de m'habiller tout bourgeoise-
ment et de me rendre à la foire. Un garçon d'auberge,
grand efflanqué de vingt ans, à voix de ténor nasillard,
était déjà parvenu, en me déshabillant et en me versant de l'eau, à m'informer, en fermant les yeux de respect, que Son Éclat, le prince N. N. N., remonteur du
régiment des carabiniers à cheval, occupait le numéro 1
de l'auberge; qu'il était arrivé à Lébédiane beaucoup
d'autres gentilshommes et seigneurs; que le soir il y

2

aurait des chants de bohémiens, et qu'on donnait au
théâtre *Pan Tverdovski*[1] ; que les chevaux se vendaient
à de bons prix, mais, qu'au reste, il en avait été amené
un beau choix.

Je gagnai le champ de foire; là, je vis plusieurs
interminables rangées de chariots, et derrière les chariots des chevaux de toutes les races possibles : chevaux
de haras, trotteurs, chevaux de charroi, de roulage,
de trait, de labour et simples rosses de paysan. Plusieurs, bien nourris et soigneusement étrillés, étaient
distribués par nuances de pelage, couverts de housses
bariolées, attachés de fort près à la haute traverse du
fond des kibitkas, rangeant craintivement leur train de
derrière sous l'ombre du fouet, à eux trop bien connu,
de messieurs les maquignons leurs maîtres. Les chevaux de seigneurs, envoyés par de riches gentilshommes
d'un rayon de cent et de deux cents verstes, sous la
garde de quelque vieux cocher et de deux ou trois in-
trépides garçons de haras, secouaient leur longue encolure, piétinaient d'ennui et rongeaient les dossiers des
télègues. Les juments de Viatka, au pelage rouan vi-
neux, se tenaient étroitement serrées les unes contre
les autres; on voyait au contraire, immobiles comme
des lions de bronze, se tenir séparés, à distance
presque égale et à quelques doigts l'un de l'autre, les
trotteurs aux larges croupes, aux fortes queues ondu-
leuses, aux jambes velues au-dessus du sabot, à la robe
gris pommelé, ou noire, ou alezan. C'était devant ceux-
ci que les amateurs s'arrêtaient avec une respectueuse
admiration.

Au milieu d'une cohuc bigarrée, dans les rues et dans
les ruelles formées par les chariots, pullulaient des

1. *Monsieur Tverdovski*, titre de comédie.

groupes d'hommes de tout âge, de toute condition et de
tout aspect; c'étaient des maquignons en cafetans bleus,
en hauts bonnets, qui scrutaient les allants et les ve-
nants, et guettaient les acheteurs d'un œil très-subtil;
des bohémiens aux yeux éraillés ou striés de bile, à la
chevelure noire et bouclée, qui se croisaient en tout
sens, s'agitant comme des chats échaudés, tout en regardant les chevaux aux dents, tout en leur relevant
les pieds et la queue; et ils criaient, s'injuriaient, se
portaient médiateurs, tiraient au sort, faisaient leur
manége autour d'un remonteur en casquette à passe-
poil jaune ou bleu, ou rouge, et en manteau militaire,
à collet de castor. Un gros et grand Cosaque passait à
cheval sur un hongre des plus maigres, à encolure de
cerf, qu'il vendait tout sellé et bridé. C'étaient des
paysans en touloups déchirés à l'aisselle, qui se faisaient jour en vrais désespérés au travers de la foule
compacte; toute une douzaine de gars s'élançant dans
un chariot attelé d'un cheval qu'il s'agissait d'aller essayer au large; ou bien des gens qui, quelque part, en
un lieu distinct, avec le secours d'un agile tsigane,
marchandaient à tomber de fatigue, cent fois tôpaient
et cent fois se trouvaient avoir tenu chacun à leur prix
au sujet d'une méchante rosse couverte d'une natte
recroquevillée et tout en lambeaux, tandis que la rosse
clignotait fort paisiblement, comme s'il n'eût pas été
question d'elle dans l'affaire; que lui importe, en effet,
par qui elle sera bâtonnée!

Sur un autre point se tenaient des seigneurs terriers,
au front large, aux moustaches teintes, aux grands airs
de dignité, en *confédérates*, en *tchouyekas*[1] de camelot,
une manche passée l'autre ballante, causant avec des

---

1. Habits fantasques, à dénominations fantasques, que portent
les riches et nobles campagnards russes.

marchands ventrus, en bonnets fourrés de duvet et en
gants verts. Des officiers de cavalerie de divers régi-
ments se rencontraient en cet endroit ; un long, long
cuirassier, natif de nos provinces allemandes, demandait, avec un admirable flegme, à un maquignon boiteux des plus ingambes, combien il voulait recevoir
d'un cheval roux qu'il désignait par un mouvement de
son menton ; un hussard, blond, qui n'avait certes pas
vingt ans, s'intéressait à un cheval qu'il voulait atteler
en volée et assortir à sa maigre haquenée. Un voitu-
turier, en chapeau tromblon très-bas et pourvu d'une
plume de paon, vêtu d'un cafetan roussâtre, et ganté de
mitaines de cuir qu'il mettait plus volontiers à califour-
chon sur son étroite ceinture verte qu'à ses mains, était
en quête d'un bon timonier. Les cochers nouaient artis-
tement la queue de leurs bêtes, mouillaient de salive
leur crinière, et paraissaient donner à leurs maîtres de
respectueux conseils.

Ailleurs, des groupes se détachaient ; c'étaient les gens
qui venaient de conclure entre eux un marché, et qui
couraient l'*arroser* à l'auberge ou au cabaret, selon leur
condition. Et tout cela, formant un tohu-bohu infernal,
se remuait, criait, grouillait, se fâchait, gesticulait, s'a-
paisait, grondait, riait, piaffait, courait dans la boue
jusqu'aux genoux. J'avançais avec peine dans cette
foule ; je voulais faire l'acquisition d'un bon petit troïge[1]
pour ma britchka ; celui que j'avais était un peu à bout
de forces. Je trouvai deux chevaux pareils qui me con-
vinrent ; mais il me fut impossible de leur découvrir un
camarade tant soit peu sortable.

Après un dîner que je ne me charge pas de vous décrire (me souvenant combien il en a coûté au pauvre

---

1. Attelage de trois chevaux qui doivent être de taille, de robe
et d'âge assortis.

Énée de rappeler à sa mémoire un passé douloureux),
je me rendis à l'endroit que, dans la localité, on nomme
intrépidement un café; c'est un lieu où chaque soir
s'assemblent les commissaires aux remontes, les propriétaires ou régisseurs de haras et autres personnes de
quelque importance. Dans la salle de billard, échauffée
et obscurcie par les lourdes bouffées de la fumée de
tabac, se trouvaient une vingtaine de personnes faisant
galerie. Là étaient de jeunes nobles provinciaux en surtout à brandebourgs et en pantalons gris, aux petites
moustaches huilées, regardant autour d'eux d'un regard fier et hardi; d'autres en *casaquins* ronflaient in-
supportablement. Dans les angles, quatre marchands,
serrés comme des harengs en caque, faisaient un
groupe particulier; des officiers causaient en toute liberté, mais entre eux. Les joueurs étaient le prince
N. N. N., jeune homme de vingt ans, à la physionomie
ouverte, avec une pointe d'esprit dédaigneux, en surtout déboutonné, en chemise de soie rouge et en larges
charovars [1] de velours noir, et Victor Khlopakof, ex-
sous-lieutenant.

L'ex-officier Victor Khlopakof, homme petit, brun,
maigrelet, âgé de quelque trente ans, crin noir, œil
noir, nez épaté et de travers, fait profession de fréquenter les foires et les élections des magistrats qui ne sont
pas à la nomination des ministres de l'intérieur ou de la
justice. Il sautille en marchant, arrondit ses bras comme
les anses d'un pot, en repliant ses poignets sur ses
hanches, porte son bonnet sur l'oreille, et retourne les
parements de l'emmanchure de son surtout militaire,
qui est doublé d'un calicot sujet à changer de nuances.
M. Khlopakof a le talent de se faufiler très-vite parmi

1. Pantalon bouffant.

tous les riches écervelés pétropolitains[1] dont nos pays
ont la visite; il boit, fume avec eux, il fait leur partie et
les tutoie. D'où vient qu'ils lui accordent ces privautés,
c'est ce qu'il est assez difficile de démêler. Il n'a pas
d'esprit, il n'est pas même amusant; comme bouffon, il
ne vaut décidément rien. Il est vrai que les jeunes gens
de passage le traitent comme un bon enfant vulgaire,
dont la familiarité d'un jour est sans conséquence; on
en voit qui vont avec lui bras dessus bras dessous pendant deux ou trois semaines de suite ; puis tout à coup
ils ne le connaissent plus, ne le saluent plus, et lui, de
son côté, sait très-bien faire mine de ne les pas même
apercevoir.

Une singularité de l'ex-officier Khlopakof consiste à
employer un an ou deux de suite, et constamment, une
seule et même expression placée soit à propos, soit hors
de tout propos, une expression qui n'a communément
rien de drôle, et qui, ainsi répétée à satiété, obtient l'incroyable succès de faire rire tous ceux qui l'entendent.
Par exemple, il y a huit ans, il était entêté de cette
phrase : *Vous avez mon respépec; je vous remercicie.*
Et ses camarades momentanés d'alors se pâmaient de
rire à tout coup, et lui faisaient répéter ce *respépec* et
ce *remercicie;* plus tard, il se mit à employer avec un
succès tout aussi éclatant une expression plus compli-
quée et où s'entremêlaient des mots français rendus mé-
connaissables : « Non, pour cela, déjà, vous, oh ! oh !
non, macié, quessquécé, dame, ça se trouve comme
ça. » Il y a deux ans, c'était un autre tic; il rabâchait
avec les mots français que je souligne : « *Ne vous* fâchez
pas, homme du bon Dieu cousu dans une peau de mou-
ton. » Eh bien, on me l'a assuré et je l'ai vu, ces mé-

1. De Saint-Pétersbourg.

chants petits mots qui, vous le voyez, n'ont rien que
d'absurde, mais gagnent encore en absurdité par leur
répétition continuelle, nourrissent, abreuvent et habil-
lent leur auteur, gentilhomme qui, depuis huit ou neuf
ans, a mangé et bu son patrimoine et ne possède aucune
ressource connue.

Notez bien qu'il n'y a en lui aucune autre espèce de
bonne grâce ni de gentillesse, à moins que les jeunes
voyageurs ne lui comptent encore comme un talent la
faculté de fumer cent pipes de tabac de Joukof dans sa
journée, et, quand il joue au billard, de lever la jambe
gauche plus haut que sa tête en visant, de limer pendant deux minutes sa main gauche avant de frapper
sa bille... mais on conviendra que c'est là un mérite
que tout le monde ne goûte pas. C'est, dirai-je encore à
sa louange, un gaillard qui boit sec... mais nous sommes
en Russie où l'on se fait difficilement distinguer en ce
genre. Bref, la base du succès de M. Khlopakof me
semble tout à fait problématique; je ne nie pas le succès lui-même, puisque tout au contraire je le constate;
c'est la cause que je n'entrevois pas : tout ce que je puis
aire, c'est de conjecturer que ce gentilhomme est circonspect dans ses exploits, qu'il a soin de ne jamais
rop s'émanciper avec personne, et que jamais il ne
dira le moindre mot un peu vif ni à quelqu'un, ni sur
aucun de ceux qui le régalent.

« Ah! ah! pensai-je à la seule vue de Khlopakof, quel
sera aujourd'hui son dada, son nouveau dicton? »

Le prince fit la blanche.

« Trente à rien, » cria le marqueur, pauvre poitrinaire au visage sombre et aux yeux plombés.

Le prince bloqua la jaune dans un des coins.

« Ohi! » fit avec un mouvement de tout son ventre
un gros marchand qui était assis dans un angle de la

salle, avec une petite table devant lui. Il s'effraya lui-
même de son cri d'approbation; mais il reconnut avec
bonheur que personne n'y avait pris garde... il respira
et se caressa la barbe.

« Trente-six à rien, cria le marqueur.

— Que diras-tu de ce bloqué, frère? dit le prince à
Khlopakof.

— Bah! qu'est-ce qu'il y a à dire d'un rrrracaliooooo?
car c'est positivement un rrrracalion. »

Le prince poussa un grand éclat de rire en disant:
« Quoi? quoi? Comment? Répète-moi cela.

— Un rrrracaliooo, quoi! redit avec suffisance l'ex-
sous-lieutenant.

— Voilà le mot, voilà le pauvre mot qui en a pour deux
ans au moins à être remâché! pensai-je en moi-même.

— Eh! qu'est-ce que vous allez jouer là, prince? ce
n'est pas le jeu! balbutia tout à coup un petit officier
blond aux petits yeux rouges, au tout petit nez, au petit
visage d'enfant mal éveillé. Vous ne jouez pas le jeu;
pourquoi pas sur la blanche, et la jaune après?

— Comment, la blanche? dit le prince en regardant
de dessus son épaule le fin conseilleur.

— Eh oui, au triplé.

— Ah! c'est vrai, je n'y aurais pas pensé, marmotta
le prince entre ses dents... Et il joua sur la rouge.

— Çà, prince, ce soir, vous irez aux bohémiens? se
hâta de dire, pour couvrir sa retraite, le jeune homme
un peu confus. Stechka chantera... Iliouchka... »

Le prince ne lui répondit pas.

« Rrracaliooo, frère! » dit avec précaution Khlopakof
à l'adresse du jeune officier, en fermant l'œil gauche.

Et le prince rit aux éclats.

« Trent-neuf à rien! dit le marqueur.

— A rien! à rien! imbécile! regarde un peu comme

je vais faire cette jaune... (Khlopakof lima, relima, visa et... manqua de touche). Eh rrrrakaliooo... lione ! s'écria-t-il avec dépit.

— Comment? comment as-tu dit, cette fois? » dit le prince de nouveau en proie au fou rire.

Mais Khlopakof ne répéta point son mot. Il faut en tout un peu de coquetterie.

« Vous avez manqué de touche; cela fait quarante à rien, dit le marqueur impassible.

— Oui, messieurs, dit le prince en s'adressant à toute l'assemblée, sans regarder, au reste, personne en particulier; vous savez qu'aujourd'hui on est convenu de rappeler sur la scène la Verjembitski.

— Comment donc, comment donc! *absolument* [1], s'écrièrent à l'envi les unes des autres plusieurs personnes, extrêmement flattées de pouvoir placer quelques mots tout haut à la suite de la harangue du prince. La Verjembitski, comment donc!

— La Verjembitski est une actrice excellente, bien supérieure à la Sopniakof, » dit de son coin un petit homme chétif à courtes moustaches et en lunettes rondes.

Le malheureux ! il soupirait notoirement pour la Sopniakof, pour qui il dépouillait de fleurs son jardin, et le prince ne l'honora pas même d'un regard pour prix de la servilité de son opinion !

« Gâssson, hé gâsson, une pipe! » dit aux deux tiers dans sa cravate un monsieur de haute stature, d'une figure régulière et d'une prestance des plus dignes, probablement un escroc.

Le garçon courut chercher une pipe, et, après l'avoir donnée à l'inconnu, il annonça au prince que le voiturier Baklaga demandait à lui parler.

---

1. Locution familière aux Russes en matière d'affirmation.

« Ah ! bien ; dis-lui d'attendre, et présente-lui un bon verre d'eau-de-vie. »

Baklaga [1], comme on me l'a raconté plus tard, était le sobriquet que l'on avait donné à un jeune voiturier, de jolie figure, et extrêmement gâté ; le prince l'aimait, lui donnait des chevaux, faisait avec lui des excursions, passait avec lui des nuits entières... Je dirai, en passant, que ce même prince, qui a été un grand écervelé et un prodigue, n'est déjà plus reconnaissable au moment où je trace ces lignes. Je l'ai revu il y a peu de mois, et on ne saurait croire combien il est devenu musqué, empesé, fier ; combien il est occupé du service.,.. et surtout combien il est.... prudent.

La fumée du tabac commençait à me picoter les yeux. Après avoir entendu une dernière fois le mot magique de Khlopakof et le rire du prince, je regagnai mon auberge et ma chambre, où déjà, sur un divan étroit et déprimé, à haut dossier cintré, un valet avait fait mon lit.

Le lendemain j'allai voir les chevaux à vendre qui stationnaient dans les cours de plusieurs maisons, et je commençai par ceux d'un maquignon fameux du nom de Sitnikof. J'entrai par un guichet dans une cour qui avait été couverte de quelques tombereaux de sable. Devant la porte ouverte de l'écurie se trouvait Sitnikof lui-même ; c'est un homme d'un certain âge, gros et grand, en petit touloup de lièvre, le collet dressé contre la nuque par derrière et rabattu en dehors sur les côtés. A ma vue, il se mit tout de suite en mouvement vers moi, souleva de ses deux mains son bonnet au-dessus de sa tête, et me dit avec une sorte de canti-lène :

1. Ce mot, en russe, désigne une sorte de vase à double fond.

« Nos respects, bârine, nos respects ; vous êtes sans doute venu voir mes petites bêtes ?

— Oui, je suis venu voir vos chevaux.

— Oserai-je vous demander quelle sorte de chevaux il vous faut ?

— Montrez-moi les chevaux que vous avez.

— Avec plaisir. »

Nous entrâmes dans l'écurie. Trois ou quatre chiens blancs sortirent du foin et vinrent à nous en remuant la queue ; un vieux bouc barbu s'éloigna mécontent ; trois hommes d'écurie, en épais touloups bien noirs de crasse, nous saluèrent en silence. A droite et à gauche, dans des stalles habilement exhaussées, se trouvaient environ trente chevaux peignés, lavés, nattés, étrillés à merveille. Sur les cloisons et sur les râteliers voletaient et roucoulaient des pigeons.

« Il vous faut un cheval de trait ou bien de haras ?

— Un cheval de trait, jeune et entier.

— Bien, bien, bien, dit le maquignon en égrenant ses mots. Hé, Péetia, amène ici à monsieur notre Gornostaï. »

Nous retournâmes dans la cour.

« Mais n'ordonnez-vous pas qu'on vous apporte ici un banc ?... non ?... comme il vous plaira. »

On entendit des pas de cheval sur les ais de l'écurie, un fouet claqua, et Péetia, garçon de quarante ans, grêlé et très-hâlé, s'élança, tapant par la bride un étalon gris d'assez belle apparence, le fit lever sur ses pieds de derrière, fit avec lui deux fois, en courant, le tour de la cour, et le fit arrêter avec assez d'adresse juste devant nous, dans l'endroit le plus avantageux. Gornostaï s'étira, s'ébroua, hennit, balança sa queue, remua beaucoup la tête et fit une gracieuse courbette à notre intention.

C'est un oiseau bien appris, pensai-je.

« Lâche-lui un peu la bride; encore, encore! dit Sitnikof qui se mit à me bien observer.... Eh bien, dit-il enfin, quelle est votre idée ?

— Ce n'est pas un mauvais cheval, mais les jambes de devant ne sont pas fortes.

— Tout ce qu'il y a de plus solide, répliqua le maquignon d'un ton de parfaite conviction ; et la croupe, hein? ayez la bonté d'examiner cela.... un vrai dessus de poêle, c'est à donner envie de s'y coucher.

— Les paturons sont trop développés en longueur.

— Quelle longueur, de grâce? Hé! Péetia, fais courir... Au trot, au trot, au trot! on te dit; ne le laisse pas galoper. »

Péetia recommença son manége. Comme nous nous taisions tous, Sitnikof dit à Péetia : « Bien, reconduis-le dans sa stalle, et amène-nous ici Sokol. »

Sokol, étalon moreau de sang hollandais, à croupe cambrée et à panse levrettée, me sembla un peu meilleur que Gornostaï. Il était du nombre de ces chevaux dont les chasseurs disent : *Ils sabrent, massacrent et font prisonnier*, c'est-à-dire ils se tortillent en marchant, jettent les deux pieds de devant à droite et à gauche, et font peu de chemin. Les marchands entre deux âges ont de l'affection pour cette sorte de chevaux, dont le trot rappelle l'allure d'un agile garçon de restaurant; ils sont bons à être attelés seuls pour une promenade de l'après-dînée : cheminant avec élégance et le cou légèrement incliné de côté, ils tirent courageusement une lourde et grossière drochka chargée d'un cocher qui a mangé comme dix hommes, d'un grand marchand efflanqué souffrant d'une maladie de cœur, et de son énorme dame enveloppée de soie bleu de ciel, et portant sur la tête un mouchoir de soie posé

comme une étroite calotte. Je renonçai à Sokol.
Sitnikof me fit voir encore quelques chevaux.... A la
fin un gris pommelé des haras de Voëikof me plut dès
le premier coup d'œil; je ne pus me refuser le plaisir
de lui caresser la tête et le flanc. Sitnikof feignit aussitôt une grande indifférence.

« Celui-ci marche-t-il bien? lui demandai-je. (Quand
il s'agit d'un coureur, on ne demande pas s'il court.)

— Oui, il marche, répondit tranquillement le maquignon.

— Ne peut-on pas voir un peu?

— Pourquoi donc pas? Hé, Koûzia, attelle vite Gris-
la-pomme à la drochka. »

Koûzia, qui était grand maître en ces sortes
d'épreuves, passa trois fois devant nous dans la rue.
Gris-la-pomme était un cheval qui courait bien, qui ne
butait point, qui ne ruait point, qui avait le jeu du jarret
libre et correct, et la queue détachée et bien portée. Je
demandai à Sitnikof ce qu'il voulait de ce cheval; il me
fit un prix extravagant. Nous commencions à marchan-
der sérieusement dans la rue même, quand tout à coup,
de l'angle de la rue voisine s'élança comme au vol un
troïge magistralement dirigé, qui s'arrêta net et avec
une précision mathématique devant la porte cochère
de Sitnikof.

Dans un élégant chariot de chasse était assis le prince
N. N.; près de lui se faisait apercevoir Khlopakof.
Baclaga menait.... et comme il menait! il aurait avec
son troïge aérien passé dans un tonneau défoncé sans
lui imprimer une secousse, le pendard! Les deux bais
de volée, petis, vifs, œil noir, boulet noir, sont de feu;
en se courbant, en se ramassant dans leur course, ils
brûlent, ils dévorent l'espace; un simple coup de sifflet,
ils ont disparu! Le timonier, un ravissant bai brun, a

son prix à part ; quand il retire sa tête en arrière, c'est
un cou de cygne ; il a la poitrine en saillie, des jambes
fines comme des flèches.

Qui ne serait ravi, pendant les fêtes du printemps,
de se voir emporté par de si admirables bêtes !

« Nous prions Votre Grâce de vouloir bien entrer, »
dit Sitnikof au prince.

Le prince sauta à bas du chariot. Khlopakof descendit lentement du côté opposé.

« Bonjour, frère, dit le prince, as-tu des chevaux ?

— Comment n'en aurais-je pas pour Votre Grâce ?
entrez donc, je vous prie. Péetia, amène-nous ici Pavline, et dit qu'on prépare aussi Pohvalnyi. Quant à
vous, monsieur, ajouta-t-il en s'adressant à moi, nous
finirons à loisir dans un autre moment. Foma, leste, un
banc ici à Sa Grâce ! »

D'une écurie particulière, que je n'avais pas d'abord
remarquée, on fit sortir Pavline. C'était un beau bai
brun, un animal puissant ; il s'élança en l'air de tous
ses quatre pieds. Sitnikof lui-même détourna la tête
et clignota comme s'il eût éprouvé un terrible éblouis-
sement.

« Ah rrrrakalioon ! s'écria Khlopakof, j'aime ça ;
c'est l'ouragan, ce paon-là [1]. »

Le prince rit. On se rendit maître de Pavline.

Ce ne fut pas sans peine ; il avait, dans les premières
minutes, enlevé le palefrenier comme une importune
pendeloque ; mais l'homme intrépide mit le fougueux
animal droit en face d'un mur, contre lequel, avec le
secours de deux camarades, il le resserra. Il hennis-
sait, sifflait, frémissait de tous ses muscles, se contrac-
tait comme pour prendre un élan terrible ; mais Sitnikof

_____

1. Pavline veut dire le paon.

ne craignait pas de le défier, de l'exciter de la voix et du fouet :

« Où regardes-tu, hein ? ah ! mon drôle, je t'arrangerai, moi, va !... disait le maquignon d'un ton de menace caressante, fier qu'il était de sa superbe bête.

— Combien ? demanda le prince.

— Pour Votre Grâce, cinq mille.

— Trois.

— Impossible; je supplie Votre Grâce de considérer...

— On te dit *trois*, » dit Khlopakof avec son mot stéréotypé et sans nul à-propos, comme toujours.

Je n'attendis pas la conclusion de cette affaire et je sortis. A l'extrémité de la rue, je vis sur la porte cochère d'une petite maison grise un grand écriteau placardé avec de la colle de recoupe. En tête du placard était dessiné à la plume un cheval qui avait la queue en trompette et le cou inachevé; les pieds ne posaient sur rien, si ce n'est sur l'annonce suivante, faite en vieille écriture du temps d'Anne ou d'Élisabeth.

« Ici se vendent des chevaux de différentes robes, amenés à la foire de Lébédiane des fameux haras steppiens d'Anastaci Ivanytch Tchernobaï, propriétaire, du gouvernement de Tambot. Ces chevaux, tous de première qualité, domptés et dressés en perfection, sont d'une humeur docile. Messieurs les amateurs sont priés de s'adresser à Anastaci Ivanytch lui-même, qui est ici, et, dans le cas de son absence, au cocher Nazare Kabyichkine. Messieurs les acheteurs voudront bien honorer le vieillard de leur clientèle! »

Je m'arrêtai et me dis : « Eh bien, je vais examiner les sujets du *fameux* propriétaire de haras, M. de Tchernobaï. »

Je voulus pousser la petite porte, mais, contre l'usage général, je la trouvai fermée au verrou; je frappai.

« Qui est là ? Est-ce un chaland? dit une voix aigre de femme.

— Oui, ouvrez.

— On y va, monsieur, on y va. »

Le guichet s'ouvrit, et je vis une femme de cinquante ans, une de ces femmes qu'on trouve à la centaine et au millier, en bottes d'homme, en touloup flottant... une baba enfin.

« Veuillez entrer, mon enfant; tout à l'heure j'irai vous annoncer à Anastaci Ivanytch : Nazare, hé! hé! Nazare!

— Quoi? quoi que ch'est donc? dit avec un accent empâté et du fond de l'écurie une voix de septuagénaire.

— Prépare les chevaux ; il est venu un chaland !... cria la vieille, et elle entra dans la maison.

— Un chaland, un chaland, murmura le vieux Nazare ; c'est bientôt dit et moi je ne leur aurai pas encore lavé.... la queue.

— O Arcadie! pensai-je.

— Pardon, mon cher monsieur, pardon; joie et santé! soyez le très-bienvenu chez moi, » disait à ma droite une voix fort douce et même onctueuse. Pendant que je me retournais pour saluer le maître de la maison, il avait passé à ma gauche, et, en reprenant ma première position, je vis devant moi en long manteau bleu un vieillard de moyenne taille; ses cheveux étaient parfaitement blancs, il avait un sourire aimable et un très-bel œil bleu.

« Il te faut des chevaux? bien, bien, cher monsieur; on t'en montrera.... mais ne veux-tu pas d'abord venir là dedans pour une petite demi-heure prendre le thé avec moi?

— Je vous remercie beaucoup de votre politesse,

mais je voudrais voir vos chevaux, Anastaci Ivanytch.

— A ta volonté, à ta volonté; tu me pardonneras, cher monsieur; chez moi tout se fait, tout va à l'ancienne manière; je suis un homme simple, un homme du bon vieux temps. »

M. Tchernobaï parlait sans hâte, d'une voix toujours égale; il dit de même, sans élever le ton et en allongeant seulement les intonations, en parlant à son cocher qu'il ne voyait pas encore :

« Nazare! hé! Nazare! »

Nazare, vieillard au visage tout strié de rides profondes et fantasquement entre-croisées, au nez d'épervier et à la barbe en forme de coin à fendre, se montra sur le seuil de l'écurie.

« Quelle sorte de chevaux désires-tu, voyons? me dit M. Tchernobaï.

— De trait, pas trop chers; c'est pour la kibitka.

— Fort bien, je vois cela d'ici, nous avons ton affaire. Nazare, tu vas montrer à monsieur le joli hongre gris, tu sais, dans la stalle du fond à gauche, et le bai brun à tâche de fumée, et aussi l'autre bai de Krassotka. » Nazare rentra dans l'écurie; M. Tchernobaï continua de lui parler. « Et fais-les sortir comme ça tout bonnement, avec le licou, entends-tu? Chez moi, cher monsieur, poursuivit-il en me regardant bien droit en face et d'un regard très-limpide, tu n'es pas chez un de messieurs les maquignons, que Dieu bénisse, au reste, s'il lui plaît. Là, entre nous, ils emploient des *gingembres* [1], le marc de vin, le sel et que sais-je encore? Je

1. Des excitants, des apéritifs, qui enflent le corps de la bête et lui donnent une faim-valle factice, pendant laquelle le pelage de l'animal devient tendu, lisse et brillant. Le sel mêlé au marc de vin de grain engraisse subitement le cheval, et le surexcite pour quelques jours ou quelques heures; puis vient le dépérissement rapide.

leur baise bien les mains!... Chez moi, cher monsieur, ce que tu verras, tu l'auras bien vu, c'est là dans la main; je n'y mets pas plus de malice que ça. »

On fit tour à tour sortir les trois chevaux nommés, aucun ne me plut.

« Eh bien, remets-les à leurs râteliers, dit Anastaci Ivanytch, montre-nous-en d'autres. »

On en fit paraître encore trois. Mon choix tomba sur un cheval dont on ne me demanda pas cher ; je marchandai un peu pour la forme, un peu par crainte des surprises du lendemain. Mais M. Tchernobaï, sans changer de ton un seul moment, parla avec tant de sagesse et de grave bonhomie, que je ne pus me résoudre à tenir tête à ce bon vieillard. Je donnai à l'instant des arrhes.

« Eh bien, à présent, dit Anastaci Ivanytch, permets que nous suivions l'ancien usage de cession sous la robe. Tu me remercieras de cette petite bête-là... c'est frais comme la noisette au bois... il n'y a rien qui cloche en elle ! c'est du steppien tout pur! cela va à tout brancard. »

Et s'extasiant ainsi en touchants adieux de bon présage à sa bête, il fit le signe de la croix, mit sur son avant-bras droit le pan de son manteau, la main couverte tenant le licou, qu'il livra à ma dextre, cachée de même sous la robe de mon surtout; et la cession était opérée.

« Tu es maître à présent devant Dieu et devant le monde... Et tu ne veux pas prendre le thé?...

— Non; merci, grand merci; j'ai hâte de rentrer à mon auberge.

— A la bonne heure. Mon cocher va te suivre avec ton emplette.

— Oui, je vous en prie, ordonnez-le-lui.

— Très-bien, mon ami, très-bien. Basile! hé! Basile!
va avec le monsieur; mène-lui le cheval et reçois pour
moi les deniers. A présent, adieu, mon cher monsieur,
adieu.

— Adieu donc, Anastaci Ivanytch. »

On amena le cheval à mon auberge. Le lendemain il
se trouva plein de fièvre et boiteux. J'eus l'idée de le
faire atteler, il ruait; on le frappa du fouet, il marchait
en arrière, faisait des rages et se couchait par terre. Je
me rendis alors chez M. Tchernobaï, je demandai s'il
était à la maison; sur la réponse affirmative, j'entrai; il
était près de son écurie. Je lui dis : « Expliquez-moi, de
grâce, comment vous avez pu me vendre hier un cheval
vicieux et malade?...

— Malade! ah! Dieu préserve! Et qu'aurait-il donc?

— Il a le feu dans le sang, de plus il boite, il a un
ulcère au garrot, il est rétif...

— Ton cheval boite? qu'est-ce que ça veut dire?
Allons, allons, ton cocher lui aura jeté un sort... Quant
à moi, d'abord, je prends Dieu à témoin que...

— Anastaci Ivanytch, il est juste que vous repreniez
ce cheval.

— Pour ça, oh non! cher monsieur, non! ne vous
fâchez pas; c'est la règle ici; dès qu'un cheval vendu et
ensaisiné sous le pan du cafetan est hors de la cour, la
chose est consommée. Vous deviez bien examiner avant
de conclure. »

Je vis de quoi il retournait, et comme je suis de ma
nature porté à la résignation, je rougis et quittai le vénérable vieillard à tête blanche. Heureusement je n'a-
vais pas payé bien cher une si bonne leçon.

Le surlendemain je partis; trois semaines après je
revis la ville de Lébédiane, qui se trouvait sur ma route.
Je m'y arrêtai pour quelques heures; après mon dîner,

j'allai au café, où je reconnus presque toutes les mêmes personnes, et, ce qui me frappa le plus, j'y trouvai le prince N. N. N., déployant au billard toutes ses grâces naturelles et acquises; mais la destinée de M. Khlopakof avait déjà subi la péripétie ordinaire : il était remplacé dans les bonnes grâces du prince par un autre favori, le petit officier blond. Le pauvre ex-sous-lieutenant essaya une dernière fois, j'étais présent, de mettre en circulation son petit mot ronflant, pensant que peut-être il réveillerait un souvenir favorable; mais le prince, bien loin de sourire, fronça les sourcils et haussa les épaules. M. Khlopakof baissa la tête, se rabougrit, fit sa retraite dans un petit coin, et se mit bien modestement, bien silencieusement à bourrer sa pipe... Il fumait beaucoup...

_____

III

La femme de province et son neveu l'artiste.

Donnez-moi la main, cher lecteur, et venez avec moi faire une petite visite de bon voisinage. Le temps est beau; l'azur du mois de mai est doux à contempler; les jeunes feuilles lisses des aubours brillent comme si on venait de les laver avec soin. La route large et unie est toute couverte de cette gentille et fine herbette à tige rougeâtre que les brebis aiment tant à brouter; à droite et à gauche, sur les versants prolongés des collines, se balancent mollement les seigles en herbe, et sur leur houle glisse l'ombre des petits nuages fugitifs.

Dans le lointain, les bois brunissent, les étangs resplen-
dissent, les villages se dessinent en jaune ; les alouettes
s'envolent par centaines, chantent en l'air, s'abattent
tout à coup avec ensemble, et, allongeant le cou çà et
là, ressortent des guérets et y disparaissent tour à tour.
Les freux s'arrêtent, stationnent sur la route, regardent
fixement le sol, se rangent pour vous livrer passage, ou
s'envolent lourdement à dix pas, sur le bord du chemin. Sur des montées au-delà d'un ravin, un laboureur
est à la charrue ; un poulain pie à queue pauvre de crin,
à crinière ébouriffée, hissé sur des jambes grêles, court
après sa mère, et l'on entend à peine son hennissement
plaintif. Nous entrons dans un bocage de bouleaux ; une
senteur à la fois fraîche et forte saisit agréablement l'o-
dorat. Nous arrivons devant une barrière d'enceinte. Le
cocher descend, les chevaux s'ébrouent, le timonier
joue de la queue en appuyant la mâchoire contre l'arc
qui domine le collier... la barrière s'ouvre en criant. Le
cocher se rassoit et touche ; nous roulons.

Un village s'offre à nous ; après avoir passé devant
cinq ou six clos, nous tournons à droite, nous descen-
dons rapidement, et nous cheminons bientôt sur une
digue. Au-delà d'un étang de médiocre étendue, derrière des pommiers et des massifs de lilas, s'élève un
toit de planches jadis peintes en rouge et à deux che-
minées ; le cocher passe le long d'une palissade, à gauche, et aux aboiements sifflants et cassés de trois vieux
chiens de basse-cour émérites, nous franchissons une
porte cochère toute grande ouverte, nous circulons dans
une vaste cour ; mon homme salue gaillardement une
bonne vieille ménagère qui sort obliquement de l'office
pour franchir un seuil haut de dix-huit pouces, et arrête
enfin devant le perron à auvent d'une sombre petite
maison à joyeuses fenêtres. Nous sommes chez Tatiane

Borissovna... Mais la voici elle-même qui ouvre son
vasistas et nous salue de la tête. Bonjour, bonjour, madame!

Tatiane Borissovna est une femme d'environ cinquante ans; elle a de grands yeux pers un peu saillants, le nez un peu épaté, la joue vermeille et un menton à deux étages. Sa physionomie reluit de douceur et
de bonté. Elle a eu un mari, mais si peu de temps qu'on
ne se rappelle pas l'avoir connue autrement que veuve.
Elle ne sort presque point de son petit domaine, entre-
tient fort peu de relations avec ses voisins, ne reçoit
guère et n'aime que la jeunesse. Elle est née de gentilshommes fort pauvres et n'a reçu aucune éducation; en
d'autres termes, elle ne parle pas français, et n'a pas
vu, je ne dis pas Pétersbourg, mais Moscou... Eh bien,
malgré ces taches, elle s'arrange d'une manière si
simple et si sage dans sa vie de campagne, elle a une
manière si large de penser, de sentir, de comprendre
les choses, elle est si peu accessible aux mille faiblesses ordinaires des pauvres bonnes dames de la
province, qu'en vérité on ne peut s'empêcher de l'admirer. En effet, songez qu'elle vit là toute l'année, au
village, tout isolée, et qu'elle reste étrangère à tous les
caquets de la localité, ne crie pas, ne mord pas, ne s'indigne point, ne suffoque point, ne frémit point de curiosité... Envie, jalousie, aversion, engouement, inquiétude de corps et d'esprit... tout cela lui est inconnu...
Convenez que c'est là une merveille.

Elle est chaque jour, dès onze heures, en robe ou en
capote de taffetas gris de fer et en bonnet blanc à longs
rubans pensée; elle aime à manger et à faire manger,
mais elle mange modérément, et souffre qu'on l'imite.
Les conserves, les fruits, les salaisons sont confiés à la
gouvernante de sa maison. De quoi donc s'occupe-t-

elle et comment remplit-elle sa journée? Elle lit peut-
être? demanderez-vous. Non, elle ne lit point, et, à dire
le vrai, c'est à d'autres qu'il faut songer quand on imprime un livre.

Si, en hiver, elle se trouve seule, notre Tatiane Borissovna se tient assise près d'une fenêtre et tricote
paisiblement son bas; l'été, en pareil cas, elle va et
vient dans son jardin, où elle plante et arrose des fleurs,
fait écheniller ses arbres, mettre des tuteurs à ses ar-
brisseaux, sabler ses allées; puis elle peut jouer des
heures entières avec la gent emplumée de sa basse-
cour, avec de petits chats, et avec les pigeons qu'elle
nourrit elle-même. Elle s'occupe très-peu du ménage.
S'il lui tombe à l'improviste quelque bon jeune voisin,
la voilà tout heureuse; elle l'établit sur son divan, le
régale de thé, écoute ses récits, quelquefois lui donne
de petites tapes d'amitié sur la joue, rit de bon cœur de
ses saillies et parle elle-même très-peu. Avez-vous du
chagrin, vous est-il arrivé un malheur, elle vous con-
sole par des mots bien sentis, elle vous ouvre différents
avis toujours pleins de bon sens. Que de gens, après lui
avoir confié leurs secrets de famille, leurs peines de
cœur, se sont trouvés si bien de s'être ouverts à elle,
qu'ils inondaient ses mains de leurs larmes! Le plus ordinairement elle se tient assise devant son hôte, la tête
légèrement posée sur la main gauche, regardant face à
face son interlocuteur avec tant d'intérêt, lui souriant
de si bonne amitié, qu'on ne peut guère manquer de
penser : « Ah! que tu es une excellente femme, Tatiane
Borissovna! va, je ne te cacherai rien de ce qui me pèse
sur le cœur. » Dans ses bonnes petites chambres, on
est si bien qu'on n'en voudrait pas sortir; dans ce ciel-
là, le temps est toujours au beau fixe.

Tatiane Borissovna est une femme admirable que per-

sonne ne songe à admirer; on l'aime tout bonnement.
Son exquis bon sens, sa fermeté, son indépendance
d'allures, sa chaude sympathie pour les misères et les
joies d'autrui, et en général toutes les qualités qui la
font ce qu'elle est, sont nées avec elle et ne lui ont
réellement coûté, à ce qu'il semble, ni soins ni culture;
vous ne pouvez pas vous représenter cette femme autrement que vous ne la voyez, et il n'y a pas à la féli-
citer d'exercer un pouvoir quelconque sur elle-même.
Elle aime plus que tout au monde à voir les jeux et les
joyeux ébats de la jeunesse; elle se croise les bras sur
la poitrine, penche la tête, cligne de l'œil et sourit, puis
il lui arrive de soupirer et de dire : « Ah! mes enfants,
mes chers enfants!... » Et on se meurt d'envie de courir à elle, de la prendre par sa bonne main potelée et
de lui dire : « Écoutez, Tatiane Borissovna, vous ne
vous doutez pas de ce que vous valez; eh bien! sachez
qu'avec toute votre simplicité et votre patriarcale ignorance vous êtes une créature admirable! » Le nom de
cette femme a quelque chose de douillet, d'aimable, de
sympathique; il y a plaisir à le prononcer, il ne se rencontre pas sur les lèvres d'un honnête homme, qu'il
n'y brille en même temps un sourire affectueux. Que
de fois il m'est arrivé à moi-même de dire au premier
paysan venu : « Par où faut-il prendre pour gagner...
Gratchevka, par exemple? — Allez à Viazovo, de là
vous passerez par chez Tatiane Borissovna, et de chez
Tatiane Borissovna à Gratchevka, chacun vous indi-
quera le chemin. » Et en prononçant ce nom de Tatiane
Borissovna, le paysan a une manière toute particulière
de balancer la tête.

Elle tient autour d'elle peu de gens, se conformant
en cela à sa position de fortune; la maison, la buande-
rie, la dépense et la cuisine sont sous les ordres de la

gouvernante Agafia, qui fut sa bonne il y a quarante ans, créature très-douce, un peu pleurnicheuse et sans dents : deux filles de service, solides de jarret, fraîches de joues comme des pommes de Saint-Antoine, sont entièrement à sa disposition. Les fonctions de valet de chambre, d'intendant et de buffetier appartiennent au septuagénaire Polycarpe, serviteur lettré, original au premier chef, ex-violon, grand partisan de Viotti. De plus, il se pose en ennemi personnel du grand Napoléon, qu'il n'appelle que du nom méprisant de Bonapartichko. Amateur très-distingué de l'élève des rossignols, Polycarpe a toujours dans sa chambre cinq ou six rossignols qu'il soigne maternellement; au printemps, dès le mois de mars, il se tient assis des journées entières près de leurs cages dans l'attente de leurs premiers coups de gosier, et dès qu'il les a entendus, il se met le visage dans les mains, éclate en larmes et en sanglots, et s'écrie : « Ah! cela fait mal, cela fait mal! » On a adjoint à Polycarpe un aide dans la personne de son petit-fils Vacia, jeune gars de douze ans, œil vif et tête bouclée; Polycarpe aime à la folie cet enfant contre qui il marronne du matin au soir, et s'occupe de son éducation.

Voici un exemple de son enseignement :

« Vacia, voyons, dis que Bonapartichko était un brigand.

— Que me donneras-tu, grand-père ?

— Ce que je te donnerai ?.. eh, rien du tout ; çà, quoi donc, es-tu Russe ou non ?

— Je suis Amtchanien, grand-père, je suis né à Amtchensk [1].

1. Dans le bas peuple, la ville de *Mtsensk* est appelée *Amtchensk*, et les habitants Amtchanes. Les Amtchanes sont des gens déterminés, et plusieurs dictons de la province le certifient.

— O la folle cervelle ! Et en quel pays est donc Amtchensk ?

— Est-ce que je sais, moi ?

— Amtchensk est en Russie, imbécile !

— Et qu'est-ce que ça fait, qu'il soit en Russie ?

— Comment, ce que ça fait ? Ce Bonapartichko, notre
prince, Mikhaïlo Ilarionovitch Golénistchëf Koutouzof
Smolenski, avec l'aide de Dieu, l'a bien voulu chasser
des frontières de la Russie ; à telles enseignes qu'on
chantait partout :

> Le fameux Bonapartichko
> A danser le cœur n'a plus guères ;
> On lui a fait tourner coco,
> Qu'il en perdit ses jarretières.

Comprends-tù, à présent, triple sot, comprends-tu que
le prince de Smolensk a sauvé ton pays ?

— Bon ! mais qu'est-ce que ça me fait à moi ?

— A toi, mauvais petit fou ! Quoi ! tu ne comprendras
pas que si l'illustrissime prince Mikhaïlo Ilarionovitch
n'eût pas chassé le Bonapartichko, aujourd'hui un
moucié[1] t'expliquerait ses volontés à coups de bâton sur
la nuque ; il avancerait comme ça vers toi, il te dirait :
« Bojou, va biéen, comment vous portez-vous ? » Et touck,
touck, touck, attrape !

— Et moi je lui flanquerais un grand coup de poing
dans le ventre.

— Et lui tout de suite : « Bojou, bojou rr, venné issi ; »
et à la teignasse, à la teignasse.

— Et moi aux jambes, aux jambes, un croc dans ses
jambes de bouc.

— Oui, pour ça, c'est vrai que le Français a des jambes
de bouquin ; mais vois-tu, il te garrotterait les mains.

---

1. Un monsieur, un Français quelconque.

— Et moi je me débattrais à mort, j'appellerais le cocher Mikhée.

— Tu crois donc que le Frantsouz ne viendrait pas à
bout de Mikhée ?

— De Mikhée? allons donc, grand-père, vous savez
comme Mikhée est fort.

— Eh bien alors, qu'est-ce que vous feriez à l'auu.э?

— Nous lui en donnerions sur le dos, sur le dos, sur
le dos.

— Et lui, il crierait: « Pardônn, pardônn, pardônn,
se vous pléïe. »

— Et nous lui dirions : « Non, non, non, point de se
vouspléïe, Frantsouz enragé... » et marche.

— Je t'aime comme ça, drôle; tu es un gaillard, allons,
Vacia! eh bien alors, crie donc: Bonapartichko brigand!

— Et tu me donneras du sucre?

— Ah! drôle! ... »

Tatiane Borissovna voit peu les dames du canton ;
elles ne viennent pas volontiers chez elle, parce qu'elle
ne sait pas les occuper; elle s'endort au bruit de leur
conversation; elle se secoue, elle tâche de rouvrir les
yeux, de prendre un air attentif et retombe à l'instant
dans la somnolence. S'il faut le dire, en général elle
n'aime pas les femmes. Un de ses amis, bon et paisible
jeune homme, avait une sœur, vieille fille affligée de plus
de trente-huit ans, très-bonne créature au fond, mais
bouleversée, étirée, exaltée. Il avait souvent parlé à cette
sœur de leur voisine. Un beau matin, notre demoiselle
majeure, sans rien dire, fit seller Favori et se rendit
chez Tatiane Borissovna. Dans son long costume d'amazone, le chapeau sur la tête, avec son voile vert et ses
longs repentirs sur les épaules, elle entra dans l'antichambre, et passant devant l'étourdi Vacia, qui la prit
pour une roussalka (une fée), elle entra comme une

bombe dans le salon. Tatiane Borissovna fut tellement frappée elle-même de cette irruption, qu'ayant voulu se lever et parler, elle ne trouva ni sa voix ni ses jambes :

« Tatiane Borissovna, dit d'une voix presque suppliante la visiteuse inconnue, excusez ma hardiesse; je suis la sœur de votre ami Alexis Nicolaïtch K...; et il m'a si souvent et tant parlé de vous, que j'ai résolu de faire votre connaissance.

— C'est beaucoup d'honneur..., » dit avec quelque hésitation la dame envahie.

L'amazone jeta son chapeau sur un fauteuil, renvoya à deux mains ses repentirs derrière ses oreilles, s'assit tout près de Tatiane; et se mit à lui dire d'un ton de rêverie et d'émotion : « Eh bien, la voici, donc.... la voici cette bonne, cette pure, cette noble et sainte créature! la voici, je la vois enfin, cette femme si naïve et à la fois si profonde! Que je me sens à l'aise, que je suis heureuse! Combien nous allons nous aimer l'une l'autre! Je respirerai enfin..... Oui, la voici bien telle que je me la représentais, ajouta-t-elle en précipitant ses paroles et en dévorant des yeux Tatiane Borissovna. Assurez-moi bien que vous n'êtes pas fâchée contre moi, ma très-bonne, mon excellente...

— Je suis très-flattée, très-contente..... Comment donc..... Vous offrirai-je du thé? »

L'amazone fit un sourire plein de grâce, elle murmura tout à fait pour elle-même ces mots allemands : « Wie wahr, wie unreflectirt! (Comme elle est simple!) » et elle ajouta avec élan : « Souffrez, chère dame, souffrez que je vous embrasse! »

La vieille demoiselle demeura trois heures pleines chez Tatiane Borissovna, et le travail de sa langue n'eut pas de relâche pour une seconde. Elle s'efforçait d'expliquer à sa nouvelle connaissance, à Tatiane Borissovna, la valeur et le titre de Tatiane elle-même.

Immédiatement après la sortie de la demoiselle, Tatiane n'eut rien de plus pressé que de se mettre au bain, et de là dans son lit, où, au lieu de dîner, elle prit trois tasses d'infusion de tilleul, puis elle chercha, et trouva, grâce à Dieu, sur ses oreillers un sommeil réparateur. Mais le lendemain la vieille demoiselle reparut, passa cette fois quatre grandes mortelles heures près de Tatiane tout ahurie, et en s'éloignant promit, hélas! de revenir chaque jour, chaque jour, entretenir son amie. C'est que, voyez-vous, elle avait résolu de développer et de perfectionner, selon son expression, cette riche nature, et il est bien probable qu'elle serait parvenue à la rendre folle de chagrin, si, après quinze jours d'obsession, elle n'eût éprouvé un complet désillusionnement à l'endroit de cette intelligence inculte de l'amie de son frère, et si, d'une autre part, elle ne fût tombée éperdument amoureuse, en tout bien tout honneur s'entend, d'un jeune étudiant de passage, avec lequel elle se mit, dès le premier billet, en active et brûlante correspondance.

Depuis les fameux quinze jours de ce supplice, Tatiane Borissovna fut beaucoup plus en garde contre toute ombre de rapprochement avec les dames de son voisinage.

Mais rien n'est assuré à personne sur la terre. Tout ce que je vous ai raconté de l'existence paisible de l'excellente dame campagnarde, j'ai essayé de le rendre aussi présent que possible à votre imagination. Mais c'est malheureusement du passé pour elle; la douce paix qui régnait dans cette maison a disparu sans retour. Il y a aujourd'hui plus d'un an qu'elle n'est plus seule et qu'elle a sous son toit un neveu, un artiste de

Saint-Pétersbourg. Je vais expliquer comment la chose
est arrivée.

Tatiane Borissovna avait retiré chez elle un petit garçon de douze ans, du nom d'Andreoucha ; c'était le fils
de feu son frère ; il était orphelin de père et de mère.
Il avait de beaux grands yeux limpides, une toute petite
bouche, un nez régulier, un beau front élevé. Sa voix
était douce et pénétrante ; il se tenait avec propreté et
convenance ; il était adorable pour sa gentillesse envers la société de sa tante, de sa chère tante, à qui il
baisait la main avec un air de respectueuse affection
qui faisait plaisir à voir.

Cependant elle n'avait pas pour lui un bien grand attachement : elle avait une vague défiance à l'endroit
de toutes ces allures caressantes si correctes et si merveilleusement attentives. L'enfant grandissait ; elle commença à s'inquiéter de plus en plus vivement de son
avenir... Une circonstance inattendue vint la tirer de
peine.

Un jour, il y a juste huit ans, elle reçut la visite d'un
monsieur Peotre Mikhaïlytch Benevolenski, conseiller
de collège et chevalier. Il se posait en amateur des arts,
mais cet amour était chez lui bien désintéressé, car, à
vrai dire, il n'y en avait aucun dans lequel il fût réellement connaisseur. Quand on le voyait prendre feu pour
telle musique ou pour tel tableau, on devait naturellement se demander en vertu de quelle loi mystérieuse
et inexplicable cette passion avait pu se former chez
un homme positif, matériel, évidemment médiocre...
Au reste, nous avons bon nombre de ces hommes-là
dans notre chère Russie. L'amour qu'ils portent aux
arts et aux artistes leur donne un air si étrange, que
c'est, la plupart du temps, un supplice que de les voir
et de les entendre s'évertuer à faux, s'échauffer à froid ;

ce qui se sent tout d'abord à leur manière emphatique de nommer Raphaël et Corregio, le divin Sanzio, l'inimitable de Allegris.

Le lendemain de l'arrivée de M. Benevolenski, Tatiane Borissovna, au thé du matin, dit à son gentil neveu de montrer ses petits dessins.

« Comment, il cultive le dessin? dit avec quelque surprise M. Benevolenski; et il fit un charmant sourire à l'enfant.

— Il dessine, il dessine, dit Tatiane; c'est sa passion; et, figurez-vous, sans maître, sans conseil.

— Voyons, voyons cela. »

Andreoucha, avec la rougeur de la modestie sur le front, présenta son cahier. M. Benevolenski se mit à le feuilleter avec toute la gravité d'un fin connaisseur. « Bravo, jeune homme, dit-il enfin, bravo, c'est très-bien, cela... » Et il passa la main sur la jolie tête d'Andreoucha, qui saisit fort gentiment cette main au passage et y déposa un respectueux et tendre baiser.

« Et voyez un peu quel talent! Je vous félicite, Tatiane Borissovna, et de grand cœur.

— Merci, Peotre Mikhaïlytch; mais songez donc, je ne puis lui donner un maître. Celui qui se trouve dans la ville prochaine exige un prix fabuleux. Il y a un peintre chez mes voisins les Artamonof, mais la dame défend très-sévèrement qu'il donne aucune leçon à qui que ce soit en dehors de son obéissance; elle est persuadée qu'il se gâterait le goût et la main au contact d'un écolier.

— Hum! fit M. Benevolenski devenu rêveur et en fixant un long regard sur Andreoucha. Eh bien, c'est une petite affaire dont nous reparlerons, » ajouta-t-il tout à coup; et il se frotta les mains.

Dans l'après-dînée, il eut avec Tatiane Borissovna

un entretien particulier ; ils fermèrent sur eux les portes du salon, et une demi-heure après Andreoucha fut appelé. Quand il entra, M. Benevolenski avait une légère animation dans les traits et les yeux brillants. Tatiane Borissovna était assise dans un angle, et elle essuyait ses yeux. « Mon cher petit André, dit-elle enfin, remercie bien Peotre Mikhaïlytch, il te prend sous sa tutelle, il t'emmène avec lui à Pétersbourg. »

Andreoucha resta muet de surprise. « Enfant, parlez-moi franchement, dit M. Benevolenski d'un ton plein de dignité et de bienveillance ; enfant, ou plutôt jeune homme, votre désir est-il de devenir un artiste ? Vous sentez-vous une vraie vocation pour les arts ?

— Je veux être artiste, Peotre Mikhaïlytch, dit en frémissant de bonheur Andreoucha.

— Eh bien, cela me fait plaisir. Il va vous être dur de quitter votre excellente et vénérable tante, et je ne doute point que vous n'ayez pour elle la plus vive reconnaissance.

— J'adore ma tante, dit Andreoucha ; et il ferma les yeux d'un air de componction.

— Sûrement, sûrement, cela se conçoit très-bien et cela vous fait honneur, mon jeune ami ; mais, d'une autre part, représentez-vous la joie qu'elle aura, avec le temps, à la nouvelle de vos succès !

— Embrasse-moi, Andreoucha, » murmura l'excellente dame.

Andreoucha se précipita dans les bras de sa tante, qui lui dit : « Eh bien, à présent remercie ton bienfaiteur.... » Andreoucha donna une accolade à la panse de M. Benevolenski ; et le surlendemain de cette petite scène, M. Benevolenski partit emmenant son jeune pupille.

Dans le cours des trois premières années de l'absence d'Andreoucha, il écrivit assez souvent, et il joignait à

ses lettres quelques dessins. M. Benevolenski ajoutait
parfois quelques mots, le plus ordinairement favorables
au jeune homme. Puis les lettres devinrent de plus en
plus rares, puis il n'en vint plus du tout. Le gentil
neveu fut une année entière sans donner signe de vie à
sa tante. Celle-ci commençait à s'inquiéter sérieusement de ce silence, quand enfin elle reçut un billet
ainsi conçu :

« CHÈRE TANTE,

« Peotre Mikhaïlytch n'est plus : il y a quatre jours
qu'un affreux coup d'apoplexie foudroyante m'a enlevé
mon protecteur; je n'avais, vous le savez, d'autre sou-
tien que lui dans Pétersbourg. Sans doute j'ai aujour-
d'hui vingt ans; sept années d'étude ont été pour moi
sept années de progrès remarquables et remarqués, je
m'en flatte. Je compte donc sur mon talent, j'y compte
fermement pour gagner ma vie. Croyez que je ne me
sens point découragé; mais toutefois si, pour ces premières conjonctures, vous pouvez m'envoyer deux cent
cinquante roubles en assignations de la banque, vous
m'obligerez.
« Je vous baise les mains, et suis, etc., etc., etc. »

Tatiane Borissovna envoya à son neveu les deux cent
cinquante roubles demandés. Deux mois après, il renou-
vela sa demande; elle eut beaucoup de peine à se procurer la somme, mais enfin elle se la procura et l'ex-
pédia. Il ne s'était pas écoulé trois semaines qu'il
revint à la charge; il devait acheter des couleurs fort
chères pour un portrait que venait de lui commander
la princesse Tertéréchénef. Tatiane Borissovna, cette
fois, trouva le courage de dire non. « Eh bien, répon-

4

dit-il, je vous annonce, chère tante, que je vais d'ici à quelques semaines partir pour me rendre chez vous, le séjour de la campagne étant nécessaire au rétablissement de ma chétive santé. » Et en effet, Andreoucha reparut vers la mi-mai à *Malya-Brouçi* [1].

Tatiane Borissovna ne reconnut pas André du premier coup d'œil. D'après sa lettre, elle s'attendait à voir un jeune homme maigre et maladif, et elle avait devant les yeux un homme large d'épaules, de taille, de visage, à chevelure grasse et frisée. Au petit, fluet et pâle Andreoucha avait succédé le vigoureux et athlétique André Ivanovitch Béelozorof. Et ce n'étaient pas seulement les dehors qui se trouvaient changés dans M. André. La timidité, la circonspection, les soins de propreté d'autrefois avaient fait place à des airs effrontément débraillés, intolérablement négligés; il se dandinait à droite et à gauche en marchant, se laissait tomber de tout son poids dans les fauteuils, s'abattait sur les tables comme pour les écraser, se rejetait de tout le buste en arrière comme pour les faire sauter du genou et de l'orteil; parlait brusquement à sa tante et insolemment aux domestiques : « Ah! c'est que je suis, voyez-vous, un artiste, moi, libre Cosaque, voilà comme nous sommes faits! »

Il arrive que depuis plusieurs jours il ne touche pas son pinceau et ne songe pas à faire sa palette; puis l'inspiration lui vient : gare, gare! L'artiste éprouve une agitation quelque peu parente de l'ivresse causée par le vin des celliers en novembre; il est lourd, gauche, bruyant; ses joues se teignent d'un rouge de brique, ses yeux prennent une couleur isabelle, et le voilà à proclamer ses capacités, ses talents, ses mérites, ses

1. Les *Petites-Solives*, lieu ainsi nommé du nom de la maison, qui indique que celle-ci était en bois.

progrès, ses succès.... Ce qu'il y a de bien constaté dans tout cela, c'est que sa capacité paraît se hausser jusqu'au petit portrait à l'huile à peu près ressemblant, à peu près présentable. Qu'il entreprenne vingt fois davantage, qu'il travaille vingt fois plus, il ne faut pas le désirer; le dégât de toile et de couleurs est déjà bien assez grand comme cela. Son ignorance est tout ce qu'il y a de plus complet; il n'a rien lu et ne soupçonne point qu'un artiste ait besoin de rien lire; en effet, nature, liberté, poésie, voila son élément. Eh! ne sait-il pas soulever, livrer aux vents les anneaux et les spirales de sa belle chevelure? n'a-t-il pas des fantaisies de chant à étonner le rossignol? n'aspire-t-il pas le tabac de Joukof [1] de façon à pouvoir l'exhaler ensuite en fumée une heure durant, comme les volcans avant l'éruption? L'audace russe est bonne de soi, mais elle ne va pas à l'air de visage de tout le monde, et les aventuriers du second plan, les comparses de la bravacherie sont des figures sur lesquelles l'œil n'aime pas à s'arrêter. Je serai bref.

André Ivanovitch fit bonne vie chez sa tante; le pain tout gagné lui paraissait d'assez bon goût. Les amis de Tatiane Borissovna, au contraire, avaient peu de goût pour le fantasque jeune homme. Le braque se mettait au clavecin (un clavecin avait été démontré indispensable), il se mettait à chercher d'un seul doigt l'air : *Fougueux troïge, mes amours;* il prenait les accords, frappait à tout rompre, puis, abandonnant le premier air, il se lançait de la bouche, de la tête, des bras et des pieds dans les romances de Varlamof : *Un tremble solitaire,* ou bien *Non, docteur, non, ne venez pas me*

---

1. Fabricant de tabac, gros millionnaire qu'en 1848 quelques rêveurs, sans consulter le brave homme assurément, avaient le projet de faire dictateur

dire. Et il y en avait pour des heures entières, et ses yeux devenaient tout huileux, ses joues devenaient glabres comme la peau du tambour. Le pis, c'est quand il entonnait d'un coup de foudre : *Laissez-moi, passions dévorantes, fureurs d'amour.* Tatiane Borissovna courbait le dos, la pauvre dame, et tremblait de tous ses membres.

« C'est étonnant, me disait-elle un jour, quelles chansons on compose aujourd'hui ! c'est comme des rages. De mon temps, on les faisait tout à fait autrement ; c'était gai de chanter et d'entendre chanter. Il y avait, c'est vrai, des romances un peu tristes ; eh bien, celles-là même se faisaient entendre sans donner de secousses, par exemple :

> Viens, viens me voir dans la prairie
> Où je souffre à t'attendre en vain ;
> Viens, prends par le bois, ma chérie,
> Mes pleurs ont lavé ton chemin.
> Ne dis pas *demain*, mon amie,
> Je meurs, il serait tard demain. »

Et Tatiane Borissovna souriait doucement, délicatement, quand dans la chambre voisine le neveu rugit ces mots :

> Je sou ou ouu ouffre..., je sou ou ou ouffre ; oh ! tout l'enfer !...

— Finis, finis, Andreoucha, je t'en prie. »

> Absente et pourquoi ? ma tête se perd, l'enfer, te dis-je...

Tatiane Borissovna branla la tête avec chagrin. « Oh ! ces artistes ! ces artistes ! » dit-elle, et elle se calma.

Il s'est passé un an de la sorte. Béelozorof, jusqu'à ce jour, demeure chez sa tante, mais, il est vrai, toujours annonçant qu'il se prépare à regagner Pétersbourg. En ettendant, il a pris à la campagne un embonpoint essiaxcf. J'ai bien envie de faire confidence à mes lec-

teurs d'un fait peu croyable ; il est toujours plus sage
de rejeter ce qui manque de vraisemblance ; n'importe,
cette fois je me risque. Sachez donc que Tatiane Borissovna est tout âme et tout cœur pour Andreoucha, et
que les demoiselles de tout le district, oui, les demoiselles..... sont la plupart folles de ses talents, de ses
manières, des grâces de sa personne, et, il n'y a pas à
s'y tromper, folles... d'amour !

Le plupart des anciennes connaissances de Tatiane
Borissovna ont cessé de lui faire visite.

IV

La mort. — Manière de mourir des Russes.

J'ai un voisin qui est jeune maître de maison et jeune
chasseur. Par une belle matinée de juillet, je me rendis
chez lui à cheval et lui proposai d'aller chasser à la
caille. Il y consentit. « Seulement, me dit-il, nous irons
à Zoucha, en passant par mes petites exploitations ; ce
sera pour le mieux ; je verrai Tchaplyghino, vous savez,
mon bois de chênes ; je l'ai mis en coupe réglée. C'est
convenu, n'est-ce pas ? » Il se fit seller un cheval,
passa un surtout vert dont les boutons bronzés repré-
sentaient des hures de sanglier, puis une gibecière
brodée en poil de chameau filé et un flacon d'argent ;
il posa contre son épaule un fusil français tout frais
battant neuf, se regarda à deux ou trois reprises dans
la glace, et appela son chien, le bel *Espérance*, cadeau
d'une vieille demoiselle douée d'un excellent cœur, mais
qui n'avait pas un cheveu sur la tête.

Dans cet équipage, nous partîmes. Mon voisin avait
à sa suite son dizenier Arkhippe, gros petit bonhomme
au visage carré et aux pommettes saillantes, et un régisseur qu'il avait tout récemment fait venir de Cour-
lande ou de Livonie, jeune homme de dix-neuf ans,
maigre, blond, myope, aux épaules effacées, au long
cou, et affligé du nom de Gottlieb von der Kock.

Mon jeune voisin lui-même était depuis bien peu de
temps en possession de sa fortune. Ce domaine était
un héritage de feu sa tante la *conseillère d'État* Kardon-
Kartaëf, femme obèse, furieusement obèse, qui, même
au repos, même étendue dans son lit, était essoufflée
au point de geindre et de s'angoisser.

Arrivés à l'exploitation, nous entrâmes dans des taillis.
« Attendez-moi ici sur le préau, » dit Ardalion Mikhaï-
lovitch (mon voisin), en s'adressant à ses compagnons.
L'Allemand s'inclina, descendit de cheval, tira de sa
poche un petit livre broché, qui était, je crois, un roman de Jean Chopenhauer, et s'assit sous l'ombrage
d'un osier sauvage. Arkhippe resta en plein soleil et
garda, une heure durant, la même position. Nous fîmes
cent détours à travers les taillis, et nous ne trouvâmes
pas la moindre trace de roues suspectes. Ardalion Mi-
khaïlovitch me déclara son intention de se rendre dans
la chênaie.

« Bon, lui dis-je ; je vous y accompagnerai d'autant
plus volontiers, que j'ai le pressentiment que je ne tue-
rai rien de tout le jour. »

Nous regagnâmes le préau. L'Allemand mit dans son
li re deux ou trois brins d'herbe pour servir de signet,
et remonta, non sans peine, sur sa détestable jument,
qui reniflait sous prétexte de hennir, et ruait furieusement au moindre contact du cavalier. Arkhippe se
remua sur sa bête, tira le bridon des deux côtés à la fois,

balança ses courtes jambes contre les flancs de la jument, et finit par mettre en mouvement la triste haridelle, qu'il écrasait de son poids. Nous voilà en marche.

Le bois d'Ardalion Mikhaïlytch m'était connu depuis
ma première enfance. J'allais souvent à Tchaplyghino
avec mon gouverneur français, M. Désiré Fleury, très-
excellent homme, qui, au reste, a bien failli gâter à tout
jamais ma santé en me faisant prendre tous les soirs la
médecine de Leroy. C'était un bois consistant en deux
ou trois cents énormes chênes, mêlés de quelques frênes
géants. Leurs hauts et puissants fûts noirâtres faisaient
merveilleusement ressortir la verdure dorée et trans-
parente des coudriers et des sorbiers ; ils les domi-
naient de leurs tiges droites, et se dessinaient dans
l'atmosphère azurée, où ils étendaient, comme une
tente pittoresquement percée à jour, leurs larges branches entrelacées ; éperviers, bondrées, crécerelles et
busards planaient, tournoyaient autour des cimes immobiles ; l'épeiche bigarrée forait énergiquement de
son bec d'acier l'épaisse écorce du tronc ; le cri retentissant du merle résonnait dans l'épaisseur du feuillage
aussitôt après chaque roulade du loriot ; en bas, dans
le fourré, chantaient à l'envi fauvettes, tarins et pouil-
lots. Les pinsons fuyaient agilement le long des sentiers.
Le petit-gris se glissait sur le rebord des fourrés, et
toujours de biais, par prudence ; l'écureuil roux, au
contraire, sautait gaiement d'arbre en arbre et tout à
coup se mettait au repos, en se contractant, se pelo-
tonnant et ramenant sa queue par-dessus sa tête. Dans
l'herbe, autour des hautes fourmilières, sous l'ombre
accidentée des charmantes découpures de la fougère,
fleurissaient les violettes et les muguets, et croissaient
vingt sortes de champignons blancs, jaunes, roux, pon-
ceau, feuilletés, spongieux, les uns innocents, d'autres

vénéneux, tous agréables à la vue, tous utiles à qui en
sait l'usage. Dans les éclaircies, le gazon était comme
pailleté d'étincelles écarlates : c'était le fruit mûr et
parfumé du fraisier des bois. Dans ce bois, quelle ombre ! des ténèbres en plein midi ; un air aromatisé, la
fraîcheur, le calme...

J'avais souvent passé des heures bien douces à
Tchaplyghino : aussi, je l'avoue, je n'entrai pas à cheval dans cet asile d'innocents, d'émouvants souvenirs, sans un sentiment de vague mélancolie, Le funeste
hiver sans neige [1] de 1840-41 n'avait pas épargné mes
vieux amis, les grands chênes et les beaux frênes ;
desséchés, dépouillés, tachés çà et là, souillés d'une
verdure maladive, ils étaient tristement étendus sous
un jeune bois qui s'élançait pour leur succéder et ne
es remplaçait point. Quelques-uns, debout encore et
pourvus de feuilles vers le bas, élevaient comme avec

1. L'absence de la neige est une calamité en Russie, où le
traînage est le grand moyen de communication ; la neige est
d'ailleurs un correctif nécessaire aux rigueurs de l'hiver russe.
L'auteur, faisant allusion aux dévastations imprévoyantes que les
paysans commettent habituellement dans les forêts, signale ici
en note comment les forêts se trouvent, sur certains points, pré-
servées par l'intervention religieuse. Quoiqu'il existe un institut
forestier, cette institution, de création récente et encore peu
développée, n'a pas une grande efficacité, appliquée sur une
aussi vaste surface que la Russie. Voici la note de l'auteur:
« Dans l'hiver de 1840, le froid, d'abord très-vif, devint dé-
sastreux par son intensité, faute de neiges ; il ne neigea pas
avant le 29 décembre. La végétation fut mortellement atteinte;
beaucoup de magnifiques chênaies ont succombé sous cette
cruelle intempérie; il est au moins douteux que ce désastre soit
jamais réparé; la vertu productive de la terre s'est manifestement affaiblie :dans les bois bénits situés à distance de toute
habitation, que l'Église même a rendus saints par ses proces
sions sous les bannières, ses aspersions et ses images véné-
rées portées à l'entour, au lieu des nobles baliveaux d'autrefois, on voit des bouleaux et des pins intrus.... Mais jusqu'à
présent chez nous on s'en rapporte à la terre du soin de se re-
boiser.»

reproche et désespoir leurs rameaux mutilés et sans
vie ; le feuillage d'autres, encore assez touffu, quoique non abondant et surabondant comme autrefois,
était dominé par de grosses branches sèches, noires et
comme frappées de la foudre ; plusieurs avaient entièrement perdu leur écorce ; mais combien étaient tom-
bés tout de leur long par terre, où, géants superbes,
ils pourrissaient ignoblement comme de vils cadavres
d'animaux!

Qui aurait pu prévoir en 1840 qu'au bout de quelques années on chercherait en vain de l'ombrage dans
le bois de Tchaplyghino? En regardant ces nouveaux
Titans, victimes innocentes d'un ciel impitoyable, je
leur prêtais du sentiment, je leur supposais des angoisses de douleur et de honte... et je me rappelais
l'apostrophe du poète Koltsof :

> Qu'est-tu devenue,
> Parole haute,
> Force orgueilleuse,
> Vertu de roi?
> Où s'est retirée
> Ta verte séve
> Montant toujours ?...

« Çà, Ardalion Mikhaïlytch, dis-je à mon jeune voisin, expliquez-moi donc comment il se fait qu'on n'ait
pas coupé tout cela en 1841 ou 1842. On ne vous en
donnera pas aujourd'hui la dixième partie de ce qu'on
vous en aurait offert en ce temps-là. (Le jeune homme
se borna à hausser les épaules.) Si une bonne âme eût
seulement dit un mot à votre tante, certainement les
marchands seraient accourus l'argent à la main, à l'envi
les uns des autres.

— *Mein Gott! mein Gott!* s'écriait à chaque pas von
der Kock; mon Dieu! quelle piété! mais quelle piété!

— De quelle piété parlez-vous ? demanda en souriant mon voisin.

— Ché feu tire quée c'ée pien hitoyâppe, tout ça. »

Ce qui excitait surtout sa compassion, c'étaient les grands fûts étendus par terre et en partie vermoulus. En effet, il est tel meunier, tel manufacturier qui aurait payé bien cher de pareilles pièces de charpente. Quant au dizenier Arkhippe, il jouissait d'un calme imperturbable. Loin de se lamenter à la vue des cadavres, il prenait quelque plaisir à les franchir en stigmatisant de son fouet les parties vermoulues ou couvertes de mousses parasites.

Nous nous rendions vers le point où se faisait la coupe, quand tout à coup, à la suite du bruit de la chute d'un arbre, retentirent un cri et un bruit de voix, et quelques secondes après s'élança du fourré à notre rencontre un jeune paysan pâle et les traits bouleversés.

« Qu'est-ce qu'il y a ? Où cours-tu ainsi ? dit le jeune seigneur.

— Ah ! père, ah ! Ardalion Mikhaïlytch, quel malheur !

— Quoi ?

— L'arbre, père, l'arbre a écrasé Maxime !

— Comment ? Maxime ! l'entrepreneur, l'adjudicataire des travaux de là-bas ?

— Oui, père. Nous coupions un frêne. Il était là à cinq pas qui regardait. Après avoir regardé longtemps, il lui prit soif ; il en parlait et il se préparait à aller du côté de la source, il se mettait déjà en chemin, quand tout à coup l'arbre craqua, s'abattit et tomba droit sur lui. Nous lui criions : « Cours, cours, cours!!! » Il aurait dû se jeter à droite ou à gauche ; mais non, il courait tout droit devant lui ; la peur le troublait ; le frêne le couvrit de ses branches d'en haut. Dieu sait pourquoi l'arbre est tombé si vite. Il faut croire que le cœur est tout pourri.

— Et Maxime a été tué?

— Il a été tué, père.

— Je te demande s'il est mort.

— Il remue encore, père; mais quoi, il a les bras et les jambes cassés. Moi, je courais chercher le médecin Sélivertytch. »

Ardalion Mikhaïlytch ordonna au dizenier de courir ventre à terre au village prendre Sélivertytch, et lui-même se rendit au grand galop à l'abatage, où je le suivis.

Nous trouvâmes le pauvre Maxime étendu sur l'herbe; une dizaine de paysans l'entouraient; nous mîmes pied à terre. Il ne gémissait presque pas; de temps en temps il ouvrait les yeux très-grands; il avait l'air de regarder avec surprise autour de lui et il mâchait ses lèvres bleuies... son menton tremblait; ses cheveux étaient collés sur son front, sa poitrine se soulevait avec des mouvements inégaux, il se mourait; la pénombre que projetait un jeune tilleul s'étendait doucement sur ses traits.

Nous nous penchâmes sur lui. Il reconnut Ardalion Mikhaïlytch.

« Monsieur, dit-il d'une voix à peine intelligible, envoie chercher le prêtre; Dieu devait bien me punir... mes jambes et mes bras sont brisés... C'est... aujourd'hui... dimanche... et moi... moi... tu vois... j'ai fait travailler... ces bonnes gens. »

Puis il se tut; la respiration lui manquait.

« Mon argent... reprit-il ensuite, ce qui en restera, comptes faits, donnez-le à ma femme... à ma femme... Onicim que voici... sait à qui... je dois...

— Mon pauvre Maxime, nous avons envoyé chercher le médecin, dit le jeune seigneur au moribond, peut-être que tu ne mourras pas. »

Il voulut en vain rouvrir la bouche, et il souleva avec effort les sourcils et les paupières.

« Non, je vais mourir, murmura-t-il ensuite... voici, voici la mort, elle est ici. Frères, si je vous ai fait du mal... pardon !...

— Dieu te fasse grâce, Maxime Andréytch, dirent d'une voix sourde tous les paysans sans exception en se découvrant la tête ; c'est à toi, à toi de nous pardonner. »

Il branla la tête avec les signes du désespoir, se souleva de la poitrine avec angoisse, et s'affaissa de nouveau.

« On ne peut cependant le laisser mourir ici, s'écria Ardalion Mikhaïlytch ; mettez ici les nattes de votre chariot, faisons vite une civière et transportons-le à l'hôpital. »

Deux hommes se hâtèrent d'exécuter cet ordre.

« Hier j'ai acheté... bégaya le mourant, j'ai acheté un cheval à Efim... j'ai donné des arrhes... le cheval est à moi, il est pour ma femme... elle payera... donnez-le à ma femme ! »

On le fit avec grande précaution glisser sur la civière... il frémit comme un oiseau blessé, et aussitôt tout son corps se raidit.

« Mort ! » murmurèrent les paysans.

Nous remontâmes à cheval et nous partîmes.

La mort du pauvre Maxime me porta à la réflexion. Le paysan russe a une manière toute à lui de mourir, et l'on ne peut nullement dire que la disposition où il se montre avant d'expirer puisse, sous aucun rapport, passer pour de l'indifférence et de la stupidité... Il meurt, je l'ai toujours observé ainsi, il meurt avec calme et simplicité, et comme s'il accomplissait un acte, une formalité inévitable et toute naturelle.

Il y a quelques années, dans le village d'un autre voisin, un paysan fut brûlé dans l'incendie de la grange. Il serait resté là à expirer dans la grange, si un bourgeois qui passait n'était allé l'en retirer demi-mort. J'allai voir le malheureux dans sa chaumière ; il y faisait sombre, et l'air était vicié, chargé de fumée, suffocant.

« Où est le malade ? demandai-je.

— Eh ! là donc, sur la loge du poêle, » me répondit une femme avec la cantilène ordinaire des pauvres paysannes affligées.

J'approche : le malheureux est couché, il s'est couvert de son touloup ; il respire avec grande difficulté. « Eh bien, frère, comment te sens-tu ? » Le malade fait quelques mouvements ; il est tout couvert de plaies, il est à l'article de la mort, il essaye de se soulever un peu. Je lui dis : « Reste, reste tranquille... Eh bien, comment te trouves-tu, frère ?

— Eh ! bien mal, vous voyez.

— Tu souffres ? » Silence. « Ne te faut-il pas quelque chose ? » Silence. « Du thé, hein, veux-tu du thé ?

— Non. »

Je me retire un peu et vais m'asseoir sur le banc. Je reste là une demi-heure, au milieu d'un silence vraiment sépulcral. Dans un angle, derrière une table sous l'iconostase se tient tapie une petite fille de cinq ans occupée à ronger un croûton... la mère de temps en temps la menace du doigt. Dans l'entrée, on va et on vient, on frappe, on cause ; la belle-sœur hache du chou.

« Hé ! Axinia, dit enfin le moribond.

— Quoi ?

— Du kvass. »

Axinia présenta la boisson demandée, et le silence se rétablit. « A-t-il reçu les sacrements? » demandai-je bien bas; on me répondit de même : « Oui, avant votre entrée. »

« Allons, me dis-je en moi-même, tous sont en règle ici; le malade attend la mort, il l'attend, il n'attend pas autre chose. » Je n'en pouvais plus, je sortis.

Je me souviens, à propos de cela, qu'un jour étant en chasse, j'aperçus le toit de l'hôpital de Krasnogorié, et comme je connaissais là un nommé Capiton, simple aide, carabin, apprenti médecin ou infirmier, je ne sais, mais grand amateur de mon passe-temps favori, j'entrai pour causer un moment avec le frater.

L'hôpital était formé d'une aile d'une ancienne maison domaniale; c'était la dame du lieu qui avait elle-même organisé cette aile en infirmerie, et voici comment : elle fit clouer au-dessus de la porte une planche peinte en bleu, portant en lettres blanches cette inscription : *Hôpital de Krasnogorié*, et elle remit le même jour à Capiton, en sa qualité d'ancien infirmier, un joli album où il devait inscrire les noms de ses malades. Sur la première page de cet album, un des pique-assiettes et très-humbles serviteurs de la bienfaisante dame traça en français les vers suivants :

> Dans ces beaux lieux où règne l'allégresse,
> Ce temple fut ouvert par la beauté;
> De vos seigneurs admirez la tendresse,
> Bons habitants de Krasnogorié!

Nous ne prétendons pas justifier la rime ni la mesure du dernier vers : nous avons transcrit diplomatiquement; c'est tout ce qu'on peut exiger de nous.

Un autre ami de la maison prit aussitôt la plume et ne balança pas à écrire aussi en français et de sa plus belle écriture, avec un à-propos qu'on n'aperçoit pas du premier coup d'œil :

Et moi aussi j'aime la nature !

Il signa avec paraphe :

JEAN KOUBILIATNIKOF.

Je ne saurais dire, au reste, si les Français trouveraient la mesure d'un vers dans cet impromptu auquel ne manque certes pas la grâce. Mais cette page était lettre close pour le bon Capiton.

Le frater, livré à peu près exclusivement à ses moyens matériels comme à ses inspirations médicinales, acheta de ses propres deniers six lits en bois de sapin qu'il peignit en vert à l'huile, et se mit, en invoquant les bénédictions du ciel, à prodiguer ses soins aux gens du bon Dieu. On lui donna pour aides deux individus, dont l'un, Paul, avait été sculpteur, mais il était sujet à des absences d'esprit qui le rendaient assez incommode; l'autre était la femme Melikitrice, dite Mains-sèches; elle était chargée de la cuisine de l'établissement. Tous deux étaient employés à préparer les médicaments, à sécher les simples, à faire des infusions, etc., puis à contenir les malades que la fièvre agitait quelquefois outre mesure, ou qui résistaient à quelque opération douloureuse ou pénible. Le sculpteur était habituellement morose et avare de ses paroles; cependant, la nuit, il chantait : *De Vénus la toute-puissante, déesse et reine de beauté*, etc. Et il abordait chaque passant en le suppliant de vouloir bien lui permettre (ce qu'il eût été difficile de lui accorder) d'épouser une certaine Malanie, morte et enterrée depuis bien des années : Mains-sèches le rossait d'amitié et le mettait, un peu de force, à un régime calmant, en lui faisant garder les dindons.

J'étais chez le frater, l'infirmier, le médecin, le directeur de l'hôpital, comme on voudra bien l'appeler, chez le bon et honnête Capiton enfin, et nous étions déjà en train de rappeler les circonstances de notre dernière chasse, quand tout à coup entra au galop dans la cour une télègue attelée d'un énorme cheval moreau, comme en possèdent seuls les meuniers. Dans la télègue se carrait un homme vigoureux, dont la barbe était de quatre ou cinq nuances, et vêtu d'un armiak neuf. « Ah! Vacili Dmitrytch! cria de sa fenêtre Capiton, soyez le très-bienvenu! C'est le meunier de Leoubovchinsk, » ajouta-t-il pour moi en rentrant la tête dans la chambre. Le paysan, en poussant un soupir bruyant, plaintif et prolongé, descendit du chariot, entra dans la chambre de Capiton, chercha du regard l'image sainte, et se signa solennellement.

« Eh bien! eh bien! Vacili Dmitrytch, qu'est-ce qu'il y a de nouveau? çà mais, vous ne vous portez pas bien? vous n'avez pas du tout bon visage aujourd'hui.

— Non, Capiton Timoféytch, c'est vrai, je ne me sens pas bien.

— Qu'est-ce qui vous arrive?

— Écoutez, Capiton Timoféytch, il y a quelques jours, j'allai à la ville, j'achetai des meules et je les amenai à la maison; quand je dus les décharger dans ma cour, je voulus agir à peu près seul; j'y mettais toutes mes forces, et voilà que dans mes entrailles, je ne sais, quelque chose s'est rompu ou dérangé... Que vous dirai-je? depuis ce maudit quart d'heure je n'ai plus de force, et aujourd'hui je suis souffrant et bien souffrant.

— Hum! fit Capiton en absorbant une triple prise de tabac et en regardant fixement le plancher, ça doit être une hernie. Et y a-t-il longtemps que cela est arrivé?

— Il y a neuf jours.

— Neuf jours!... L'ancien infirmier ouvrit de grands yeux effarés, retint son haleine et branla la tête... Voyons... « Ils disparurent derrière une courtine; en revenant de là, il ajouta : » Mon pauvre Vacili Dmitrytch, j'en ai bien du chagrin pour toi, mais cela va très-mal; tu es gravement malade, et tu ne dois pas songer à sortir d'ici; j'y mettrai tous mes soins, mais je ne réponds de rien.

— Est-ce que je suis donc si mal, si mal? demanda le meunier surpris.

— Oui, Vacili Dmitrytch, bien mal; si vous étiez venu une couple de jours plus tôt, peut-être que je vous aurais enlevé cela avec la main; maintenant, il y a inflammation, et Dieu veuille que la gangrène ne s'y mette pas.

— Impossible! Capiton Timoféytch.

— C'est comme je vous le dis.

— Mais comment... comment! et je dois mourir pour si peu?...

— Je ne dis pas que vous mourrez; je dis que vous devez ne plus bouger d'ici. »

Le paysan réfléchit, se gratta le front, regarda le plancher, puis nous, puis son bonnet, puis il se couvrit et se leva.

« Où allez-vous donc, Vacili Dmitrytch?

— Où je vais? Eh! sans doute à la maison, puisque je suis si mal. Il faut bien, avant de mourir, faire quelques dispositions.

— Vous vous perdez, Vacili Dmitrytch; sachez que je m'étonne beaucoup que vous ayez pu arriver jusqu'ici. Restez donc.

— Non, frère, non, Capiton Timoféytch; s'il faut mourir, eh bien, que ce soit chez moi; si je meurs ici, Dieu sait ce qui se passera dans la maison.

— On ne peut pas savoir, Vacili Dmitrytch, comment
le mal tournera...sans doute, c'est dangereux, et même
très-dangereux... c'est justement pour cela que vous
devriez rester ici.

— Non, dit le meunier en branlant la tête, non, Capiton Timoféytch, je ne resterai pas... mais prescrivez-
moi quelque chose à prendre.

— Les potions à elles seules n'y feront rien.

— Je vous dis que je m'en retourne là-bas décidément.

— Tu es le maître... malheureux, je temble que tu
ne te repentes trop tôt... »

Il arracha un feuillet du bel album, y écrivit une
ordonnance, et ajouta de vive voix une foule de choses
à faire. Le paysan prit l'ordonnance, donna à Capiton
un demi-rouble [1], sortit de la chambre, et parvint à se
remettre dans son chariot avec l'aide de Capiton.

« Eh bien! adieu, lui dit-il, gardez-moi bon souvenir,
et ayez quelque souci des miens, si tant est....

— Ah! Vacili, reste, reste ici, crois-moi. »

Le paysan branla la tête, toucha son cheval et sortit
de la cour. J'allai dans la rue, et je le suivis de l'œil
quelque temps. La route était boueuse et cahoteuse;
le meunier cheminait avec précaution et sans hâte, il
dirigeait habilement son cheval, et à chaque cahot il
avait soin de serrer la bride; il saluait tous les passants.... Trois jours après il n'était plus.

J'en reviens à dire que les Russes sont admirables
dans leur manière de prendre la mort. Quantité de
mourants assiégent à présent ma mémoire. Je te revois
comme si tu respirais encore, mon ancien camarade
Avenir Sorokooumof! Tu n'étais pas parvenu à ter-

---

1. Deux francs.

miner tes études et à conquérir au moins le premier
diplôme, la licence d'étudiant, mais tu n'en étais pas
moins un homme excellent et plein de noblesse. Je
vois encore ton visage verdâtre aux pommettes rosées,
ta grosse chevelure blonde, ton modeste sourire, ton
regard émerveillé, tes longs membres osseux.... j'entends ta voix faible et caressante. Tu habitais chez un
seigneur grand-russien, nommé Gour Kroupianikof, tu
élevais ses enfants, M. Fofa et Mlle Zeozia, leur ensei-
gnant la langue russe, la géographie et l'histoire. Tu
prenais en patience la lourde gaieté de M. Gour en
personne et les saillies de son intendant, et les espiè-
gleries un peu fortes de deux élèves pleins de malice ;
tu cédais aux exigences fantasques d'une mère que
troublaient les vapeurs d'un incurable ennui, tu la
satisfaisais non sans un amer sourire, mais sans ressentiment et sans murmure.... Mais aussi, quand venait
l'heure du repos, le soir, après souper, comme tu
goûtais ce repos ! comme tu te sentais heureux d'être
momentanément délivré de toute obligation, de toute
contrainte, de toute tension d'esprit ! Oh ! alors, tu
t'asseyais à la fenêtre, tu fumais ta pipe tout rêveuse-
ment, ou bien tu feuilletais une grosse livraison bien
déprimée, bien malpropre, de quelque revue russe, ap-
portée de la ville prochaine par l'arpenteur, encore un
pauvre diable tel que toi. Comme tu goûtais alors toute
pièce de vers, tout conte, toute nouvelle ! avec quelle
facilité les auteurs de ces choses te faisaient venir les
larmes aux yeux ! avec quel plaisir tu riais ! avec quel
sincère amour des hommes, avec quelle noble sympathie pour le bon et pour le beau, ton âme pure et virginale s'enflammait à des fictions plus ou moins ingé-
nieuses, plus ou moins empreintes de vraie sensibilité !

Il faut tout dire : tu ne te distinguais pas par une

bien vive intelligence, la nature t'avait doué de peu de
mémoire; la force d'attention, la curiosité érudite te
manquaient; à l'université, tu étais réputé l'un des
plus tristes étudiants; aux leçons, tu dormais; aux
examens, tu gardais un solennel silence.... Mais qui
avait les yeux étincelants de joie, qui, au succès, au
triomphe d'un camarade, perdait la respiration à force
de bonheur? C'était Avenir. Qui croyait aveuglément
à quelque haute vocation de ses amis? qui les prônait
avec extase, les défendait avec emportement? qui était
entièrement étranger à l'envie, à la haine, à la vanité?
qui était prêt à s'immoler sans arrière-pensée? qui se
soumettait volontiers à des gens si loin de te valoir par
le cœur et par le caractère? Toujours toi, toujours toi,
notre bon et cher Avenir!

Il m'en souvient, c'est avec un cœur brisé que, partant pour une *condition* [1], tu te séparas de tes camarades; de fâcheux pressentiments te tourmentaient;
et, à la campagne, dans ta position dépendante, tu dois
avoir eu bien du mal, car tu n'avais là personne à
écouter avec une pieuse attention, personne que tu
pusses admirer ou aimer! Tous, stepniaks purs [2] et
seigneurs terriers civilisés, ne voyaient en toi qu'un
précepteur, un homme de rien; les uns te parlaient
grossièrement, les autres te parlaient peu ou point.
Pour surcroît de malheur, tu manquais d'assurance;
tu tremblais, tu rougissais, tu te mouillais de sueur, tu
bégayais; tu perdais tout moyen de conquérir ta vraie
place. L'air pur des champs n'a pas même eu la puis-

---

1. Pour occuper un emploi, remplir quelque fonction chez
un particulier.

2. Stepniak, campagnard du voisinage des steppes, et
qui vit exclusivement de la vie locale, sans se soucier des
grandes villes.

sance de rétablir ta santé; tu coulais comme une misérable chandelle de suif, mon pauvre ami ! Ta chambre s'ouvrait sur le jardin ; les merisiers, les pommiers, les tilleuls semaient sur la table, sur ton écritoire, sur tes livres et sur tes papiers leurs fleurs légères; à la paroi pendait un petit coussinet de soie bleue pour la montre qui, le jour des adieux, t'avait été donnée en souvenir par une bonne et sensible Allemande, gouvernante aux yeux bleus, aux longs repentirs blonds. Quelquefois tu avais la visite d'un ancien ami de Moscou, qui te jetait dans des extases infinies en te lisant des pièces de vers, dont quelques-unes étaient de lui-même; mais l'isolement habituel, mais l'insupportable servitude de l'état d'instituteur, l'impossibilité d'en jamais sortir, mais les interminables hivers de neuf mois qui commencent et finissent dans la boue, mais une maladie persistante.... Pauvre, pauvre Avenir!

Je me fis présenter à M. Gour Kroupianikof sans lui dissimuler que j'avais été attiré chez lui par mon désir de revoir mon ancien camarade d'université ; il ne m'accompagna pas, mais il eut la complaisance de me faire conduire à la chambre d'Avenir Sorokooumof. Hélas ! cette visite eut lieu bien peu de temps avant sa mort ; il ne pouvait déjà presque plus sortir. M. Gour ne l'avait pas *chassé* de sa maison, mais il avait cessé de lui donner aucun appointement ; c'est qu'il avait *loué* un autre précepteur pour Zeozia.... Fofa avait été mis au corps des cadets.

Avenir se tenait près de sa fenêtre, enfoncé dans un vieux fauteuil à la Voltaire. Le temps était superbe. Un ciel d'automne étendait joyeusement son azur sur une ligne rouge et sombre de tilleuls dépouillés de leur feuillage, dont les restes, déteints en un beau jaune d'or, grelottaient sans force du côté opposé au nord

La terre, mordue déjà plusieurs fois par les gelées
blanches, transpirait sous chaque rayon de soleil. Ces
rayons obliques et vermeils se glissaient, rampaient à
travers les herbes pâlies ; un faible et mystérieux craquement se faisait entendre par intervalles dans l'air
animé de temps en temps par les voix fortes et dis-
tinctes des gens qui travaillaient dans le jardin. Avenir
était enveloppé d'un vieux *khalatt* 1 boukhare ; un
mouchoir vert qu'il avait au cou jetait une teinte cada-
véreuse sur son visage jaunâtre et desséché. Ma venue
lui causa manifestement un grand plaisir ; il me pressa
la main, parla et se prit à tousser. Je le calmai, je
m'assis tout près de lui…. Il avait sur les genoux un
cahier des poésies de Koltsof, calligraphiquement
copiées ; il frappa de la main en souriant sur ce cahier :

« Voilà un poète ! » bégaya-t-il en contenant avec
peine un accès de toux, et il avait une mortelle envie
de me déclamer de sa voix à peine intelligible :

> Ou le faucon a les ailes liées,
> Ou les chemins de l'univers
> Lui sont ouverts.

Je l'arrêtai : le médecin lui avait défendu de parler. Je
savais le moyen de lui faire plaisir. Jamais Sorokooumof n'avait, comme on dit, suivi la marche du savoir
humain dans ses progrès, mais c'était une de ses fantaisies d'entendre raconter jusqu'où les plus grands esprits étaient parvenus dans leur carrière. Il lui arrivait
autrefois d'accrocher un camarade, de l'emmener un
peu à l'écart, et de le questionner avec une naïveté
charmante. Et cet étudiant, que la voix du savant professeur et que tout livre d'érudition endormaient fatale-
ment en quelques minutes, écoutait, admirait, croyait

1. Sorte de robe de chambre.

sur parole un étudiant de son âge, et pouvait longtemps rendre compte de tout ce que le jeune homme
lui avait dit, et presque dans les mêmes termes. La
philosophie allemande avait particulièrement un grand
attrait pour lui.

Moi, lui sachant ce faible, et dans l'unique intention
de complaire au pauvre malade, je me mis à lui parler
comme un fervent disciple de Hegel (on me croira
facilement, si j'affirme ici que Hegel et ses doctrines
n'ont jamais eu mes hommages). Avenir approuvait
par des mouvements cadencés de la tête, haussait les
sourcils, souriait, marmottait : « J'y suis, j'y suis, je
comprends ; grandes idées, oh! grandes idées!.... »
Cette curiosité enfantine d'un mourant, d'un pauvre
hère isolé, exposé chaque jour à être mis à la belle
étoile, à mourir sur les chemins... cette ingénuité d'un
être si malheureux m'émurent jusqu'aux larmes. Je
ferai observer à mes lecteurs qu'Avenir, à l'opposé de
la grande majorité des poitrinaires, ne se faisait aucune
illusion sur son mal et ses suites; et pourtant il ne
soupirait point, ne tombait point dans l'abattement, et
jamais ne faisait la moindre allusion à son état. Ce
n'est que plus tard qu'on reconnut qu'il en avait pleine
conscience.

La joie lui ayant rendu quelques forces, il put sans
fatigue me parler de Moscou, de nos anciens camarades, de Pouchkine, du théâtre, de la littérature russe; il
rappela nos déjeuners, nos réveillons, les chaudes discus-
sions de notre petit cercle, et il prononça avec le plus
tendre sentiment les noms de quelques amis défunts....

« Tu te rappelles Dacha? ajouta-t-il enfin; celle-là
avait de l'âme! oh! c'était un cœur d'or! Et comme elle
m'aimait! Que sera-t-elle devenue? Sûrement, après
mon départ, elle aura desséché, dépéri, la pauvrette! »

Je n'osai priver le malade de son illusion sur l'attachement de Dacha pour lui. Le fait est que la belle
jouit d'un merveilleux embonpoint, qu'elle est en rela-
tion avec des marchands barbus, la maison des frères
Koudatchkof et Cie; qu'elle emploie la céruse et le car-
min, qu'elle a le verbe très-haut, l'air insouciant et
dégagé, et qu'elle ne se prive pas plus d'un bijou pour
sa parure que d'un équipage pour ses promenades.

Cependant, pensais-je en regardant le marasme, l'état
d'épuisement de mon ancien camarade, ne pourrait-on
pas le tirer de cette maison où il a tant souffert, et où
il a la perspective de neuf mois à passer dans une véritable casemate? Peut-être n'est-il pas incurable. J'a-
bordai la question d'un changement de lieu, mais il me
devina, et ne me laissa pas même en venir à une proposition formelle.

« Non, frère, merci, me dit-il avec un mélange de
sensibilité et de résolution ; il importe peu où l'on
meure... Eh! tu vois bien que je n'irai pas jusqu'aux
neiges; quel besoin donc de causer à autrui d'assez
grands embarras? Je suis accoutumé à cette chambre
et à ce fauteuil. J'ai supporté les gens d'ici; il faut à
présent qu'ils me supportent. Ils ont été, huit ans, pour
moi assez....

— Méchants, méchants, n'est-ce pas? ajoutai-je in-
terrogativement.

— Méchants, non.... Ce sont de vraies bûches qui
veulent briller et flamber, et qui ne seraient plus si le
feu venait à elles; je ne peux pas me plaindre que des
bûches soient bûches, ce serait ridicule. Nous avons des
voisins... M. Kafsatkine a une fille bien élevée, aimable,
une très-bonne demoiselle, exempte de tout orgueil...
elle.... »

Sorokooumof eut une quinte de toux, puis, malgré

mes défenses, il reprit : « Tout cela ne serait donc rien si l'on voulait seulement me laisser fumer une pipe.... Mais mon parti est bien pris ; je ne mourrai pas sans en avoir passé mon envie, et cela dès ce soir, ajouta-t-il en clignotant d'un œil avec une malice infinie. Dieu soit loué, j'ai vécu ; je ne suis pas là sans avoir connu quelques honnêtes gens....

— Fort bien ; mais je t'engage à écrire sans plus tarder aux quelques membres de ta famille qui te portent de l'intérêt.

— *Écrivez à vos parents*, c'est ça, c'est ça. Eh ! cher ami, qu'est-ce que je leur écrirais donc ? Ils ne peuvent ni m'assister ni encore moins se déplacer ; je mourrai ici ; sois sûr qu'on me portera en terre et qu'on y mettra tout l'empressement possible. Mes parents finiront bien par savoir tout cela ; est-ce la peine d'en parler ?... Raconte-moi plutôt un peu ce que tu as vu à l'étranger. »

Je m'empressai de lui faire des récits compliqués pour qu'il restât silencieux. Il me dévorait des yeux. Le soir venu, je partis. Neuf jours après, je reçus de Gour Kroupianikof une lettre cachetée de noir et conçue ainsi :

« Celle-ci n'est à autre fin que de vous informer, mon cher monsieur, que votre ami, l'étudiant qui demeurait chez moi, M. Avenir Sorokooumof, jeudi dernier, 4 du courant, à deux heures après midi, a rendu son âme à Dieu, et que, ce matin, il lui a été fait des funérailles convenables, à mes frais, par les soins de mon intendant, dans *mon* église paroissiale. Il m'avait fait prier de vous faire tenir les livres et cahiers dont la poste vous annoncera sans doute aujourd'hui l'arrivée. Il s'est trouvé dans ses tiroirs la somme de 22 fr. 50 kop., qui, joints à ses autres effets, vont être ex-

pédiés à ses proches. Votre ami a gardé toute sa tête
jusqu'au bout, et, pour dire la vérité, il est mort avec
une entière insensibilité, ne témoignant aucune espèce
de regret, même au moment où nous nous sommes tous
trouvés réunis en famille pour lui faire nos adieux. Cléo-
patre Alexandrovna, mon *épouse*, vous salue. La mort
de votre ami lui a beaucoup agacé les nerfs; quant à
moi, je gouverne bien ma santé, et j'ai l'honneur de
rester,

« Votre très-soumis serviteur,

« GOUR KROUPIANIKOF. »

Beaucoup d'autres exemples sont là pour confirmer
ma thèse, et je n'aurai pas l'indiscrétion de vous en
faire subir la lecture, sauf pour une femme, lecteur,
pour une femme; je serai bref.

Une bonne vieille dame campagnarde mourut en ma
présence. Le prêtre, debout à son chevet, récitait les
prières des agonisants; l'assistance écoutait avec recueillement, la moribonde était immobile; tout à coup
il y eut interruption; l'officiant avait cru remarquer
que la mourante s'éteignait, et vite, vite, il lui imposa
la croix. La dame se retourna mécontente.

« Où vas-tu si vite, bateouchka (père)? murmura-
t-elle d'une langue déjà paralysée; sois tranquille, tu
arriveras... »

Elle plongea la joue gauche dans l'oreiller, fit ce
qu'elle put pour fourrer la main dessous, et, dans cette
position, exhala le dernier soupir.

Sous l'oreiller se trouvait un écu, c'est cette pièce
qu'elle voulait atteindre à son dernier moment pour
payer de sa propre main la prière suprême.

Oui, les Russes ont une manière à eux de mourir.

V

Le cabaret. — Le sentiment musical chez les Russes.

Le petit village de Kolotofka était jadis la propriété
d'une dame surnommée dans le pays Stryganikha [1], à
cause de son humeur prompte et décidée (son vrai nom
est resté inconnu); aujourd'hui il appartient à je ne
sais quel Allemand de Pétersbourg. Ce village est situé
sur le versant oriental d'une aride colline coupée du
haut en bas par un affreux ravin : celui-ci, béant
comme l'abîme, déchiré et curé à fond par la fureur des
eaux de printemps et d'automne, serpente tout au beau
milieu de la rue, où, bien plus puissamment que ne
ferait une rivière (sur une rivière, du moins, on peut
jeter un pont), il partage le pauvre petit hameau en
deux parties qui se font face sans être pour cela bien
voisines. Quelques maigres aubours végètent craintivement sur les côtés accidentés de l'horrible et tortueux
chenal. L'encaissement semble être tout de sable et de
sablon; le fond, qui est d'une teinte sèche et d'un jaune
cuivre, est couvert d'immenses dalles argileuses. Il faut
convenir que la localité n'est pas d'un riant aspect; et
cependant il n'est pas un des habitants, à soixante kilomètres à la ronde, qui ne connaisse parfaitement la
route du village de Kolotofka, et qui ne s'y rende volontiers et souvent.

A la naissance même du ravin, à quelques pas du

1. Qui tond, qui rase, mot formé du verbe *strytch*.

point où il commence par une étroite crevasse, s'élève
une petite maisonnette carrée, tout à fait distincte et à
l'écart des autres. Elle est couverte de chaume, domi-
née au beau milieu du toit par son unique cheminée ;
elle n'a qu'une fenêtre à l'arrière ; cette unique fenêtre,
qui ressemble à un œil de Cyclope, regarde par-dessus
le ravin, et dans les soirées de l'hiver, éclairée de l'intérieur, elle s'aperçoit de fort loin à travers l'épais
brouillard de la gelée, et tient lieu d'étoile conductrice
à plus d'un paysan attardé ou en course. Au-dessus de
la porte est clouée une planche bleue, et, comme cette
cabane est le kabac, le cabaret, le lieu de ressource de
l'endroit, un rendez-vous pour chacun, on y lit cette
inscription : *Pritynni kabatchok* [1]. Il est probable que
dans ce cabaret au sobriquet euphémique le vin de
grain se vend au même prix que dans tout autre, mais
on le fréquente beaucoup plus qu'aucun des établisse-
ments du même genre dans tout le district. C'est qu'on
y a pour hôte le cabaretier Nikolaï Ivanytch.

Nikolaï Ivanytch, naguère beau gaillard bien découplé, frais de visage, à la chevelure frisée, aujourd'hui
homme d'une rotondité remarquable, tête grisonnante,
figure toujours en nage, œil animé d'une bonhomie
fine, front huileux sillonné de rides tirées au cordeau,
est établi à Kolotofka depuis plus de vingt années.

Nicolaï Ivanytch est un homme agile et pénétrant
comme la plupart des cabaretiers ; il ne se distingue pas
par une politesse particulière, mais, sans être bien
communicatif, il possède le don d'attirer et de retenir
chez lui les chalands, à qui il semble agréable d'être
attablés devant le comptoir sous le regard calme, mais
clairvoyant du flegmatique personnage. Il est doué d'un

1. Au petit cabaret *(kabatchok)* de refuge.

bon sens admirable; il connaît à fond le genre de vie
de tout seigneur, celui de tout bourgeois et de tout
paysan, aussi bien que l'état de leurs affaires. Dans les
conjonctures malheureuses, il y aurait sagesse à le
consulter; mais, en sa qualité d'homme circonspect et
égoïste, il ne désire point un si grand honneur; il pré-
fère, et de beaucoup, rester dans la pénombre de son
comptoir; aussi n'est-ce que par des allusions lointai-
nes et prononcées comme au hasard qu'il met ses pra-
tiques sur le chemin du bon sens et de la raison, et encore ne le fait-il que pour celles à qui il porte un
véritable intérêt. Il se connaît dans tout ce qui est im-
portant pour un Russe : chevaux, bétail, bois de cons-
truction, briques et faïence, poterie, peaux et cuirs,
chansons et danses.

Quand son cabaret est vide, il se tient ordinairement
assis comme un sac de blé, à terre devant la porte de
la chaumière, ses minces jambes retirées sous lui, et il
échange dans cette position des paroles de politesse
avec tous les passants. Cet homme a beaucoup vu, il a
survécu à des dizaines de gentillâtres campagnards qui,
s'ils n'entraient pas chez lui pour se *rincer la gorge*, y
venaient faire leur provision de brandevin distillé; il
sait tout ce qui se passe à cent verstes à la ronde, et
jamais il n'en dit un mot, ni même ne laisse deviner qu'il
soit au fait de mille petits mystères que ne soupçonne
même pas le plus clairvoyant délégué de police. Il
serre lèvre contre lèvre, sourit et trinque, ou remue sa
vaisselle. Les voisins font état de lui. Son Excellence
M. Schérépétenko, le propriétaire le plus marquant du
district sous le rapport du rang civil, ne manque pas,
chaque fois qu'il passe devant son cabaret, de le saluer d'un air de considération. C'est qu'en effet Nicolaï
Ivanytch est un de ces hommes avec qui l'on compte.

Ainsi il a amené en un quart d'heure un voleur de
bétail à restituer un cheval dérobé dans la cour de
l'une de ses connaissances ; un matin, il a mis à la raison les paysans d'un village voisin, tous unanimes pour
ne pas reconnaître un nouvel intendant; et que de
traits encore!... Mais il ne faut pas croire qu'il tienne
cette conduite par dévouement au prochain; il ne veut
en réalité que prévenir ce qui pourrait nuire à son
repos. Sa femme, bourgeoise au pied ferme et agile, à
l'œil vif et au nez fin, est depuis quelque temps devenue, comme son mari, un peu chargée d'embonpoint.
Il a en elle la plus aveugle confiance, et c'est elle qui
tient la clef des écus. Les ivrognes turbulents la crai-
gnent : elle ne les ménage pas ; on a d'eux beaucoup de
bruit et peu d'argent. Ses préférences sont pour les silencieux et les moroses, ceux qui devenus depuis longtemps ivrognes n'en conviennent pas avec eux-mêmes
et sont encore à se le reprocher.

C'était un jour de juillet, et il faisait une chaleur ac-
cablante; je gravissais bien péniblement, dans la direction du Pritynnî kabatchok, un sentier qui côtoie la
berge du ravin de Kolotofka. Le soleil régnait en tyran
dans l'espace; il était terrible, inflexible, inévitable;
l'atmosphère était tout imprégnée d'une poussière suf-
focante. Les freux et les corbeaux, absorbant sur le noir
luisant de leur plumage tous les rayons colorants et
lumineux à la fois, tenaient leurs becs béants en jetant
des regards voilés sur les passants, à qui ils avaient
réellement l'air de demander l'aumône d'un peu de
pitié ou de sympathie dans la commune souffrance. Ils
devaient bien porter envie aux moineaux, qui seuls, au
lieu de se plaindre de la canicule, soulevaient leurs
plumes, gazouillaient avec plus de transport que jamais,
se livraient des assauts fur'eux sur le rebord des palis-

sades, s'élevaient par grandes volées du milieu de la
route poudreuse, et allaient s'abattre comme un gros
nuage gris sur les chènevières, qui se fussent bien passées de cette ondée vorace. J'étais tourmenté par la
soif; il n'y avait ni source, ni ruisseau à ma portée. A
Kolotofka, comme dans la plupart des villages steppiens, les paysans, faute de sources et de puits, ont
accoutumé leur estomac à absorber la boue liquide
d'un étang, d'une mare quelconque. Mais qui sera
jamais tenté de décorer du nom d'eau un si dégoûtant
breuvage? Je résolus d'aller demander à Nikolaï Ivanytch un verre de bière ou de kvass.

Je crois avoir déjà dit qu'en aucun temps de l'année
Kolotofka n'est d'un aspect réjouissant; mais il fait
naître un sentiment particulièrement douloureux quand
le soleil de juillet vient, comme aujourd'hui, darder ses
impitoyables feux; qu'il grille et calcine et les toits
bruns et ravagés des chaumières, et le hideux ravin, et
le troupeau du village, troupeau poudreux, hâve, qui
ne rappelle point ceux de la Hollande et du Tyrol, et
où se mêlent de grandes et maigres poules qui n'ont
aucune parenté avec l'agami du Brésil; qu'il frappe
d'aplomb les grisâtres parois d'une masure de rondins
de frêne, débris de l'ancienne habitation seigneuriale,
qui a des trous pour fenêtres; ruines où s'épanouissent
à l'aise l'ortie, le bouriane [1] et l'absinthe; qu'il met
presque en ébullition l'étang, noir de surface et tout
marbré de duvet d'oie, contenu, d'un côté, par une
digue près de laquelle, sur une terre broyée et mise à
l état de cendres, les brebis, respirant à peine et éter-
nuant de suffocation, se pressent languissamment les
unes contre les autres, et penchent leurs pauvres petits

1. Les bourianes sont de hautes herbes des steppes du sud de
la Russie.

museaux aussi bas que possible, comme pour laisser
s'écouler par-dessus leurs têtes ces torrents ignés.

J'approchais enfin, exténué de fatigue, de la demeure
de Nicolaï Ivanytch, en excitant, bien entendu, chez les
petits enfants, un étonnement qui tenait de la stupeur ; chez les chiens, un mécontentement qui s'exprimait par des aboiements si aigus, qu'ils semblaient devoir en crever sur place, car ils se mettaient tour à tour
à tousser et à se tordre comme atteints de convulsions.
J'arrivai pourtant, et, comme je m'avançais, parut tout
à coup sur le seuil du cabaret un homme de haute taille,
tête nue, en carrick de drap grossier à longs poils,
portant au-dessous des hanches une ceinture de je ne
sais quel tissu bleu. Ce devait être un domestique, un
laquais des environs; son épaisse chevelure grise se
hérissait en grand désordre sur son visage sec et ridé.
Il appelait quelqu'un, et pour cela, à la voix il joignait
des mouvements de bras qui s'étendaient avec force de
tous côtés, bien plus loin qu'il n'en avait l'intention. Il
était évident que cet homme avait des fumées dans la
tête.

« Viens! hé! viens donc! bégayait-il en soulevant
avec effort ses paupières en bourrelet et ses longs sourcils. Viens, Morgatch, allons! Eh! comme tu es, frère!
tu rampes, vrai, tu rampes. C'est mal, sais- tu, très-
mal... On t'attend là dedans, et toi... toi... tu... rampes.
Allllons donc !

— Bon, on y va, on y va, » répondit une petite voix
chevrotante; et de derrière la chaumière parut un gros
petit boiteux. Il était vêtu d'une tchouïka en drap assez
proprette, une manche passée, l'autre ballante; il avait
sur la tête, et enfoncé jusqu'aux sourcils, un bonnet
pointu, qui donnait à son visage rond et relevé en bos-
ses une expression fine et railleuse. Ses petits yeux

jaunes étaient sans repos; sur ses lèvres minces courait un sourire contenu et un peu forcé; son nez long et pointu allait de l'avant comme une proue de galère. « On y va, mon cher, continua-t-il en louvoyant vers l'entrée du cabaret; mais pourquoi m'appelles-tu comme ça, et qui est-ce qui m'attend là dedans?

— Pourquoi je t'appelle? repartit d'un ton d'amical reproche l'homme au manteau bridé par en bas; ah! Morgatch, que tu es donc un drôle de corps! on t'appelle au kabatchok, et tu demandes pourquoi! Ceux qui t'attendent là, ce sont tous de bons enfants, et de braves gens, va. C'est Turc-Iachka et Dîkï-Bârine, et l'entrepreneur, tu sais, de Jizdra. Iachka a fait un pari avec l'entrepreneur; ils ont parié une grande mesure de bière que le vaincu payera; il s'agit de savoir qui chante le mieux... tu comprends.

— Iachka chantera? dit vivement Morgatch... tu ne mens pas, Obaldouï?

— Je ne mens point, répondit fièrement Obaldouï, mais ta question est baroque; Iachka chantera, puisqu'il vient de parier... es-tu bête de ne pa comprendre! es-tu brutal de dire que je mens!

— Eh bien! entrons, la Simplicité [1]; entrons, repliqua Morgatch.

— Oui, mais baise-moi du moins, mon cœur, marmotta Obaldouï en ouvrant largement les bras.

— Voyez-moi ce Goliath qui fait fanfan... va donc...» répondit rudement Morgatch en repoussant du poing Obaldouï; ils entrèrent, Morgatch tout droit, et le géant

---

1. Prostota (la simplicité), boroda (la barbe), etc., etc., etc. Outre les sobriquets personnels qui sont donnés et qui restent à chacun en Russie, il s'en donne d'occasion comme ici. Morgatch, *clignot* ou *clignoteur*, était le sobriquet persistant du petit bossu.

6

en se pliant en deux sous le bas et grossier linteau de
la porte.

Le dialogue que je venais d'entendre en m'effaçant
un peu ne laissa pas que d'exciter fort vivement ma
curiosité. Ce n'était pas la première fois que j'entendais
parler de Turc-Iachka; il était renommé comme le
meilleur chanteur du pays, et songez à la bonne fortune qui s'offrait, de l'entendre lutter de supériorité
avec quelque rival de gloire! La conjoncture me paraissait éminemment heureuse; j'entrai d'un pas ferme et
précipité dans le cabaret, bien résolu de ne gêner personne, mais de tout voir et de tout entendre.

Je suppose que bien peu de mes lecteurs ont eu l'occasion de connaître nos cabarets de campagne, et qu'un
plus petit nombre encore a pu les observer attentivement; mais nous autres chasseurs, où n'entrons-
nous pas? Leur aspect extérieur est celui d'une chaumière, et leur distribution intérieure est fort simple. Un
intérieur de cabaret villageois, dans nos provinces,
présente ordinairement une petite pièce d'entrée sombre et une grande chambre nommée en russe *béelaïa
izba* [1], divisée en deux par une cloison derrière laquelle,
à moins d'être de la famille, nul n'a le droit de passer.
Dans cette cloison, au-dessus d'une large table de bois
de chêne figurant le comptoir, est découpée une ouverture plus large que haute. Sur cette table, disposée
quelquefois en double ou triple étagère, on voit, sur
les côtés, les spiritueux en vidange; au fond, des fla-
cons cachetés, de différente capacité, rangés en gradins
droit derrière l'ouverture béante. Dans la partie anté-
rieure de l'izba, partie mise à la disposition des visiteurs, se trouvent pour tout mobilier un banc fixé tout

1. Ou chambre *blanche*, c'est-à-dire claire.

à l'entour de la paroi, deux ou trois futailles vides et une table près de l'angle au-dessous de l'image sainte. Les cabarets de village sont la plupart assez sombres, et vous n'y voyez presque jamais, sur les parois de rondins nus, les grossières images dites *loubot-chnyïa* [1], si vigoureusement coloriées, et dont aucune chaumière en Russie ne saurait guère se passer.

Quand j'entrai, il s'était déjà réuni une assez nombreuse société.

A son comptoir, et masquant de sa large carrure presque toute l'ouverture et la pyramide des goulots cachetés du fond de la scène, se tenait, en ample chemise d'indienne bariolée, et avec un moelleux sourire sur ses joues rebondies, Nicolaï Ivanytch, versant de sa main blanche et potelée deux verres d'eau-de-vie à ses deux amis, Morgatch et Obaldouï, qui venaient d'entrer; derrière lui, dans un coin, près d'une fenêtre, se laissait apercevoir à demi sa femme, dont les regards concouraient activement à la surveillance du maître.

Au milieu du cabaret se trouvait un homme maigre, mais bien fait, de quelque vingt-trois ans, vêtu d'un long cafetan de nankin bleu. Il avait l'air d'un ouvrier de fabrique et d'un hardi compère, bien que son teint fût loin d'annoncer une santé bien robuste; ses joues flasques, ses grands yeux gris, inquiets, son nez droit, à narines mobiles, son front blanc en talus orné de boucles d'un jaune canari qu'il renvoyait derrière ses oreilles, ses lèvres un peu grosses, mais fraîches et expressives; tous ses traits enfin révélaient un caractère fougueux et passionné. Il était dans une grande agitation : il ouvrait et fermait les yeux, il respirait d'une

2. Non pas *d'écorce*, comme le porte la première édition, mais *sur écorce*, ou mieux *sur bois*, d'après la manière de graver. Voyez ci-devant la note de la page 3-4.

haleine inégale ; ses bras tremblaient comme par un accès
de fièvre ; c'est qu'en effet il avait la fièvre, cette fièvre
névralgique si connue de tous ceux qui parlent et chantent devant une assemblée avide de merveilles. Cet
artiste était Iachka ou Jacques dit le Turc. Près de lui
se tenait un homme de quarante ans, large d'épaules,
ayant les joues épaisses, le front bas, les yeux étroits
à la tatare, le nez court et plat, le menton carré, les
cheveux noirs, brillants et durs comme le crin d'une
brosse. A voir ce visage brun et plombé, avec ses
lèvres blafardes, dans l'état de calme et de recueillement qu'il réfléchissait, on sentait qu'il pouvait prendre
facilement un caractère féroce, ou qu'il avait déjà
revêtu cette expression en d'autres circonstances. Sans
faire aucun mouvement, cet homme regardait lentement autour de lui, comme le bœuf de dessous le joug.
Il était vêtu de je ne sais quel vieux surtout à boutons
de cuivre plats ; une cravate de soie noire usée entou-
rait son gros cou musculeux. C'est lui qu'on appelait
le Sauvage-Monsieur, Dikï-Bârine.

En face de lui, dans l'angle du banc sous les images,
était assis le rival de Iachka, l'entrepreneur [1], de la ville
de Jizdra ; c'était un homme de taille moyenne, mais
bien prise, âgé d'une trentaine d'années, visage taché de
rousseurs, nez épaté et de travers, petits yeux vairons
fort vifs et barbe soyeuse. Il avait le regard hardi et mobile ; il se tenait les mains fourrées sous ses cuisses, causait indolemment, et frappait tantôt d'un pied, tantôt
d'un autre sur le plancher, ce qui faisait remarquer ses
bottes à étroits retroussis rouges, qui ne manquaient
pas d'une certaine élégance. Il était vêtu d'un armiak
de fin drap gris à collet de peluche, d'où ressortait vi-

---

1. L'entrepreneur (*readchik*), cette appellation s'expliquera
d'elle-même plus loin.

vement le haut de sa chemise rouge, convenablement
fixée par deux boutons sur sa gorge. Dans l'angle
opposé, à droite de la porte, était assis devant une table
un étrange moujik en vieille souquenille grise largement déchirée à l'épaule droite. La lumière du soleil
perçait et se précipitait comme un torrent jaunâtre à
travers les vitres poudreuses des deux petites fenêtres
de la façade, sans pouvoir vaincre l'obscurité accoutu-
mée de la chambre; tous les objets étaient éclairés si
pauvrement, qu'on peut dire que la lumière faisait
tache partout où elle allait frapper. Aussi faisait-il presque frais au cabaret, de sorte que l'affreux tourment
que la canicule fait souffrir dans le désert, cette impression que je venais d'éprouver cessa comme par enchantement dès que j'eus franchi le seuil de cet asile.

Ma venue, je le remarquai fort bien, avait d'abord
un peu contrarié les chalands de Nicolas Ivanytch ;
mais, ayant vu que le maître de la maison me saluait
comme quelqu'un de sa connaissance, ils se tranquilli-
sèrent et ne firent plus attention à moi. Je me fis servir
de la bière à la table et dans l'angle où se tenait le
moujik à la souquenille trouée.

« Eh bien! qu'est-ce donc? » cria Obaldouï après
avoir lampé d'un trait un verre d'eau-de-vie, et il accompagna son exclamation de ces grands mouvements
de bras sans lesquels il paraît qu'il ne pouvait articuler
une parole. « Qu'est-ce qu'on attend? Il faut commencer. Hé! Iachka?

— Oui, oui, allons, commencez; voyons, dit le cabaretier d'un ton d'encouragement.

— Bon, commençons, dit d'une voix calme et con-
fiante l'entrepreneur en souriant, moi, je suis prêt.

— Et moi aussi, je suis prêt, marmotta non sans un
certain trouble Turc-Iachka.

— Si vous êtes prêts tous les deux, enfants, commencez donc, » dit Morgatch d'un ton de fausset.

Malgré le désir unanime de l'assemblée, personne ne commençait ; l'entrepreneur ne quittait pas son coin, ne se levait pas même de son banc. On avait l'air d'attendre quelque chose.

« Il est temps! » exclama d'une voix morose et absolue le Dikï-Bârine.

Iachka frissonna. L'entrepreneur se leva, refit le nœud de sa ceinture et fit entendre une toux de contenance.

« Et qui doit commencer? » dit-il au Dikï-Bârine, qui continuait de se tenir immobile au milieu de la chambre, carrément posé sur ses deux gros pieds écartés, et tenant ses bras enfoncés presque jusqu'aux coudes dans les poches de son large pantalon.

« Toi, toi, commence, bourgeois, dit Obaldouï à l'entrepreneur ; c'est toi qui commence, frère. »

Dikï-Bârine regarda en dessous cet ordonnateur des cérémonies, qui aussitôt bégaya timidement un monosyllabe ou deux, se troubla, regarda le plafond, haussa les épaules et battit en retraite.

« On va tirer au sort, dit posément le Dikï-Bârine. Et que la mesure de bière soit là sur le comptoir. »

Nicolas Ivanytch se baissa, et en se relevant déposa solennellement la mesure de bière [1] sur la devanture de bois de chêne.

Dikï-Bârine regarda Iakof et lui fit un signe intelligible. Iakof se fouilla, tira un gros de cuivre et y fit une marque avec les dents. L'entrepreneur, son concurrent, tira de dessous la robe de son cafetan une belle bourse de cuir, en détordit sans hâte les cordons, et s'étant versé une quantité de monnaies dans la main

---

I. Une *osmouha*, huitième partie d'un *vedro*, et à peu près un litre.

gauche, il en retira un gros tout neuf. Obaldouï pro-
posa sa vieille casquette sale, à visière déchirée ; Iakof
(Iachka) y jeta son gros, et son adversaire en fit autant
du sien.

« C'est toi qui tireras, » dit le Dikï-Bârine en s'adressant à Morgatch.

Morgatch, content de jouer un rôle en tout ceci, sourit, saisit la casquette des deux mains et se mit à la
remuer en l'air.

Il se fit un profond silence; les deux gros se heur-
taient sourdement. Je regardai attentivement les visages; tous exprimaient l'impatience de l'attente. Dikï-
Bârine lui-même fronça le sourcil; mon voisin le
manant, en souquenille déchirée, avait le cou singulièrement allongé par la curiosité. Morgatch plongea la
main dans la casquette et en retira le gros de l'entrepreneur. L'assemblée soupira; on allait commencer.
Iakof rougit; l'entrepreneur se passa la main dans la
chevelure.

« Je t'avais bien dit, s'écria Obaldouï, que c'était à
toi de commencer !

— On n'a que faire de ta langue, et à bas les pattes !
dit le Dikï-Bârine. Ça, commence, poursuivit-il en s'a-
dressant à l'entrepreneur.

— Quelle chanson est-ce que je chanterai? dit celui-
ci avec un certain émoi.

— La chanson que tu voudras, dit le cabaretier en
se croisant lentement les bras sur la poitrine; on n'exige
pas un chant plutôt qu'un autre; chante ce que tu
aimes à chanter, et n'aie souci que de bien chanter ; et
nous autres, plus tard, nous prononcerons notre juge-
ment en conscience.

— Ah! oui, pour ça, en conscience, reprit Obaldouï,
et il lécha le bord de son verre vide.

— Frères, laissez-moi tousser un peu, dit l'entrepreneur en jouant des doigts avec la peluche de son collet.

— Bah! bah! c'est trop biaiser... » commence, dit le Dikï-Bârine, résolu à entendre et à ne plus parler.

L'entrepreneur rêva un peu, secoua la tête et fit quelques pas en avant. Iakof le dévorait des yeux.

Avant de décrire la lutte de chant qui eut lieu en cette occasion, je crois à propos de dire quelques mots sur chacun des personnages de mon récit. La vie de quelques-uns m'était connue avant que je les eusse vus poser ainsi devant moi dans le cabaret de Nicolas, et quant aux autres, c'est après les avoir vus que j'ai recueilli quelques données sur eux.

Commençons par Obaldouï. Le vrai nom de cet homme est Evgraf Ivanof; mais personne dans nos cantons ne le nomme autrement qu'Obaldouï, et lui-même se fait gloire de ce sobriquet, tant il a de justesse ; il sied on ne peut mieux à un homme de rien, à un brouillon, à un fâcheux dont les traits, comme les longs bras et la langue, sont dans une agitation continuelle [1]. C'était un domestique célibataire et ivrogne, que ses maîtres avaient depuis longtemps livré à lui-même : n'ayant d'occupation nulle part, ne recevant pas un sou de qui que ce fût, il trouvait cependant moyen de s'amuser chaque jour aux dépens d'autrui. Il avait un grand nombre de gens de connaissance qui le régalaient de thé et d'eau-de-vie, sans savoir eux-mêmes pourquoi, car il n'a jamais été amusant pour personne, et il a, au contraire, toujours fatigué tout le monde par son stupide bavardage, par son importunité de mouche ou de moustique, par son agitation fébrile et par son gros rire faux. Il n'a jamais su ni chanter, ni danser, ni gratter

---

1. Ce sobriquet ne peut venir que du verbe *boltat, oboltat,* qui nigflsie à la fois bavarder, jacasser, et remuer, s'agiter.

les cordes d'une guitare; de sa vie il n'a dit un mot, je ne dis pas spirituel, mais seulement raisonnable; il a de tout temps jacassé et déraisonné à travers champs ; ce n'est donc qu'un bavard, un braillard, un Obaldouï... et cependant il n'y a pas eu depuis vingt ans, à quarante verstes à la ronde, une orgie de gens du commun où sa longue figure n'ait soudain apparu au beau milieu des buveurs, tant on s'est accoutumé à supporter sa présence comme un mal inévitable. Il est vrai qu'on le traitait souvent comme un grand mauvais laquais, ce qui était encore au-dessus de ses mérites, puisqu'il n'avait pas même su l'être ; mais il n'y avait que le Diki-Bârine qui sût réprimer la verve de ce maroufle.

Morgatch n'avait aucun trait de ressemblance avec Obaldouï; ce nom de Morgatch [1], ou le Clignoteur, est un sobriquet qui lui était venu on ne sait trop comment, car en vérité cet homme ne clignotait pas plus que les autres. Le peuple russe est naturellement porté à coiffer chacun d'un sobriquet, et l'homme qui a habité vingt lieux divers court grand risque d'avoir vingt sobriquets à sa charge, et ce serait miracle qu'ils fussent tous d'une égale justesse. Malgré tout mon désir de sonder un peu mieux le passé de cet homme, il reste pour moi dans sa vie, et probablement pour beaucoup d'autres curieux, de nombreuses éclipses de lumière, ou, comme diraient les gens qui font des livres, des points qui demeurent enveloppés d'épaisses et impénétrables ténèbres. Tout ce que j'en ai su, c'est qu'il a été cocher dans la maison d'une vieille dame sans famille, qu'il prit la fuite avec les trois meilleurs des chevaux qui étaient confiés à ses soins, qu'il demeura introuvable pendant une année entière, et

1. Du verbe *morgat*, clignoter.

que, s'étant probablement convaincu des dangers et
des misères de la vie errante, il revint de lui-même,
mais boiteux, maigre, en haillons, mais repentant, mais
rampant aux pieds de sa maîtresse ; que par une conduite exemplaire il fit oublier ses torts ; que peu à peu
il rentra tout à fait en grâce, se concilia la pleine confiance de la dame ; qu'il devint l'intendant de son domaine, et qu'à la mort de l'excellente vieille personne,
il se trouva, on ne sait comment, affranchi du servage,
inscrit dans les matricules de la bourgeoisie, se fit
fermier, colon, planteur sur les terres des propriétaires
de nos environs; qu'il fît fortune, et qu'il vit maintenant dans une agréable aisance.

C'est un homme expert, plein de prudence, ni bon
ni méchant ; bon spéculateur, il connaît les hommes,
et ne manque pas de les exploiter dans l'occasion. Il
est circonspect et hardi au besoin comme le renard ;
il peut se montrer babillard comme une vieille femme,
sans jamais dire un mot de plus qu'il ne veut, mais il
fait dire aux autres ce qu'ils voudraient cacher. Au
reste, il ne contrefait pas les imbéciles comme tant de
rusés de sa sorte, et ce rôle lui serait par trop difficile ; car je n'ai jamais vu à personne des yeux si péné-
trants, si pétillants d'esprit que les petits yeux fripons
de cet honnête bourgeois. Il ne s'en sert pas, comme
le commun, pour regarder les personnes à la face,
mais pour vous voir à travers et en dedans, en dessous
et derrière. Morgatch, parfois, médite des semaines
entières une entreprise en apparence ordinaire et
commune, et tout à coup on le voit lancé dans une
affaire d'une témérité inouïe. Il va sûrement s'y casser
le cou... Non, voyez, il a pris le haut du pavé, et tout
marche sans encombre ni difficulté. Heureux, il a foi
en son étoile ; il croit aux présages ; il est supersti-

tieux. On ne l'aime pas, il s'en soucie peu ; on a pour lui
de la considération, et c'est à quoi il tient. Toute sa famille consiste en un fils encore imberbe, il raffole de
cet enfant ; celui-là ira loin ; il est formé à l'école de
son père, qui est passé maître en toutes choses.

« Le petit Morgatchon est bien le fils de son père, »
disent tout bas les vieillards assis en conseil, le soir,
dans la belle saison, sur les levées de terre qui chaus-
sent le pied de leurs chaumières ; et tous ont garde
d'ajouter un mot à cette petite phrase diplomatique.

L'entrepreneur est l'entrepreneur, et n'a presque pas
d'autre nom dans le pays. On l'emploie à tout, parce qu'il
est humble et actif ; et s'il est un point où son amour-
propre puisse paraître un moment, ce n'est que sur l'a-
grément de sa voix et sur son talent de chanteur.

Passons à Turc-Iachka ou Iakof, son émule de chant,
et disons d'abord que son sobriquet de Turc lui vient
de ce qu'en effet il eut pour mère une femme turque,
amenée en Russie prisonnière. Cet homme, avec ses
dehors grossiers, est artiste dans l'âme, artiste dans
toute l'acception du mot ; et, par état, il est puiseur au
cuvage d'une fabrique de papier appartenant à un
marchand du voisinage [1].

Quant à Sauvage-Monsieur, je veux dire Dikï-Bârine,
je ne serai pas si sobre de détails, la haute civilisation
où le monde est parvenu ayant eu le singulier effet de
répandre le goût des sauvages. Au reste, je me hâte
de dire que celui-ci est plus énigmatique, moins sauvage et moins monsieur que son sobriquet ne pourrait
le faire croire.

1. Si ce qu'on appelle le voisinage dans l'Occident est de un à
dix kilomètres, comptez qu'en Russie, dès qu'il s'agit d'aller
chercher un peu de plaisir, le voisinage est de cinq à cent cinquante verstes.

La première impression que produit l'aspect de cet homme est le sentiment d'une force brute, rude, lourde, oppressive, indomptable, stupéfiante ; il doit avoir la santé d'un Hercule taillé dans un cœur de chêne à coups de hache, sauf qu'il y a dans ce bloc de chêne de la vie pour dix hommes. Si vous ne voulez pas de lui présenté comme un Alcide, je puis tout aussi bien vous le recommander comme un ours ; mais je vous préviens que mon ours a une grâce à lui, une grâce incontestable, provenant, à mon avis, de la belle et placide foi qu'il a dans sa puissance d'ours humain. Il est fort difficile de deviner, surtout à première vue, à quelle catégorie sociale on peut rapporter ce personnage. Ce qu'on pose en fait à son égard est tout négatif : ce n'est ni un domestique de seigneur, ni un bourgeois, ni un agent d'affaires ou un homme de loi ruiné et retiré ; c'est encore moins un gentilhomme, un Jean Sans-Terre, victime de ses folies, ou un veneur, ou un braconnier, ou un spadassin, ou un parasite. Il est ce qu'il est, un homme taillé en force, d'une humeur inoffensive, qui veut ce qu'il veut, et à qui on cède toujours sans y penser. On ignore généralement ce qui nous a valu son affection probable pour notre district ; quelques-uns ont émis l'opinion qu'il descendait *certainement* d'une famille d'odnovortsis, et qu'il *avait dû* être au service militaire, à moins que ce ne fût plutôt au service civil, dans la partie administrative, si ce n'est dans la partie judiciaire. Le fait est qu'on ne saurait rien articuler de positif, et que lui seul, au fond, pourrait rédiger son *curriculum vitœ*, si toutefois il sait écrire, ce qui est encore son secret. Quant à le faire parler, on a pu s'apercevoir qu'il est, de sa nature, silencieux et passablement morose.

Il reste à se demander de quoi il subsiste ; ce qui

paraît certain, c'est qu'il n'exerce aucune profession, aucun métier, aucun trafic ; il ne va chez personne qu'on puisse nommer, il ne recherche la connaissance de qui que ce soit au monde, et pourtant on ne l'a jamais vu sans argent et il ne prend jamais rien à crédit. Comme rien en lui n'indique la modestie, je ne dirai pas qu'il se conduit modestement, mais d'une manière paisible ; il vit en homme qui, indépendant de toute sujétion, a pris le parti, une fois pour toutes, de ne remarquer personne. En parlant de lui, on ne le désignait que par le sobriquet de Dîkï-Bârine, mais en lui adressant la parole directement, on l'appelait Pérévléçof. On n'a jamais observé qu'il travaillât à prendre de l'ascendant sur les petites gens, et pourtant il avait positivement une très-grande influence dans tout le district ; on lui obéissait sans le moindre retard et de bon gré, quoiqu'il n'eût aucun droit à donner des ordres, et qu'il ne laissât même pas soupçonner qu'il eût quelque prétention à la docilité des gens avec qui le hasard le mettait en contact.

Eh bien, il dit un mot, il fait un signe, et il est obéi. C'est là un privilége de la force ; l'idée qu'elle peut avancer fait qu'on recule, l'idée qu'elle peut entraîner fait qu'on vient à elle. Il ne buvait presque point de spiritueux, ne parlait pas du tout aux femmes, mais il adorait le chant, d'hommes ou de femmes, indifféremment.

Ce caractère attirait l'attention bien plus puissamment que toute énigme, que toute inscription, que tout mystère créé à plaisir dans les mille combinaisons qui peuvent jaillir de l'invention humaine ; mais un homme pris en lui-même, et servant de thème à étudier, ce sont des abîmes à sonder, c'est quelque chose comme l'infini, car l'homme vient de Dieu. Il me semble que dans Pérévléçof couvent des forces extraordinaires qu'il

tient tristement enchaînées au fond de lui, sachant que
si une fois elles se soulevaient et s'élançaient au dehors,
l'air libre les enivrerait à l'instant, et que dans leur
expansion elles le briseraient avec tout ce qu'elles
rencontreraient sur leur passage. Et je me trompe fort
si dans la vie de cet homme il n'est pas déjà arrivé
quelque chose de semblable, si, éclairé par l'expé-
rience, après s'être à grand'peine préservé d'un sort
funeste, il ne se tient pas lui-même impitoyablement,
despotiquement, dans une contrainte et une surveillance sévères qui absorbent tout son temps et toutes
ses facultés. Ce qui m'a le plus frappé dans Pérévléçof,
c'est cet instinct d'une violence native, d'une férocité
innée, dont on surprend dans son regard les vagues
impulsions comprimées avec peine, joint à une noblesse de cœur tout aussi naturelle; mélange qui ne
s'est offert à mon observation dans aucun autre homme
au même degré.

L'entrepreneur, debout entre le comptoir et le coin
qu'il venait de quitter, ferma les yeux à demi, et entonna, d'un fausset très-élevé, un air du pays, que j'entendais pour la première fois, et qui n'est guère abor-
dable qu'à des voix sûres et capables d'atteindre avec
cette pureté aux plus hauts registres. La voix de notre
homme était en somme douce et agréable, mais un peu
grenelée, pointillée, émiettée; il s'en jouait comme
d'un beau joujou étincelant de rubis, qu'on fait tourner : le son semblait partir de la nue pour descendre
et remonter sans cesse dans les spirales d'un escalier
de cristal inondé de soleil : et de ces hauteurs imper-
ceptibles il laissait pleuvoir des nuées de mélodies
éblouissantes qui flottaient et ondulaient avec grâce,
puis il s'en détachait des points d'orgue magiques et
semblables à des étoiles filantes, qui se perdaient dans

le silence... et après ces pauses, qui laissaient à peine le loisir de respirer, il se faisait de ces reprises d'un éclat et d'une hardiesse à emporter l'âme.

Dans les évolutions rapides de son chant, à des motifs assez fiers il en faisait succéder de plaisants, et l'art parfait avec lequel il ménageait les transitions m'intéressait plus que ses trilles et ses roulades, quelque prodigieux qu'ils fussent par leur netteté mélodique. Tout dilettante eût été charmé d'entendre ce que j'entendais ; un Allemand en eût gémi et murmuré. C'est un *tenore di grazia* russe ; il serait goûté à Milan, à Venise et à Naples, et comme ténor léger à Paris. Ce qu'il chantait, c'était au fond un joyeux air de danse, dont les paroles, autant que j'ai pu les saisir à travers les interminables fioritures, les consonnes ajoutées, les voyelles décuplées en notes d'agrément et les exclamations en fusées de signal, étaient un développement de cette première idée :

> Je bêchais, moi, jeune jeunette,
> Un petit carré de terrain,
> Et je semais gaie et simplette,
> Le grain,
> Le grain de l'humble pâquerette,
> Du pavot et du romarin ;
> Le beau Kouzma dont l'œil me guette.....

Il chantait, tous l'écoutaient avec beaucoup d'attention. Il sentait manifestement qu'il avait devant lui des juges expérimentés et capables ; aussi ne tenait-il pas dans sa peau, selon la pittoresque expression populaire. En effet, dans la région que j'habite, on compte par centaines les fins connaisseurs en matière de chant, et ce n'est pas une réputation usurpée que celle du gros bourg de Serghievskoé, situé sur la grande route d'Orel, et qui est regardé dans toute la Russie comme une localité des mieux douées pour les plus doux et les plus charmants exercices de la mélodie vocale.

Longtemps, le bon bourgeois, malgré ses tours de force mélodiques, chanta sans produire une bien forte émotion dans ses auditeurs; il lui manquait un chœur qui le soutînt au retour périodique du refrain qu'on vient de lire, en substituant la troisième personne à la première : « Elle bêchait, jeune jeunette. » Enfin, après un passage scabreux et merveilleusement emporté, passage qui fit sourire d'aise Dikï-Bârine lui-même, Obaldouï ne put se contenir, et poussa un furieux cri de plaisir. Tous eurent le frisson de la joie. Obaldouï et Morgatch se mirent à suivre sourdement la voix, à jouer le rôle du chœur, et lorsque le chanteur s'élevait seul, ils murmuraient, et s'écriaient tour à tour : « Superbe!... c'est ça, c'est ça, va donc, scélérat..... oui, festonne, aspic, encore, ahi! ahi! canaille! ah! l'animal; ah! le chien, perds ton âme, Hérode, va!..... » et autres gentillesses de ce genre.

Nikolaï Ivanytch, dans l'angle de son comptoir, balançait approbativement la tête à droite et à gauche. Obaldouï finit par se plonger de jubilation la tête dans les épaules en piétinant et en frappant le plancher d'énergiques coups de talon. Iakof avait les yeux rouges et ardents, il tremblait comme la feuille des bois, et souriait comme dans la fièvre. Seul, Dikï-Bârine ne changea pas de visage, et resta immobile à sa place ; mais son regard, fixé sur le chanteur, avait une remarquable douceur, quoique sa lèvre demeurât dédaigneuse.

Encouragé par les marques de la satisfaction générale, le virtuose partit comme un tourbillon, et il exécuta de telles roulades, fit tant de trilles, donna de si violents coups de gosier, suivis de telles cascades de

sons, que quand, à la fin, épuisé, pâle, baigné d'une
sueur chaude, il émit, en se déjetant en arrière de tout
son corps, son dernier trait, un son expirant et comme
perdu aux extrémités de l'espace, un cri général s'é-
chappa de toutes les poitrines des assistants, comme, à
un signal donné, part un feu de peloton. Obaldouï se
jeta au cou du chanteur et le pressa dans ses longs bras
osseux; sur le gras visage de Nikolaï Ivanytch apparut
une rougeur qui lui ôtait vingt ans et le transfigurait
en jouvenceau; Iakof criait comme s'il eût perdu la
tête : « Molodetz! molodetz [1]! » Et il n'y eut pas
jusqu'à mon voisin, le moujik déguenillé, qui, n'y pouvant tenir, frappa du poing sur la table, et s'écria :
« *Ah gha! ah gha!* c'est bien, diable emporte, c'est
bien! » et cracha résolûment à trois pas contre la
plinthe [2].

« Tu nous as donné une fête, frère! criait Obaldouï
sans lâcher le virtuose qu'il tenait serré dans ses bras,
et quelle fête! Tu as gagné, frère, je te félicite d'avance,
la mesure de bière est à toi. Iachka ne peut pas lutter;
je te le dis, il ne peut pas. Eh! crois-moi bien, il va
avoir un pied de nez... Et là-dessus il pressait l'entrepreneur de plus belle contre sa poitrine.

— Laisse-le donc tranquille ; lâche-le, on te dit,

---

1. Luron, fameux gaillard, dégourdi, brave garçon. Le mot
de *molodetz* jouit d'une grande faveur, et revient à tout propos
dans le langage parlé : il entre aussi dans une foule de dictons
russes :

Gaillard (molodetz) comme un concombre salé!
Tout vrai molodetz n'a de pareil que lui-même.

2. Il est incroyable en combien d'occasions crachent les Russes
du bas peuple : ils crachent dans l'enthousiasme, dans l'admiration, dans la peur, dans la joie, dans le mépris. C'est l'effet
d'une vieille et tenace superstition : il paraît qu'en crachant on
rejette hors de soi le diable toujours prêt à profiter des distractions d'un pauvre homme pour lui entrer par la gorge.

ennuyeuse [1] ! s'écria avec vivacité Morgatch ; laisse-le donc se remettre à son aise sur le banc ; tu vois bien qu'il est harassé et qu'il n'en peut plus. Quel brouillon tu es, en vérité! un faiseur d'embarras; tout à fait la feuille du bain [2] ou la mouche altérée, pas moyen de s'en défaire!

— Eh bien! à la bonne heure; qu'il aille s'asseoir, et moi je prendrai la goutte à sa santé, répondit Obaldouï en se rapprochant du comptoir. C'est sur ton compte au moins, frère, » ajouta-t-il en s'adressant à l'entrepreneur.

Celui-ci fit de la tête un signe de consentement : il alla reprendre sa place sur le banc, et tira de son bonnet un grand essuie-main dont il s'essuya le visage.

Obaldouï lampa avidement non pas une goutte, mais bien un verre, un verre à vin, d'eau-de-vie de grain, et, selon l'habitude des ivrognes de profession, il fit claquer sa langue et prit vaporeusement un air d'impatiente délibération.

« Tu chantes bien, frère, oh! mais je dis *bien*, dit Nikolaï Ivanytch en homme qui sait le poids de ses paroles. Çà, maintenant, à toi, Iachka; fais attention, ne faiblis pas, tiens bon. Nous verrons, nous jugerons. Tu as entendu, tu l'as reconnu toi-même, l'entrepreneur chante bien, réellement bien, ma foi.

1. Les gens qui hantent les cabarets se donnent souvent des noms et des qualifications de femme.

2. Dans les étuves russes, pour exciter une transpiration abondante sous une chaleur de 30 à 45° Réaumur, on se frappe d'une touffe de branches fines et souples de bouleau garnis de leurs feuilles; celles de ces feuilles qui se collent sur la peau résistent souvent aux douches redoutables, aux seaux d'eau chaude qu'on se verse en abondance sur la tête pour inonder tout le corps.

— Il chante *tlès*-bien, *tlès*-bien [1], ajouta la femme du cabaretier.

— Bien, *gha ah gha !* mugit en contenant sa voix mon voisin le moujik.

— Ah ! un tortillard-*polèeka* [2] ! s'écria aussitôt Obaldouï ; et, s'approchant du rustre, il le montra du doigt, fit un saut grotesque et partit d'un grand éclat de rire : *polèeka, polèeka, gha, badeè, poniaï, gha* [3], le tortillard ! Çà, retors, voyons, dis-nous comment tu es tombé ci,» dit-il à ce pauvre homme, à travers les saccades du fou rire qui s'était emparé de lui.

Le malheureux moujik se troubla ; il allait se lever et sortir au plus vite, quand tout à coup, dans l'intérêt de son repos, retentit la voix d'airain du Dikï-Barine :

« Ah çà ! mais, qu'est-ce que c'est donc que cet animal qui ne laisse personne en paix ? cria-t-il en grinçant des dents.

— Moi, je ne lui fais rien, marmotta Obaldouï ; pourquoi le tourmenterais-je ?... c'était comme ça...

1. Bien des Russes du commun gardent toute leur vie l'habitude de substituer au milieu des mots des lettres douces à des lettres rudes, par exemple à *r*, à *cl* et à *ct*, les lettres *l, ll, tt, chalnière* pour charnière, *dilettor* pour director, *colidor* pour corridor ; car tous ces mots ont passé dans le russe. Quelques-uns parlent ainsi tout à fait comme les petits enfants, et cela contraste bizarrement avec leur barbe touffue et leur grosse panse.

2. On appelle Polècki (riverains des forêts) les habitants de la lisière méridionale d'une longue zône de forêts qui commence sur la limite commune des districts de Bolkhof et de Jizdrinsk. Ils se distinguent par beaucoup de particularités dans leur genre de vie, leurs mœurs et leur langage. On les appelle tortillards, retors, *zavorotni*, à cause de leur caractère soupçonneux et avare.

3. Les polèeki emploient presque à chaque mot les exclamations *gha !* et *badèe !* qui n'ont aucun sens ; ils abrègent beaucoup de mots ; ils disent poniaï pour pogoniaï (cours après), etc., etc.

— Tais-toi ! Et toi, Iakof, commence. »

Iachka se passa la main sur la gorge et dit des mots sans suite, qui trahissaient un fort grand trouble et une excessive timidité.

« Si tu dois avoir honte, c'est de faire croire que tu as peur ; trêve de détours ; chante, et chante du mieux que Dieu te permettra, » dit le Dikï-Bârine en prenant la posture d'un homme qui attend qu'on s'exécute tout de suite.

Iakof aspira de l'air en silence, regarda autour de lui et se couvrit de la main gauche tout le haut du visage. Toute l'assistance le dévorait des yeux, et plus particulièrement l'entrepreneur : celui-ci laissait percer sur ses traits, à travers l'assurance qui lui était naturelle et celle que lui donnait son triomphe de tout à l'heure, une vague inquiétude, dont je ne démêlais pas bien le motif, en voyant le peu de courage de son concurrent. Il s'adossa à la paroi et se mit de nouveau les deux mains à plat sous les cuisses, mais en se tenant immobile. Lorsque enfin Iakof se découvrit le visage, le pauvre jeune homme était pâle comme un mort ; ses yeux perçaient à peine à travers ses cils abaissés.

Le chanteur soupira, prit son haleine, émit un son. Ce premier son promettait peu, il était faible, inégal, et il me sembla ne pas venir de la poitrine : il était comme élancé de plus loin, comme apporté du dehors et jeté par hasard dans la chambre, au milieu de l'auditoire attentif. Il produisit un singulier effet sur chacun de nous, ce son accidenté d'un faible trémolo ; nous nous regardâmes les uns les autres. Mais la femme de Nikolaï Ivanytch fit un haut-le-corps qui n'était, je suppose, qu'une manière de se préparer à ne rien perdre de la seconde partie du concert. Telle était, quant à moi, la disposition où je me sentais également.

Après l'émission de ce premier son brisé, il s'en fit
entendre un second plus ferme et plus prolongé. C'é-
tait bien encore un son frémissant, semblable à la vibration d'une corde de Naples, lorsque, ébranlée par
un doigt puissant, elle résonne, pour rendre un arrière-
frémissement plus doux, qui s'éteint, semble s'éloigner
en s'affaiblissant et finit par s'évanouir. Un troisième
son s'éleva plus beau, plus plein, plus ferme, puis le
chanteur s'anima, et son chant s'échauffa, s'élargit,
se dessina ; il avait un caractère éminemment mélancolique ; il commençait ainsi : « *Bien des sentiers mè-
nent à la prairie.* »

Nous respirâmes tous à l'aise, la satisfaction était
peinte sur toutes les figures ; la grâce et le moelleux
des intonations, le fini des nuances ne laissaient rien à
désirer. J'avais rarement entendu une voix d'une si
exquise fraîcheur. Elle avait bien quelque chose de
timide et même de légèrement saccadé, un accent maladif qui troublait au commencement; mais ce qu'on ʎ
démêlait bientôt à ne pouvoir s'y méprendre, c'était
un sentiment profond, une passion vraie, où la jeunesse, la force, la douceur et une charmante insouciance semblaient se fondre et se concilier avec un
chagrin poignant. L'âme russe, si ingénument bonne et
chaude, résonnait et respirait dans cette voix qui allait
au cœur pour y faire vibrer toutes les cordes sensibles
qu'éveille la mélancolie nationale.

La mélodie grandit, monta, déborda largement; il
devint évident que l'inspiration et son ivresse s'étaient
emparées de Jacques; il n'y avait plus en lui trace de
timidité, il était livré tout entier à la volupté du chant.
Sa voix ne tremblait plus malgré lui; elle frémissait
sans doute, mais de cet aimable et communicatif frisson
que la passion fait passer dans les âmes et imprime à

tout un auditoire ; et cette voix magistrale ne cessait de prendre de la force, de la fermeté et de l'ampleur.

Sous l'impression de ce chant, ma mémoire évoqua toute une scène du passé. Il me souvint qu'un soir, à l'heure du reflux, sur l'immense plage d'une mer qui, en se retirant, grondait et menaçait au loin, et semblait dire : « Demain je reviendrai, prends garde ; » je vis une énorme mouette blanche qui se tenait immobile sur la grève onduleuse. Elle offrait sa poitrine soyeuse aux lueurs empourprées du couchant, et de temps en temps entr'ouvrait ses longues ailes, jouant ainsi coquettement avec ces deux retraites, qui éloignaient d'elle simultanément ses deux plus grands amis, le soleil lointain et la mer profonde... Je me souvins de ce bel oiseau et de son manége en écoutant Iakof, dont le corps était immobile devant nous au milieu d'un cabaret de campagne, mais que l'inspiration mettait en face des abîmes et des plus sublimes lointains. Il chantait, ce villageois, et il avait complétement oublié et son rival et nous tous, bien qu'il fût soutenu, lui, l'habile nageur, à la surface des flots qu'il bravait, par les effluves magnétiques du vif et enthousiaste intérêt avec lequel nous le suivions de nos vœux dans ses mélodieuses évolutions.

Chaque son qui jaillissait de ses lèvres avait quelque chose de natif, de salubre pour nous, d'ample et d'ineffablement doux, comme la brise de nos steppes parcourant l'espace en tous sens et prodiguant les molles caresses de son haleine. Je sentais les larmes se former dans mon cœur, s'y agiter et monter, monter, pour se faire jour sous mes paupières.

Mon ouïe fut frappée de quelques sanglots étouffés... c'était la femme du cabaretier qui pleurait, la poitrine appuyée à l'accoudoir de la fenêtre pratiquée dans la cloison. Iakof jeta sur elle un rapide coup d'œil, et son chant n'en fut que plus sonore, plus chaud et plus ému. Nikolaï Ivanytch était pantelant sous le charme ; Morgatch avait l'œil au plafond noirâtre ; Obaldouï, attendri et stupéfié, restait bouche béante ; le paysan sanglotait bien doucement dans notre angle avec un léger balancement de tête destiné à bercer et adoucir son émotion, et sur le visage de fer du Dikï-Bârine, sous deux longs sourcils pendants qui s'étaient soudés au milieu du front, apparaissaient deux énormes larmes prêtes à se résoudre en ruisseaux ; le rival de Jacques avait le poing énergiquement serré contre son front, et ne faisait pas le moindre mouvement...

Haletants sous le poids de ces sensations, je ne sais à quelle explosion aurait abouti cette émotion générale, arrivée à son dernier paroxysme, si Iakóf n'eût tout à coup fini par un son aigu, d'une finesse, d'une hardiesse et d'une pureté extraordinaires, comme si le ciel lui eût à jamais retiré du gosier sa voix d'ange au moyen d'un fil d'or, visible à l'œil jusqu'à la hauteur des nues. Personne ne cria, personne ne bougea ; il semblait qu'on attendît vaguement, à son retour des cieux, cette voix ravie, exhalée tout à l'heure... Mais Iakof avait rouvert les yeux : il semblait surpris de ce silence extatique ; son regard nous en demandait la cause ; il ne tarda pas à la comprendre : la victoire lui était due, elle lui fut dévolue.

« Iakof !... » dit le Dikï-Bârine en lui posant sur l'épaule une main frémissante d'émotion ; et il ne put proférer une syllabe de plus.

Nous étions tous comme pétrifiés par enchantement. Le rival de Jacques se leva, s'avança vers lui :

« Tu as gagné... oui... gagné, » dit-il avec un trouble pénible à voir ; et il sortit en hâte du cabaret.

Ça mouvement rapide, cette porte qu'il ouvrit et re-

ferma avec promptitude, mit fin à l'enchantement qui
tenait comme paralysés les esprits et les corps ; tout
le monde se mit à parler bruyamment et joyeusement.
Obaldouï fit un saut de trois pieds de hauteur, balbutia
quelques mots, fit mouliner ses grands bras comme les
ailes d'un moulin à vent ; Morgatch approcha en boi-
tant du virtuose et lui donna des baisers ; Nikolaï
Ivanytch se détacha de sa cloison et déclara solennellement qu'il ajoutait un second litre gratis à celui de
l'enjeu conquis par Iachka ; le Dikï-Bârine rit d'un bon
franc rire que je ne m'attendais pas à rencontrer sur
son visage ; le paysan se rencogna dans la pénombre
de l'angle et s'essuya de ses deux manches les joues,
les yeux, le nez et la barbe, en murmurant : « Ah !
bien, bien, pardieu , que c'est bien ! que je ne sois
qu'un fils de chien si on trouve que ce n'est pas bien ! »
Et la femme de Nikolaï Ivanytch, se sentant rouge d'é-
motion, se leva et disparut. Jacques jouissait comme
un enfant de sa victoire, que je permets à d'autres
d'appeler vulgaire, mais qui ne l'est point à mes yeux.
Sa physionomie était transfigurée ; ses regards surtout
réfléchissaient un haut degré de bonheur. On le prit
sous le bras et à la taille, pour l'amener devant le
comptoir. J'aime à le voir appeler près de lui le paysan
en guenilles et en larmes, et dépêcher à son concurrent le jeune fils du cabaretier, qui ne put malheureusement le retrouver nulle part... Et on commença de
trinquer. Obaldouï , toujours importun , voulut sur
l'heure obtenir de Jacques la promesse de chanter encore, de chanter jusqu'à la nuit.

Je regardai encore une fois avec une grande attention
le triomphateur, et je sortis. J'aurais craint, en demeurant là, de gâter des impressions que je tiens à con-
server dans leur pureté, et dont j'avoue n'avoir pu

donner ici qu'une bien imparfaite et misérable idée.

La chaleur au dehors était restée insupportable ; elle demeurait suspendue à la surface de la terre incandescente, en une couche lourde, épaisse, étouffante. L'œil croyait voir, sous la voûte azur foncé du ciel, tournoyer des myriades de petites flammes à travers une région de poussière très-fine et presque noire. Le silence était universel dans l'air imprégné d'on ne sait quoi de désespéré, d'oppressé, au milieu de ce profond silence de la nature, dont toutes les forces vitales étaient paralysées. Je me hissai dans le grenier à foin, où je m'étendis voluptueusement sur une herbe fauchée et rentrée à peine, et déjà à peu près desséchée. Je ne me rends aucun compte des heures écoulées pendant que je rêvais là, toujours entendant, dans l'ébranlement de mon imagination, les ravissantes mélodies de Iakof... A la fin, la chaleur et la fatigue prirent le dessus, et je fus saisi d'un sommeil de mort.

Quand je me réveillai, il faisait nuit ; le foin exhalait une odeur enivrante ; à travers les minces perches d'un toit à moitié découvert, je voyais briller de pâles étoiles ; je sortis. Je me tournai vers l'occident ; il était clos ; mais, dans l'air qui avait été embrasé quinze heures entières, la chaleur se faisait sentir, malgré le frais de la nuit, et la poitrine desséchée soupirait après un peu de vent et après l'apparition de quelques nuages. Mais le ciel, quoique obscur, était partout pur et profond, et les étoiles ne s'y révélaient qu'en scintillant à des intervalles prolongés.

Dans le village endormi, on apercevait çà et là quelques petits feux rougeâtres ; seul le cabaret tranchait sur ce fond noir par les lumières d'un brillant éclairage de fête, et il en jaillissait comme un chaos harmonique de voix mêlées et confuses où dominait, à ce

qu'il me sembla, la voix de Iakof lui-même. Un rire
désordonné faisait de temps en temps explosion. J'ap-
prochai de l'une des fenêtres, et, collant mon front
contre le verre, je parvins à voir un tableau peu gai
sans doute, mais du moins vif et bigarré

Tous là dedans étaient ivres ; tous, à commencer
par Iakof, qui, la poitrine débraillée, était assis sur le
fond d'un tonneau. Il chantait d'une voix entrecoupée
de hoquets, une folle chanson, une ronde de village, et
frôlait paresseusement les cordes d'une guitare. Ses
cheveux mouillés pendaient en mèches flasques le
long de ses joues blafardes.

Au beau milieu du cabaret, Obaldouï, entièrement
dévergondé et en chemise, dansait en faisant des zigzags,
des écartements de jambes, des sauts et des chutes
vertigineuses, ayant pour vis-à-vis, pour la partie du
grave et du gracieux, le gros paysan à la souquenille
en pendeloques. Celui-ci, son tour venu d'exécuter
quelque passe, piétinait et tortillait de son mieux ses
jambes affaiblies : il souriait stupidement, d'un sourire
de crétin, qui perçait à travers les révoltes de sa barbe
surabondante, et sa main, à défaut de sa voix, semblait
dire, en se déjetant à la hauteur de l'épaule, les quelques paroles qui se prononcent dans cette danse d'i-
vrognes d'une gaieté désespérée. Il ne se pouvait rien
imaginer de plus grotesque que ce visage grimaçant
d'efforts pour hausser ses sourcils, pendant que ceux-
ci refusaient tout service et persistaient à couvrir des
yeux qui voulaient à toute force se faire tendres et doux.
Le rustre était dans cet état de l'homme ivre qu'on
secoue en vain, et dont chaque passant dit : « En voilà
un qui en tient joliment. » Morgatch, rouge comme
une écrevisse et les narines toutes grandes ouvertes,
souriait malignement du banc où il s'était établi près

de la fenêtre. Le seul Nicolas Ivanovitch avait, comme il convient à tout digne cabaretier, conservé parfaitement toute sa tête. Il y avait là une quantité de visages nouveaux : je m'obstinais à chercher du regard le Dikï-Bârine; j'y perdais mon temps, il n'y était plus.

Je résolus de descendre la colline sur laquelle s'élève Kolotofka. Dans la vallée s'étend une large plaine que couvrait l'épais et sombre brouillard du soir; cette plaine, ainsi cachée à la surface, paraissait dix fois plus étendue qu'elle ne l'était réellement, et semblait se confondre avec le ciel, dont ce brouillard épaisissait encore l'obscurité. Je descendais à grands pas en suivant le chemin qui côtoie le ravin, quand tout à coup, au loin, dans la vallée, retentit la voix sonore d'un jeune garçon, d'un enfant.

« Antròpka! Antròpka! a a a!... » criait-il avec un désespoir plein de larmes et d'obstination, en traînant longtemps, longtemps et comme par secousses, la dernière voyelle. Il gardait le silence quelques instants, et de nouveau se reprenait à crier de la même manière. Sa voix, ébranlant cet air endormi et immobile, empruntait de l'heure et de la disposition des lieux une portée immense. Trente fois au moins il vociféra le nom d'Antròpka, et tout à coup, de l'extrémité opposée d'un terrain vague, accidenté de broussailles, arriva à mon oreille comme de l'autre monde, très-affaiblie par la distance, cette question : « Quoi? »

La voix de l'enfant, animée d'une joie pleine de malignité, répondit : « Viens ici, démon, viens, méchant diable !

— Pourquoi ça, a a a? répondit l'autre voix après avoir laissé passer deux minutes.

— Viens, que la tante te fouette, on t'attend! » se hâta de crier l'enfant.

La voix lointaine ne répondit plus, et l'enfant recommença à appeler Antrôpka. Ses cris, de cinq en cinq minutes plus rares et plus faibles, arrivaient encore à mon oreille qu'il faisait déjà entièrement sombre ; et je tournai enfin l'angle du bois qui entoure mon village, situé à quatre verstes de Kolotofka...

« Antrôpka! a a a!... » Cet appel retentissait encore lointainement dans une atmosphère envahie par tout ce que les ténèbres nocturnes offrent de plus noir et de plus épais.

VI

Karataëf ou la maîtresse esclave.

Il y a cinq ans, en automne, sur la route de Moscou à Toula, je dus une fois rester un jour entier au relais faute de chevaux. Je revenais de la chasse et j'avais eu l'imprudence de renvoyer ma troïka. L'inspecteur du relais, homme vieux, morose, cheveux longs pendant jusque sur le nez, et petits yeux endormis, ne répondait à mes prières et à mes plaintes que par un grognement assez peu courtois, marchait d'un pas dur, ouvrait et fermait brutalement les portes, ayant l'air de maudire son emploi. Puis, sortant sur le perron en auvent, il grondait en termes ronflants les postillons, grossiers manants en touloup, qui pataugeaient lourdement dans la boue avec des arcs de cinquante livres pesant sur les bras, ou se tenaient assis sur le banc, occupés à bâiller et à se gratter, sans s'inquiéter des criailleries de leur chef.

Trois fois je pris le thé, trois fois j'essayai de dormir; je lus et relus toutes les devises, tous les bons mots tracés par le désœuvrement, la malice ou la sottise des voyageurs sur les parois et sur les vitres; l'ennui m'accablait. J'étais à regarder par la fenêtre les brancards relevés en l'air de mon tarantas [1], lorsque tout à coup une clochette tinta et un petit chariot attelé de trois rosses exténuées s'arrêta devant le perron. Le voyageur qui s'élança du léger véhicule cria en entrant dans la chambre : « Hé! vite des chevaux! » Tandis qu'il écoutait avec l'air étrange, avec l'ébahissement ordinaire en pareil cas, la réponse négative du peu courtois inspecteur, j'eus le temps de toiser et d'envisager, avec l'avide curiosité d'un homme qui s'ennuie à mort, le compagnon d'angoisse que me donnait la mauvaise tenue de cette maison.

Ce devait être un homme d'une trentaine d'années. La petite vérole avait laissé sur son visage d'ineffaçables traces, outre que ce visage était maigre et d'un jaune cuivré; sa longue chevelure, pareille à une aile de corbeau, ondulait sur le collet de son manteau; ses petits yeux saillants regardaient sans souci de rien voir ; sur sa lèvre croissait pauvrement une courte moustache à éclaircies. Il était habillé, en gentillâtre coureur et amateur de foires aux chevaux, d'un arkhalouk [2] bariolé, usé, déteint, froissé, d'une cravate de soie lilas éraillée, d'un gilet à boutons de cuivre et d'un pantalon gris très-large du bas ; sous ce pantalon perçaient des pointes de bottes auxquelles la brosse paraissait inconnue. Ce monsieur exhalait un âcre parfum de tabac et de brandevin. A ses gros doigts

1. Espèce de litière montée sur roues.
2. Sorte de paletot à deux fins, comme habit et surtout.

rouges, presque tout recouverts par les manches de l'arkhalouk, étaient des bagues d'argent et des anneaux de fer de Toula. C'était là une de ces figures telles qu'on en voit partout en Russie, et, à dire vrai, si elles ne repoussent pas, elles sont généralement loin d'attirer. Ce ne fut donc pas sans quelque prévention défavorable que j'examinai de la sorte mon compagnon d'ennui, en qui cependant, au bout de quelques minutes, je crus découvrir une certaine arrière-expression de bonhomie et de spontanéité cordiale.

« Voici monsieur qui attend depuis plus d'une heure, » dit le préposé en me désignant de la main.

Depuis plus d'une heure !... le scélérat se moquait de moi à ma barbe.

« Peut-être que monsieur n'est pas aussi pressé que je le suis, dit le voyageur.

— C'est ce que nous ignorons, répliqua avec humeur le préposé.

— Ainsi il n'y a pas de chevaux ? quoi ! pas même une paire de rosses ?

— Je n'ai pas un seul cheval à vous donner.

— Eh bien ! faites-moi servir une bouilloire à thé. Nous attendrons, puisqu'on ne peut faire autrement. »

Le voyageur bronzé s'assit sur le banc du pourtour, jeta sa casquette sur le banc et aéra sa chevelure.

« Vous avez pris le thé ? me demanda-t-il.

— Oui.

— Ne le prendriez-vous pas encore avec moi ? je vous en prie. »

Je consentis. Le gros samavar rouge reparut bientôt une quatrième fois sur la table. J'allai tirer de mon tarantas une bouteille de bon rhum.

Je ne m'étais pas trompé en prenant mon compagnon pour un gentillâtre campagnard. Il s'appelait Peotre

Pétrovitch Karataëf. Nous nous mîmes à causer. Il ne
s'était pas écoulé quarante minutes qu'il m'avait déjà
raconté toute sa vie sans ambages ni réticences.

« A présent je me rends à Moscou, me dit-il en
prenant son quatrième verre de thé ; je n'ai plus rien à
faire à la campagne.

—Comment ! rien à faire ?

— Rien. Tout est en désarroi dans mon bien ; les
paysans sont ruinés ; il y a eu plusieurs mauvaises années
de suite ; pas de récoltes et point de bonheur, que
dirai-je ?... Mais au reste, ajouta-il en regardant de
côté, je n'entends rien à l'économie rurale, moi.

— Un peu d'étude et de la bonne volonté.

— Non, non, je ne suis pas de l'étoffe dont se font
les agriculteurs... Non, voyez-vous, poursuivit-il en
penchant la tête de côté et en aspirant avec ardeur de
fortes gorgées de fumée... Je sais bien que vous... en
me regardant... vous pensez : » En voici un.... hum, hum !
Eh bien, c'est vrai, je conviens que j'ai reçu une éducation assez mesquine ; les moyens ont fait défaut. Pardon, je suis un homme tout bon, tout bête, et là-dessus,
ma foi, vous... »

Il n'acheva sa phrase que par un geste de renoncement très-familier en Russie, et dont s'abstiennent les
seules personnes bien élevées qui ont voyagé ou qui
fréquentent habituellement les salons des trois capitales.

Je fis ce que je pus pour le convaincre qu'il se trom-
pait sur l'opinion que j'avais prise de lui, et que j'étais
fort content de cette rencontre. J'ajoutai, pour en revenir à notre thème, que pour diriger un domaine on n'a
nul besoin d'une éducation supérieure.

« Bien, me répondit-il, j'en tombe d'accord ; mais
toujours n'ai-je pas pour la chose la disposition qu'il

faut avoir. Il y a tel seigneur terrien qui fait Dieu sait quelles folies; tout lui réussit et il va de l'avant... et moi... Vous êtes, excusez mon indiscrétion, de Pîter [1] ou de Moscou?

— J'habite Pétersbourg. »

Mon interlocuteur fit jaillir de ses narines deux longs et rapides jets de fumée, après quoi il ajouta :

« Moi, je vais à Moscou me pourvoir d'un emploi.

— Dans quelle partie du service public avez-vous l'intention d'être employé ?

— Je n'ai pas d'idée arrêtée là-dessus; je verrai ce qui se présentera. S'il faut vous l'avouer, je crains le service, je crains beaucoup toute responsabilité. J'ai toujours vécu à la campagne ; je suis accoutumé à des allures... vous savez... Au reste, la nécessité me presse... ah ! maudite nécessité!

— En revanche, vous serez habitant d'une capitale.

— D'une capitale... Je ne sais pas bien, moi, ce qu'il peut y avoir de bon en cela. Je verrai; peut-être est-ce en effet assez agréable; mais, jusqu'à la preuve, j'incline à penser que nul séjour ne peut valoir celui des champs pour un propriétaire de domaines.

— Est-ce qu'il vous est réellement impossible de vivre plus longtemps dans votre terre ?

— Eh ! oui... oui, impossible, dit-il en soupirant... ma terre a tout à fait l'air de ne plus guère tenir à moi... C'est que... un brave homme de voisin que j'ai par là s'impatronise tellement chez moi... il a, voyez-vous, une lettre de change... »

Le pauvre Peotre Pétrovitch passa et repassa sa main sur son visage, puis resta pensif, puis branla la tête.

« Au fait, monsieur, ajouta-t-il après une minute de

1. *Piter*, abrégé de Saint-Pétersbourg, très-usité en province.

silence, je n'ajouterai pas aux petits torts que j'ai eus
celui de me plaindre, ce serait insensé et ridicule : j'ai
trop aimé, et, le diable emporte la terre ! j'aime encore
à me donner du *courage* [1].

— Vous meniez bonne et joyeuse vie à la campagne?

— J'avais... monsieur... dit-il avec hésitation et en
me regardant de l'œil d'un homme qui craint le blâme
et qui pourtant éprouve le besoin de causer... j'avais
douze chevaux de course, mais des coureurs, des coureurs, vrai, comme il y en a bien peu. Il n'y en avait
pas un qui, en deux minutes, n'eût gagné de vitesse le
lièvre gris, et, s'il s'agissait de courre sus à la bête
puante, ce n'étaient plus des chevaux, mais des ser-
pents, tout bonnement des aspics. Quant à mes chiens,
je pouvais en être fier. Eh! ce ne sont plus là que de
vieux contes. Je chassais aussi, et assez souvent, au
fusil. J'avais une chienne du nom de Comtesse, qui
était un chien d'arrêt extraordinaire; rien n'échappait
au flair puissant de cette bête-là. Aux abords d'un
marais je lui disais : *Cherche!* Si ce chien-là ne trouvait

1. *Du plaisir*. On n'imagine pas le nom re des mots russes
qui se sont formés d'un radical français. On en rencontre qui
sont d'une hardiesse de formation lexicologique vraiment étonnante. Quelques-uns, comme ici, se sont écartés de l'acception
originaire. D'autres, restés fidèles à l'acception primitive, se
sont cruellement oblitérés.

On jugera du procédé employé dans ce cas par un exemple
que j'ai pu recueillir récemment. Je connaissais déjà en russe,
un *bellettrist* (littérateur militant); la bellettristique, théorie en
fait de belles-lettres, etc., et cent autres étrangetés de cette
force. Depuis, j'ai eu occasion de lire, non sans étonnement,
un homme *komilfotny*, une femme *komilfotnaïa*, et *komilfo-
tnoste*, la distinction de l'homme comme il faut. Ces énormités
figurent dans la même page d'un docteur Vacilief, et un journal
littéraire les apporte en citation sans y trouver absolument rien
à dire.

pas, une meute d'élite y eût certainement perdu son
temps, et s'il trouvait, rien n'égalait sa joie; c'était de
la démence. Et à la maison, quelle gentillesse! lui pré-
sentiez-vous du pain de la main gauche en lui disant :
« Le juif y a mordu, » il ne l'acceptait pas; et si vous
présentiez le morceau de la main droite et disiez du
même ton : « Mademoiselle y a mordu, » le morceau
était à l'instant saisi et dévoré. Elle m'a donné un petit
qui était admirable et que je voulais emmener avec moi
à Moscou. Mais un ami m'a demandé la mère et le petit,
et mon bon fusil de chasse; il me disait : « A Moscou, il
s'agira bien de la chasse pour toi, vraiment! tu auras
bien autre chose en tête. » Je lui ai donné les chiens,
je lui ai fait cadeau aussi du fusil; il serait resté là
d'ailleurs de toute manière.

— Pourquoi donc? à Moscou aussi, on fait des parties de chasse.

— Non; mon ami avait raison; les plaisirs de la chasse
ne sont plus pour moi. J'ai fait des folies, le temps est
venu de les expier. Permettez-moi une question : est-ce
qu'il fait cher vivre à Moscou?

— Pas du tout, selon moi.

— Pas bien cher? et je vous prie, dites-moi, les
Tsyganes (*Bohémiens*) habitent Moscou?

— De quels Tsyganes parlez-vous?

— Ces Tsyganes qui vont chanter dans nos foires.

— Oui, ils demeurent à Moscou.

— Ah! c'est bien. Moi, j'aime les Tsyganes, diable
emporte, je les aime!... »

Et les regards de Peotro Pétrovitch brillèrent d'un
éclat plein d'égrillardise. Tout à coup il se tourna et se
retourna sur le banc; puis il resta immobile, pensif,
baissa la tête et me tendit son verre vide :

« Donnez-moi de votre rhum.

— Il n'y a plus de thé.

— N'importe, je le prendrai comme ça, allons ! »

Karataëf mit sa tête dans ses mains et ses coudes sur la table. Je le regardais en silence et m'attendais à ces effusions de sentiment et même de larmes dont les gens qui ont bu sont si prodigues, de sorte que je fus, je l'avoue, bien frappé de l'expression d'abattement, d'absolue prostration de ses traits; et je ne pus m'empêcher de lui demander ce qu'il avait.

« Ce n'est rien, me dit-il; le passé m'est revenu en mémoire, et particulièrement une anecdote. . Je vous la raconterais bien volontiers; mais vraiment, j'ai conscience...

— Eh, de grâce !

— Oui, poursuivit-il un peu en bredouillant, il y a des circonstances... quoique... par exemple... moi, là dedans... eh bien, si vous l'exigez, je vous dirai la chose. Au reste, je ne sais...

— Racontez, racontez, cher Peotre Pétrovitch.

— Fort bien, quoique ce soit un peu... Ah ! c'est que, voyez-vous, je suis un stepniak, vous n'êtes pas à en douter... et pourtant, en vérité, je ne sais...

— Allons donc, allons donc, Peotre Pétrovitch, une oreille amie vous écoute.

— Eh bien, d'accord ; sachez donc ce qui m'est arrivé : Je vivais dans mon village, et, comme chasseur, je courais un peu nos environs. Un jour une jeune fille me donne dans l'œil; ah! quelle jolie fille!..... une beauté... et que d'esprit et quelle bonne âme avec ça! on l'appelait Matréna. Mais c'était une fille du commun, du commun, vous comprenez, une servante, une esclave. Elle ne m'appartenait pas, voilà le mal. Elle appartenait à un autre domaine, elle était la propriété d'autrui, et moi me voilà tout amouraché d'elle. C'est,

voyez-vous, une telle anecdote... pardon! Elle aussi en
tenait. Et voilà que Matrèna me prie, me prie de l'a-
cheter, d'aller trouver sa dame, de payer ce qu'il faudra, et de l'emmener avec moi; et moi j'y avais déjà
pensé. Sa dame était une femme riche, une dame de la
plus vieille roche. L'habitation de la vieille dame était à
quinze verstes de la mienne. Eh bien! un beau matin,
comme on dit, je fis mettre à ma meilleure drocka mon
plus beau troïge[1]; je mis au timon ma haquenée... oh,
oh! un *asiatique* comme on n'en voit pas, et que, pour
l'éclat de son pelage, j'appelais *Lampourdos*..... Je
m'habillai de ce que j'avais de mieux, et je me rendis
chez la dame de Matrène.

« Ces dispositions prises pour menager le premier effet, j'arrive, je vois une grande maison entre deux ailes
élégantes, avenue et square devant, grands jardins
derrière. Matrène m'attendait dans un certain tournant,
elle voulut me parler ; tout ce qu'elle put faire, ce fut
de me baiser la main. J'entre dans l'antichambre; je
demande si la dame est à la maison. Un grand laquais
bonasse s'avance et me dit : « Comment vous plaît-il
d'être annoncé? Va, mon brave homme, annoncer
M. Karataëf, gentilhomme propriétaire voisin... et dis
que je suis venu pour affaires. » Le laquais s'éloigna.
J'attends, je pense et me dis : « Réussirai-je? ne réussirai-je pas? Et si elle allait, la vieille folle, me demander un prix extravagant!... Elle est riche, oui, ça se
voit; elle n'en est pas moins capable peut-être de vouloir de Matrène, par exemple, cinq cents roubles. »

« Le laquais reparaît et m'annonce que je suis at-
tendu; il m'introduit au salon. Là est assise dans un
fauteuil une toute petite vieille au teint bilieux, cligno-

---

1. Troïka, traduit par troïge, pour trois chevaux, comme qua-
drige pour quatre.

tant des deux yeux. J'approche, elle me demande tout
droit ce que je veux. Vous concevez bien que, sans
faire le susceptible, je crus à propos de dire d'abord à
la dame que j'étais heureux de la voir, de faire son
honorable connaissance. « Vous êtes dans l'erreur; je
ne suis pas, dit-elle, la maîtresse de cette terre; je suis
une parente de la dame, dites-moi ce que vous voulez.
— Permettez-moi de vous dire que c'est avec mon honorable voisine que j'ai besoin de parler. — Maria Illinichna ne reçoit pas aujourd'hui : elle est indisposée....
Qu'est-ce que vous voulez donc? — Allons, il n'y a
rien à faire, » pensai-je en moi-même, et je nommai
Matrène, et j'exposai le but de ma démarche. « Matrèna, la fille Matrène... marmotta la vieille clignoteuse,
quelle peut être cette Matrèna? — C'est Matrèna Fedorovna, la fille de Fédor Koulikof. — Ah! Matrèna, la
fille du gros Koulik! Et comment se fait-il que vous
connaissiez cette fille? — Par un effet du hasard. —
Et elle sait votre intention de l'acheter? — Oui, madame. — Bien! je vais l'arranger; voyez-moi cette espèce! » dit la dame après un silence d'assez mauvais
augure.

« Je fus tout ébahi, n'ayant point soupçonné que ma
proposition pût d'aucune manière attirer aucun désagrément à la pauvre fille. « Matrène n'a rien de blâma-
ble; je suis prêt à payer une somme convenable que je
vous prie, moi, de vouloir bien fixer. » Les bouquets
de poils frisés qui ornaient la figure de la vieille se
hérissèrent; elle souffla, souffla, et dit d'une voix aigre :
« Ah çà, mais voici des merveilles! et comme nous
avons grand besoin de votre argent! Je lui en donnerai,
je lui en donnerai; nous lui ferons passer sa belle folie;
la recette est connue. (La vieille toussa de malice.)
Elle est mal chez nous, l'espèce! Petite diablesse, va,

tu nous la payeras; Dieu me pardonne s'il y a péché! »

« Je vous avoue qu'à ces paroles j'eus la faiblesse de prendre feu. « Pourquoi cette colère contre une pauvre fille? Pouvez-vous me dire en quoi elle serait coupable?.... » La vieille se signa et dit : « Ah! Seigneur Dieu, est-ce que je... — Cette fille ne vous appartient pas, à vous! — C'est une chose qui ne vous regarde point; Maria Illinichna sait ce qu'elle fait; c'est vous qui vous mettez en tiers; moi, je me charge de rappeler à Matrèna à qui elle doit obéissance, de qui elle doit baiser la main et les pieds. »

« J'aurais bien volontiers, en ce moment, tourné sens devant derrière le bonnet de la vieille furie; mais je me souvins de Matrène, et mes bras restèrent cloués à mes hanches. Je me trouvai alors si capot que la tête n'y était plus; je dis au hasard : « Demandez-moi de Matrène telle somme que vous voudrez. — Çà, qu'est-ce que vous voulez donc faire d'elle? — Elle m'a plu, madame; elle me plaît; entrez aussi un peu dans ma position; permettez-moi de vous baiser la main. » Et en effet, croirez-vous que j'ai baisé la main de cette sorcière maudite? « Eh bien, marmotta la vieille, j'exposerai le tout à Maria Illinichna; elle en décidera; vous pouvez venir ici après-demain. »

« Je retournai chez moi livré à une grande agitation. Je crus comprendre que j'avais mal entamé l'affaire, et que je n'aurais dû, en aucun cas, laisser voir ce qui se passait en moi; et je me dis qu'il serait trop tard maintenant pour jouer l'indifférence. Deux jours après je reparus chez la dame; on m'introduisit cette fois dans son cabinet, meublé et tapissé avec un grand luxe; elle était là, elle-même, à peu près étendue sur un merveilleux fauteuil mécanique, la tête penchée sur un coussin. La vieille parente qui m'avait reçu l'avant-veille était présente, et il y avait là, en outre, je ne sais quelle demoiselle à cils et sourcils blancs, à bouche de travers, vêtue d'une robe montante et verte comme pré; ce devait être une dame de compagnie. La dame me pria de m'asseoir; je m'assis. Elle me demanda quel était mon âge, où j'avais servi, et comment je comptais vivre désormais; elle parlait d'un certain ton de hauteur, de supériorité. Je répondis à sa triple question.

« Elle prit son mouchoir de poche et s'éventa la figure comme si elle eût chassé quelque vapeur, puis elle dit en égrenant une à une ses paroles : « Katérina Karpovna, que voici, m'a fait son rapport sur une intention que vous avez. Elle m'en a fait le rapport, sachant pourtant elle-même que j'ai un principe dont je ne m'écarte pas; je ne laisse jamais mes gens passer au service de qui que ce soit. A mes yeux ce serait inconvenant, ce ne serait pas de bonne maison; il y aurait désordre, immoralité. J'ai tout réglé comme il convenait; vous n'avez donc plus, monsieur, à vous inquiéter de rien. — M'inquiéter!... pardon, je ne comprends pas très-bien, madame; voulez-vous dire que le service de Matrèna vous est indispensable à vous-même? — Nullement; cette fille et son service ne me sont point nécessaires. — Eh bien, alors, pourquoi ne consentez-vous pas à me céder Matrèna? — Parce qu'il ne me plaît pas; je ne veux point de cela, voilà tout. J'ai donné mes ordres; c'est irrévocable; je l'envoie dans un village que je possède dans les steppes. »

« Je crus, à ce mot, avoir senti la foudre sillonner mon cerveau. La vieille dame adressa quelques paroles en français à la demoiselle verte; celle-ci sortit aussitôt. « Je suis, voyez-vous, me dit-elle ensuite, une femme à principes; ajoutez à cela le triste état de ma

santé, qui ne me permet de supporter aucune agitation..
Vous êtes encore un jeune homme, et je suis, moi, une
très-vieille femme, ce qui me donne le droit de vous
adresser des conseils. Ne feriez-vous pas bien de songer à vous établir, à choisir un parti convenable et à
vous marier gentiment et honnêtement?... Les grosses
dots sont rares, et comme d'ailleurs on ne gagne jamais
rien à se marier en dehors de sa condition, on vous
trouverait une bonne jeune demoiselle pauvre d'écus,
mais riche de cœur et de moralité. »

« Moi, là-dessus, monsieur, je regarde la vieille, je la
regarde et ne comprends rien à tout ce radotage; j'entends bien qu'elle parle mariage, je comprends à peu
près qu'elle a quelqu'un à établir avant de tourner de
l'œil; c'est beau de sa part et moins cher qu'un legs. .
Mais il a été parlé d'un village dans les steppes, vers
lequel on entraînait peut-être Matrèna en ce même
instant où l'on me chantait mariage... Mariage! que
diable, je... »

Ici M. Karataëf s'arrêta pour me regarder, puis il me
dit :

« Vous n'êtes pas marié?...

— Non.

— Je l'aurais parié, vrai, je l'aurais parié. J'étais
plein de dépit, je dis à la vieille marieuse : « Ça, madame,
nous battons l'eau pour n'aboutir à rien! Il n'était point
question de mariage; je désire tout bonnement savoir
si vous consentez ou non à me céder, moyennant fi-
nances, la fille Matrèna votre sujette. » Aussitôt la
vieille dame n° 2 se leva en me faisant des yeux terribles et s'approcha avec sollicitude de la vieille n° 1 ;
celle-ci faisait des *oh!* et des *ah!* comme si j'eusse été
le diable en personne. « Ah! cet homme m'a toute bouleversée; oh! là, là, faites-le sortir! ah! qu'il s'en aille

vite! oh! oh!... » Le n° 2 se mit à crier contre moi, si bien que je ne pus placer un mot d'explication ni d'excuse. Le n° 1, de son côté, se plaignait comme un enfant gâté en proie aux coliques et disait : « Comment ai-je mérité cela? il faut croire que je ne suis plus la maîtresse de mes serfs ; je ne suis plus libre chez moi... Oh! ouf! ah! aïe! »

« Je sortis et je m'enfuis!

« Peut-être, poursuivit M. Karataëf, me jugez-vous vous-même un peu sévèrement sur cet attachement à une femme appartenant à la classe servile. C'est mal, j'en conviens, et je n'ai pas la prétention de justifier ma faiblesse; je dis le fait, rien de plus... Je n'eus depuis ce moment aucun repos; je me tourmentais jour et nuit, me reprochant d'avoir perdu la pauvre fille. Je me la représentais allant garder les oies en sarrau grossier, le corps teint au cambouis, et gémissant soir et matin sous les effroyables injures d'un brutal starosta (l'Ancien du village), d'un paysan aux lourdes bottes goudronnées, et j'avais la sueur froide à la seule idée de toutes ces horreurs peut-être imaginaires.

« A la fin, ne pouvant plus contenir mon impatience, je m'informai; je parvins à savoir en quel village Matrène avait été reléguée, je montai à cheval et m'y rendis. Malgré toute ma diligence, je n'y arrivai que le lendemain soir. Il me fut facile de reconnaître que l'on n'attendait pas de moi une pareille équipée, et qu'il n'avait été pris aucune mesure, donné aucun ordre à mon égard. J'allai tout droit chez l'Ancien, comme y serait venu tout seigneur des environs de la steppe.

« En entrant dans la cour, j'aperçus tout d'abord Matrène assise sous l'auvent de l'entrée, la tête appuyée dans la main. Après le premier instant de stupeur, elle allait pousser un cri de joie, mais je lui fis signe

de dissimuler, puis je lui indiquai la direction des
champs situés à l'ouest et hors de la vue des chaumières. J'entrai chez le starosta, je fis à cet homme des
contes bleus propres à le dérouter complétement sur
ma personnalité; puis, le moment favorable à mon
projet étant venu, je courus à la recherche de Matrène. Je la trouvai facilement, et la pauvrette se sus-
pendit à mon cou; elle n'en finissait pas de me baiser
les mains et les cheveux. Pauvre petite colombe, elle
était pâle; elle avait beaucoup maigri. Je lui disais :
« La la, finis : et pas de larmes, allons, pas de larmes,
entends-tu? » Je lui disais cela, et moi-même je pleu-
rais comme une femme. Pourtant j'eus honte de moi-
même, « Matrène, repris-je, les larmes sont un pauvre
remède à un grand mal; il faut montrer au contraire
de la résolution; il faut que tu t'enfuies d'ici; je te
prendrai en croupe derrière moi; voilà la seule chose
à faire. — Quel moyen! mais songez donc, si je faisais
une pareille chose, ce serait un acharnement contre
moi... oh! ils me mettraient en pièces! — Eh! folle
que tu es, qui te découvrirait? — Ils me découvriraient, pour sûr, ils me découvriraient, » dit-elle d'une
voix pleine de terreur; puis se remettant de cette émotion pour passer à une autre, elle ajouta : « Je vous
remercie, Peotre Pétrovitch; de ma vie je n'oublierai
la marque d'attachement que vous me donnez... mais
le sort m'a jetée ici, j'y resterai. — Matrène, Matrène,
je te supposais du caractère, et te voilà demi-morte;
tu ne montres pas le moindre courage. »

« Elle avait, en effet, du caractère, et beaucoup; elle
avait de l'âme, et c'était un cœur d'or, monsieur, je
vous assure. J'en revins à ma proposition : « Mon Dieu,
pourquoi vouloir rester ici? Si en fuyant il t'est réservé
de souffrir, n'est-ce donc pas la même chose? Tu ne

seras jamais, et nulle part, plus mal que dans ce hameau sauvage. Je suis certain que cette brute de starosta te traite à coups de pied et à coups de poing pour le plaisir de beugler et de battre. »

« Matrèna devint rouge, et ses dents craquèrent; elle se tut, puis, songeant aux conséquences de sa fuite si elle prenait ce parti décisif, elle pâlit et me dit : « En fuyant, je ferais le malheur de tous les miens. — Comment! tu crois qu'on persécuterait toute ta famille? on bannirait les tiens? — Mon frère d'abord serait certainement envoyé ici à ma place, et comme ça lui serait dur! ... — Mais ton père? — Mon père ne serait pas chassé; il n'y a dans les cours de la dame qu'un bon tailleur, et c'est lui. — Ah! tu vois donc. Et ton frère, bien sûr, ne resterait pas longtemps dans la steppe; ton père rappellerait tous les jours que le jeune garçon est innocent; il le réclamerait, on le lui ramènerait. — Peut-être bien, mais vous, vous... on vous rendrait responsable, on vous inquièterait... j'aimerais mieux mourir que d'être la cause de ce qui arriverait... — Quant à cela, ce serait mon affaire, et non la tienne... »

« Elle tourna et retourna toutes ses objections, mais elle était déjà quelque peu incertaine. Je l'enlevai, non pas cette fois, mais à la suite d'une autre visite... J'arrivai de nuit en chariot; elle avait pris sa résolution, je l'emmenai.

— Elle a monté volontairement dans votre chariot? dis-je à M. Karataëf.

— Tout à fait volontairement. J'arrivai le lendemain chez moi à la brune, et je l'installai. J'avais une maison composée en tout de huit pièces, et j'employais un très-petit nombre de gens à mon service. Mes gens, je vous le dis sans façon, me respectaient et m'étaient dévoués

au point que, je l'affirme, ils ne m'auraient pas trahi
pour tous les trésors du monde. Je me trouvai singulièrement heureux. Matrèna, ne se rappelant chez moi
toutes les angoisses de son passé que pour mieux goûter les douceurs de sa vie présente, ne tarda pas à reprendre santé et fraîcheur, et moi, la voyant si jolie, si
heureuse, si reconnaissante de mes soins, je m'attachai
de plus en plus à elle..... Quelle excellente fille, monsieur! Explique cela qui pourra, mais je vous dirai en
toute vérité qu'elle se trouva savoir chanter, danser et
jouer de la guitare..... Je n'eus garde de la laisser voir
à mes voisins de terres; car le moyen de les empêcher
de babiller, même sans songer à mal? Mais j'avais un
ami, un ami tout à fait intime, un nommé Gornostaëf
Pantaleï..... Ne le connaîtriez-vous pas?

— Non.

— Gornostaëf était tout âme pour elle; il lui baisait
les mains comme il eût fait à une belle dame, je vous
jure. J'avoue que Gornostaëf était vraiment bien un
autre homme que moi; c'était un homme de savoir; il
avait lu tout Pouchkine, si bien que, quand il causait
avec Matrèna et avec moi, nous étions là tout oreilles,
bouche béante. Il enseigna à écrire à ma petite Matrèna;
il était très-original. Moi je lui fis faire une garde-robe
telle, qu'elle pouvait, pour la toilette, damer le pion à
la femme de Son Excellence le gouverneur. Elle avait
surtout un manteau de velours framboise, à revers et à
collet de renard noir.... ah! comme elle portait cela!
C'était une *madame* de Moscou qui avait fait ce manteau, d'après la dernière mode, avec une taille.

« Qu'elle était belle là dedans! Il lui arrivait de
demeurer assise, immobile, des heures entières, rêveuse
et sans remuer un cil de ses yeux fixés sur le plancher;
et moi aussi je me tenais là à la regarder, à la regar-

der, à la dévorer des yeux comme si je la voyais si
belle pour la première fois. Venait un moment où elle
souriait, tout mon cœur était pâmé de volupté. Un peu
après, elle se mettait à rire, à jouer, à danser ; elle s'é-
lançait, me saisissait, me pressait avec tant d'affection
et d'ardeur que la tête me tournait ; c'était un vrai
délire de bonheur. Il y avait tel jour où, du matin au
soir, je n'étais occupé que d'une seule idée, celle de lui
faire quelque grand plaisir. Et, me croirez-vous ? quand
je la comblais de présents, ce n'était que pour la voir
se réjouir, rougir de joie, essayer des robes, des pa-
rures, s'avancer vers moi radieuse, se tourner, se pen-
cher, me sourire, et enfin me sauter au cou.

« Son père Koulik, on ne sait par quelle voie, eut
vent de la chose, et fit de grandes dénégations à ceux
qui la lui contèrent. Mais il vint en secret nous voir, sa
fille et moi ; nous le traitâmes comme vous pouvez
croire ; il versa beaucoup de douces larmes, et il repartit mystérieusement, comme il était venu.

« C'est ainsi que nous avons passé cinq mois ; il va
sans dire que j'aurais voulu que cela durât toute ma
vie ; mais je suis né très-mal chanceux....

— Qu'est-ce qui vous est donc arrivé de malheureux
après cela ? » lui demandai-je avec sympathie, voyant
qu'il était en quelque sorte embarrassé d'avoir parlé de
lui si longtemps.

« Tout mon bonheur est allé au diable, répondit-il
en faisant le geste de renoncement dont j'ai parlé, qui
commence vivement et finit par une main pendante
comme celle d'une victime. Et c'est moi qui l'ai perdue.
Matrèna faisait d'une longue course en traîneau l'objet
de ses plus riantes distractions ; je lui en donnais le
plaisir, le soir, à une heure où nous avions grande
chance de n'être point rencontrés.

« Une fois, dans le dessein de faire tous deux une
bonne et longue excursion, nous choisîmes une journée
d'une beauté incomparable ; il faisait un beau froid, un
splendide coucher de soleil, et pas un souffle de vent....
Nous partîmes. Matrèna s'empare des guides, et moi,
content, distrait, je regarde où elle nous mène. Mais ne
prend-elle pas le chemin de Koukouëfka, du grand village de sa maîtresse ? Oui, justement, nous voici presque arrivés à Koukouëfka. Je dis à Matrèna : « Folle que
tu es ! où vas-tu donc ? » Elle me regarda de dessus
son épaule, et me sourit. Je pensai : « Elle veut, une fois
du moins, se donner le plaisir nouveau de faire la bra-
vache.... oh ! enfant ! c'est si bon.... une fois, une seule
fois, en costume et en équipage de noble personne,
passer fièrement, à fond de train, tout au pied de la
maison seigneuriale où naguère.... oh ! c'est bien sédui-
sant ! » J'eus la faiblesse de la laisser faire.

« Nous avancions. Mon beau timonier nous enlève au
vol, nos bricoliers ressemblaient à des tourbillons.
Voilà que déjà nous apercevons la croix et les toits de
l'église.... Cependant, sur la route, devant nous, est une
vieille voiture verte, fermée, qui rampe comme une
tortue ; derrière se tient un grand laquais. C'était la
grande dame qui, par extraordinaire, faisait la petite
promenade du soir. J'étais assez inquiet de cette rencontre. Mais Matrèna poussa les chevaux droit à ceux
du lourd équipage, dont le cocher devint très-attentif à
cette fougueuse troïka qui semblait devoir fondre
comme une avalanche sur ses bêtes. Il voulut livrer
passage à ce fabuleux objet qu'il ne distinguait pas bien,
vu son âge avancé ; il serra la bride avec trop de zèle,
et il versa dans un petit fossé gazonneux. La glace de
la portière est brisée ; la dame pousse des *hélas !* la
demoiselle de compagnie crie au cocher de retenir ses

chevaux; nous, nous fuyons ventre à terre. Nous allions du plus grand train, mais je pensai : « Il y aura du grabuge; » j'ai été un grand sot de lui permettre de traverser Koukouëfka.

« Figurez-vous, monsieur, que la vieille sempiternelle et sa compagne avaient reconnu Matrèna et moi; la dame déposa contre moi une plainte où il était dit qu'une fille serve, transfuge de chez elle, vivait retirée chez le propriétaire noble Karataëf, qui la tenait cachée. Et en donnant cette plainte, elle avait intéressé la police à me poursuivre. Le surlendemain de l'algarade arrive chez moi l'ispravnik, le capitaine de police [1]. Cet ispravnik m'était bien connu, c'était un nommé Stépane Serghéitch Kouzovkine, un bon homme.... un ispravnik bon homme! vous comprenez, un assez vilain homme.

« Kouzovkine arrive, entre, et me dit : « Eh bien, Peotre Pétrovitch, voilà, voilà, voilà.... et comment donc tout ça? Pensez, la responsabilité est grande, et les lois là-dessus sont claires. — J'entends bien, Stépane Serghéitch, sans doute, sans doute, il faudra que nous parlions de tout cela; mais vous avez fait un bon bout de chemin, vous mangerez bien avant tout un petit morceau. »

« Il consentit à déjeuner; mais après avoir abattu la première faim, il me dit : « La justice veut avoir son cours, Peotre Pétrovitch, vous le savez vous-même. — Ah! oui, oui, la justice! comment donc.... et dites-moi, j'ai appris que vous aviez une jument noire.... Il faut que vous me la troquiez contre mon Lampourdos; ça vous va-t-il? Mais il n'y a pas chez moi, pas du tout, du tout, de fille Matrèna Fedorovna. — Ah! Peotre

---

1. Commissaire de police, mais avec grade militaire.

Pétrovitch, la fille est dans vos mains, vous savez bien que nous ne sommes pas ici en Suisse.... Troquer votre Lampourdos, c'est une chose qui se peut faire, mais après le choc de l'autre jour, vous savez bien qu'on peut aussi le prendre tout bonnement, comme ça, sans ombre de troc.... ha, ha, ha, ha, ha!.... » Malgré cette saillie aigre-douce, je parvins pour quelques jours du moins à me débarrasser de lui.

« La vieille dame s'acharna contre moi de plus en plus : « J'y mettrai dix mille roubles; il faut que justice me soit faite de ces tourtereaux. » Le secret de cette grande colère et de cet acharnement, monsieur, c'est qu'en me voyant chez elle, la dame avait tout d'abord conçu la résolution de me marier à la demoiselle verte; mon refus, renouvelé plus tard, était ce qui la poussait à me faire cette guerre à outrance. De quelles fantaisies ne sont pas capables ces opulentes dames campagnardes qui s'ennuient dans leur manoir! Celle-ci me donna bien du mal; je jetai un argent fou pour ne gagner après tout que de courtes trêves. J'eus bien des tracas pour tenir Matrèna cachée à tous les yeux; on me tendit vingt piéges où c'est miracle que je n'aie pas donné; je me sentais traqué de toutes parts comme un pauvre lièvre.

« Je tombai dans les dettes, je perdis la santé avec le repos. Une nuit, j'étais couché sur mon lit, et, ne pouvant dormir, je pensais : « Seigneur mon Dieu! quel si grand crime ai-je donc commis pour souffrir ainsi? que dois-je donc faire, si je ne puis cesser de l'aimer? car il est bien certain que c'est au-dessus de mes forces. » J'entendis des pas dans ma chambre, c'était Matrèna. Je l'avais comme séquestrée pour un temps dans une métairie que je possédais à deux verstes de chez moi.

« Je m'effrayai à sa vue, pensant qu'on l'avait débus-

quée de là, et je la questionnai en ce sens. « Non, dit-
elle, personne ne vient m'inquiéter à Boubnova; mais
tout cela ne peut durer, cher Peotre Pétrovitch. Votre
situation est déplorable, et je ne puis vous voir plus
longtemps dans cet état; mon ami, vous savez bien
que je suis incapable de jamais oublier les quatorze
mois de bonheur que je dois à votre tendresse, mais le
moment est venu où mon devoir est de vous faire mes
adieux.

— Que dis-tu, folle? que dis-tu? qu'est-ce que c'est
que ces adieux? pourquoi me faire tes adieux? — Ne
vous agitez pas, ne songez qu'à vous, qu'à votre santé ;
moi, j'ai connu un bonheur ignoré de mes égales, je
vais où le devoir me rappelle; je vais me livrer à la justice de ma maîtresse. — Sais-tu, ma folle, que je vais
t'enfermer au grenier! Tu veux me perdre, hein? tu
veux me faire mourir de chagrin?... Eh bien, parle...
parle donc... lève donc les yeux... Quelle est cette
nouvelle idée?... dis. — Je ne veux pas vous être plus
longtemps une cause de misère, de ruine peut-être,
Peotre Pétrovitch; je sais ce que vous souffrez, je le
vois. — Malheureuse imbécile! ta maîtresse! ta maîtresse! comment te dire?... Oh! folle, tu ne sais pas,
pauvre folle.... »

Ici Peotre Pétrovitch sanglota, puis il se hâta d'a-
chever son récit.

« Eh bien, que direz-vous de cela? reprit-il en frappant du poing sur la table et en s'efforçant de froncer
les sourcils, tandis que les pleurs, obstinés à se montrer, ne cessaient de s'échapper en ruisseaux sur ses
joues enflammées. La malheureuse est allée se livrer
elle-même; elle s'est enfuie à pied la nuit même; elle
s'est rendue à la porte de la dame en suppliante, et elle
s'est elle-même livrée....

— Messieurs, vous êtes attelés ! » vint nous dire avec solennité le maître de poste.

Nous nous levâmes, mon compagnon de samavar et moi.

« Et que lui a-t-on fait à cette pauvre Matrèna ? » lui dis-je.

M. Karataëf ne me répondit que par le geste susceptible d'une infinie variété de significations qui lui était familier, et dont il a été parlé plusieurs fois dans ce récit.

Un an s'écoula, et une affaire m'appela à Moscou. Le lendemain de mon arrivée, le hasard me poussa à entrer, avant l'heure du dîner, dans un café singulièrement original et moscovien, situé à cent pas d'une ligne de boutiques bien connues de tous les chasseurs du centre de l'empire. Dans la salle de billard, à travers des flots du fumée de tabac se découvraient par moments des visages enluminés, des moustaches, des houppes, des hongroises à l'ancienne mode, et des sviatoslavski [1] en possession de la vogue. Quelques vieillards, maigres, secs, en modestes surtouts, lisaient les feuilles publiques. Les garçons circulaient lestement, un plateau à la main, sur les tapis verts qui amortissaient le bruit de leurs pas. De bons marchands russes dégustaient le thé de l'établissement avec un recueillement impatientant à observer. Je n'entrai pas. Tout à coup de cette salle de billard sortit un homme à tête ébouriffée et assez peu sûr de ses jambes. Il s'arrêta à trois pas de moi en plongeant les mains dans les poches de son pantalon, et, le front penché en avant, il regardait vaguement autour de lui.

« Bonjour, Peotre Pétrovitch !... comment vous va ? »

---

1. Mode de fantaisie nationale qui, si l'on en juge par son nom, remonterait à Sviatoslaf et aux temps semi-fabuleux de l'histoire russe.

M. Karataëf fit un mouvement comme pour se jeter à mon cou ; il m'entraîna, non sans festonner un peu, dans un petit cabinet particulier.

« Mettez-vous ici, ici, me dit-il en s'agitant autour de moi pour m'installer dans un excellent fauteuil ; ici, vous serez bien. Garçon, de la bière !... non ; du champagne !... Ah ! je ne m'attendais pas à vous voir... Y a-t-il longtemps, est-ce pour longtemps que vous êtes ici ? A la fin, Dieu m'a permis de revoir l'homme...

— Dites-moi, vous rappelez-vous?...

— Comment, si je me rappelle..... si je me rappelle ! se hâta-t-il de dire. Mais le temps a marché.

— Qu'est-ce que vous faites de bon à Moscou, cher Peotre Pétrovitch?

— Je vis comme vous voyez. Ici, il fait bon vivre ; le peuple d'ici est un excellent peuple. Ici, j'ai trouvé le calme. »

Il fit suivre ce mot de calme d'un fort gros soupir, et éleva solennellement les yeux au ciel.

« Vous occupez un emploi?

— Non, je n'ai pas encore d'emploi ; je compte sous peu en prendre un. Mais, au fait, qu'est-ce que le service? Les hommes... voilà l'essentiel. Quels hommes ! quels hommes que ceux dont j'ai fait la connaissance ici ! ah !... »

Le garçon entra et déposa sur la table un plateau sur lequel étaient une bouteille de vin de Champagne et deux verres.

« Tenez, voici déjà un brave homme..... N'est-il pas vrai, Vassia, que tu es un brave homme ? A ta santé, Vassia ! »

Le garçon s'arrêta, inclina la tête, sourit et sortit.

« Oui, ici nous avons de braves gens, poursuivit Peotre Pétrovitch avec exaltation, des gens pleins de

sentiment, pleins d'âme... Voulez-vous que je vous
fasse faire ici trente connaissances? ce sont de si bons
enfants... Ils seront tous, tous enchantés... je vous en
réponds... Je leur dirai... Hélas! Babrof est mort;
voilà un malheur qu'il soit mort!

— De quel Babrof parlez-vous?

— De Serge Babrof, de Serge lui-même... Ah! c'é-
tait là un homme! Savez-vous, monsieur, que c'est
lui qui m'a reçu, moi grossier, moi ignorant, moi stepniak?

— M. Babrof vous avait obligé?

— Comment, obligé? il m'a recueilli chez lui... et je
l'ai perdu... Et Pantéleï Gornostaëf est mort aussi; ah!
monsieur, ils sont tous morts, tous!

— Vous avez passé toute cette année à Moscou?
vous n'êtes pas allé à votre terre?

— A ma terre!... On l'a vendue, ma terre.

— Vendue?

— Vendue aux enchères... Voilà, vous avez eu tort
de ne pas l'acheter.

— De quoi allez-vous donc vivre à présent?

— Ah! je ne mourrai pas de faim, Dieu est là! Je
n'aurai pas d'argent, j'aurai des amis. Au fait, qu'est-
ce que c'est que l'argent? de la poussière! l'or? poussière, poussière! »

Là-dessus il fit une moue très-allongée, fouilla dans
sa poche, me montra dans le creux de sa main deux
pièces de quinze sous et une pièce de dix. « Q'est-ce
que c'est que cela? eh, mon Dieu, de la poussière! (Et
il jeta dans la chambre les trois pièces, qui coururent
sur le plancher.) Mais plutôt, voyons, dites-moi si
vous avez lu Poléjaëf [1]?

---

1. Auteur d'une traduction du Hamlet de Shakspeare.

— Je l'ai lu.

— Avez-vous vu Motchâlof dans Hamlet?

— Non, je ne l'ai pas vu.

— Vous ne l'avez pas vu? Vous n'avez pas vu Mot-châlof dans Hamlet?.... (Et son visage pâlit, son œil devint hagard, sa lèvre s'agita convulsivement.) Ah! Motchâlof, Motchâlof... Écoutez. »

Et il déclama d'une voix caverneuse le fameux mo-nologue d'Hamlet : « Mourir, dormir [1], » etc.

Et s'interrompant comme pour commencer les vers du grand tragique anglais, qu'il s'appliquait sans doute : « S'endormir, s'endormir! marmotta-t-il à plu-sieurs reprises.

— Çà, dites-moi, je vous prie..... » commençais-je à dire afin d'en finir avec Hamlet; mais déjà il reprenait avec feu : « Qui voudrait souffrir la misère et la rail-lerie du siècle [2], » et il laissa s'abaisser sa tête jusque sur la table, et se mit à bégayer, à bredouiller. Mais il reprit avec une recrudescence de chaleur : « A peine un mois; ils ne sont pas même usés, les souliers avec lesquels elle a suivi le corps de mon pauvre père [3]. »

Il se disposait à porter à ses lèvres son verre de vin de Champagne; mais il ne but pas et s'écria : « Pour Hécube! qu'est-il à Hécube? et pour lui, qu'est-elle [4]? »

Karataëf laissa échapper son verre et se prit la tête entre les deux mains. Je crois l'avoir compris.

« Mais à quoi pensé-je? dit-il enfin. Si quelqu'un rappelle le passé, qu'il lui soit enlevé un œil. N'est-ce

1. To die, to sleep, no more; and by a sleep, etc.
2. For who would bear the whips and scorns of times?
3. A little month : or ere those shoes were old,
   With which she follow'd my poor father's body.
4. For Hecuba!
   What's Hecuba to him, or he to Hecuba?

pas là un bon proverbe ? ajouta-t-il en riant... A votre santé, monsieur. »

Le garçon venait de le pourvoir d'un nouveau verre et de remplir les deux.

« Vous vous fixez à Moscou ? lui demandai-je ; vous avez définitivement résolu de vivre ici ?

— Je mourrai à Moscou...

— Karataëf ! cria-t-on dans la chambre voisine, Karataëf ! où es-tu ? viens ici, cher ami !

— Ils m'appellent là dedans, dit-il en se soulevant avec peine de son tabouret ; sans adieu ; venez me voir si cela vous est possible ; je demeure... »

Mais le lendemain, des circonstances imprévues m'obligèrent à partir, et depuis la séance du café, je n'ai plus revu Peotre Pétrovitch Karataëf.

CHAPITRE VII

Un rendez-vous. — Amours de village.

Un jour, vers la mi-septembre, j'étais assis dans un bocage de bouleaux. Depuis le matin il tombait une pluie fine qui alternait avec un beau soleil ; c'était un temps fort peu sûr ; le baromètre devait marquer *variable*. Le ciel tantôt se couvrait entièrement de nuages blancs sans consistance, tantôt, en quelques secondes, se dégageait par intervalles, et alors, la nuée, en fuyant, mettait à découvert un azur clair et gracieux comme un beau et sprituel regard d'homme.

Des racines revêtues d'une mousse épaisse m'avaient

fait un merveilleux fauteuil légèrement incliné, d'où je prenais plaisir à voir et à entendre..... quoi? direz-vous. Eh mais, tout et rien ; rien, si l'on ne veut pas s'amuser de mon amusement. Les feuilles faisaient au-dessus de ma tête un bruit à peine perceptible ; eh bien ! j'observais que, d'après le caractère même de ce frôlement si léger, on pouvait à ce seul bruit reconnaître la saison et le mois de l'année où l'on se trouvait.

Ce n'était pas le joyeux et souriant frémissement des rameaux chargés de séve qui éclatent en feuilles tendres au printemps ; ce n'était pas le moelleux froissement, le long parlage et les chuchotements de l'été ; ce n'était pas encore le timide et froid bégayement de la fin des automnes, c'était un babil continu fait à voix basse et murmurée comme dans le sommeil. A peine le peu de vent qu'il y avait laissait-il apercevoir son action sur les plus hautes cimes des arbres : l'intérieur du bocage, tout imprégné des vapeurs de la pluie, changeait d'aspect selon que le soleil resplendissait ou que ses rayons se trouvaient interceptés par les nuages. Si le soleil perçait, l'atmosphère était comme en-chantée, l'air souriait ; les hauts troncs blanchâtres des bouleaux, quelque peu distants les uns des autres, prenaient tout à coup un éclat tendre et satiné ; les feuilles, qui déjà émaillaient le sol, brillaient comme de l'or de ducats, et les charmantes tiges de la haute fou-gère frisottée, déjà nuée de ses couleurs automnales qui se rapprochent de celles du raisin mûr, montaient, se confondaient aux yeux, se croisaient sans cesse entre elles. Si le ciel s'est couvert de nouveau, tout en peu d'instants reprend sa teinte bleuâtre ; toute cou-leur vive a soudain disparu ; les bouleaux sont restés blancs, mais d'un blanc sans lustre, blancs comme la neige fraîchement tombée, sur laquelle n'a encore

glissé aucun des froids rayons du soleil d'hiver ; puis,
à la dérobée, furtivement, s'est posée goutte à goutte,
enfin a pénétré moins discrètement une pluie d'une
finesse extrême. Le feuillage des bouleaux était encore
presque tout vert, quoiqu'il eût remarquablement pâli ;
à peine si, çà et là, il se trouvait une feuille seule,
jeune, toute rouge ou toute jaune, et il fallait voir
comme elle resplendissait au soleil, quand à l'improviste ses rayons se faisaient jour jusqu'à elle, à travers
le crible serré des petits rameaux qui venaient d'être
lavés par l'ondée. On n'entendait pas une voix d'oiseau :
tous s'étaient mis à couvert dans leurs retraites, asile
de mystère et de silence ; il n'y avait que la mésange
qui faisait de temps en temps résonner sa voix moqueuse, vibrante comme une clochette d'acier fin.

Avant de venir rêver un peu dans cette boulaie,
j'avais dû, tout en chassant, traverser un petit bocage
de trembles de haute futaie. J'avoue que je n'aime pas
le tremble ; je n'admire ni son écorce violette ni son
feuillage vert-de-gris qu'il élève aussi haut que possible et développe en l'air comme un éventail disloqué.
Je n'aime pas le balancement incessant de sa sordide
petite feuille ronde, mal attachée aux longues pousses
des branches. Il est bon seulement en certains jours
d'été, quand, s'élevant à l'écart, au milieu d'un taillis,
il vient arrêter les rayons du soleil couchant ; qu'il
brille alors et tremblote de la racine au sommet, inondé
d'une lueur rouge tirant sur le jaune. Il plaît encore
quand, dans un jour clair et venteux , il grelotte
bruyamment et babille dans le ciel bleu ; que chacune
de ses feuilles, tenue horizontalement dans le courant
même de l'air, paraît devoir être arrachée, emportée et
chassée au loin. Mais, en général, je n'aime pas cet
arbre ; je ne m'arrête jamais dans une tremblaie pour

me reposer. Aussi avais-je gagné mon bois de bouleaux ; là, je choisis un arbre bien fourni, sous lequel je
me nichai très-commodément à l'abri de la pluie, et,
après m'être réjoui à satiété des agréments de la position et du gîte même, je m'y endormis en palpant le
velours des oreilles de ma Diane, et je goûtai dans ma
corbeille de mousses soyeuses ce sommeil réparateur
si bon, si sain, que connaissent seuls les vrais chasseurs.

Je ne saurais dire combien de temps je dormis, mais,
quand j'ouvris les yeux, tout l'intérieur du bois était
rempli de soleil, et dans toutes les directions, à travers
le feuillage livré à un joyeux clapotement, perçait et
semblait étinceler un beau ciel bleu transparent. Les
nuées s'étaient enfuies, chassées par les jeux folâtres
de la brise ; le temps s'était éclairci, et dans l'air on
respirait cette fraîcheur sèche qui, en remplissant le
cœur de bon contentement, est presque toujours le
gage assuré d'une soirée tranquille et sereine après un
jour d'intempérie.

Tout pénétré de ces sensations vivifiantes, j'allais me
lever et me remettre en chasse, quand mon regard se
porta sur une forme humaine qui se tenait immobile à
peu de distance de mon fort : c'était une jeune villageoise. Elle était assise à une vingtaine de pas de moi,
pensive, la tête inclinée sur la poitrine et les mains sur
les genoux ; dans l'une de ses mains à demi ouverte,
était un gros bouquet de fleurs des champs qui, chaque
fois qu'elle respirait, glissait presque insensiblement le
long de sa jupe à carreaux. Sa chemise blanche, propre,
boutonnée à la gorge et aux poignets, allait se perdre
en petits plis moelleux autour de sa taille ; un collier de
gros grains de verroterie jaune lui descendait à deux
étages sur la poitrine. Cette jeune fille était jolie : son
épaisse chevelure couleur blond cendré descendait en

deux demi-cercles soigneusement appareillés, de dessous un étroit bandeau écarlate posé immédiatement
au-dessus d'un front blanc comme l'ivoire ; le reste de
son doux visage brûlait de ce beau vermillon d'or qui
n'appartient qu'aux plus belles carnations.

Je ne pouvais juger de ses yeux ; elle ne levait pas la
tête, mais j'apercevais distinctement ses fins sourcils
dessinés comme d'un trait d'artiste à un pouce au-dessus de ses longues paupières moites ; sur l'une de ses
joues brillait la trace d'une larme à demi séchée, et une
autre larme était descendue presque au niveau de ses
lèvres pâlies. L'ensemble de cette tête avait beaucoup
de grâce ; le nez était un peu fort, un peu rond ; s'il
avait été différent, j'ai la conviction qu'il eût été moins
bien. Le plus grand charme de cette figure était dans la
physionomie ; l'expression en était si simple, si douce !
elle respirait si bien, dans sa touchante naïveté, la chaste
inintelligence de son propre chagrin !

Il était de la dernière évidence qu'elle attendait quelqu'un ; quelque chose craqua sourdement dans le bois ;
la jeune fille leva la tête et regarda ; dans la pénombre,
je vis passer l'éclair rapide de ses yeux grands, purs,
brillants, qu'animait en ce moment le regard anxieux de
la gazelle. Elle était tout yeux et tout oreilles dans la
direction de l'endroit où elle croyait avoir entendu le
bruit ; puis elle soupira, reprit l'attitude du repos,
rabaissa sa tête sur sa poitrine et se mit aussitôt à trier
les fleurs qu'elle avait rassemblées. Ses paupières rou-
girent, ses lèvres remuèrent avec amertume, et une
nouvelle larme tomba du bout de ses longs cils sur sa
joue, où elle s'enroula en diamant radieux avant de se
dissoudre en tiède ruisseau vers la fossette et les con-
tours du menton.

C'est ainsi qu'il s'écoula près d'une heure sans que

la pauvre jeune fille quittât l'arbre près duquel, sans doute, il y avait rendez-vous. De temps en temps seulement elle se croisait les mains à plat sur un genou et elle écoutait, elle écoutait, toute penchée.... De nouveau, quelque chose remua dans le bocage; elle frissonna. Le bruit, cette fois, se soutenait, devenait plus sensible, s'approchait.... enfin on pouvait reconnaître des pas, une démarche résolue et agile. Elle se mit droite sur son séant et en même temps parut intimidée; son regard attentif trembla de crainte et s'enflamma d'espoir. A travers les branches se fit voir une figure d'homme. Elle regarda, rougit de tout son corps, sourit de joie et de bonheur, fit un mouvement comme pour se lever et s'affaissa de nouveau, pâlit, se troubla, et ne releva plus qu'un regard mal assuré, presque suppliant, sur l'homme qui était enfin près d'elle, mais seulement quand il se fut arrêté à ses côtés.

Je regardai avec curiosité de mon embuscade le galant qui se faisait ainsi attendre. J'avoue qu'il ne fit pas sur moi une impression favorable. C'était, selon toute apparence, un valet de chambre, favori de quelque jeune et riche bârine. Son vêtement trahissait des prétentions au bon goût et en même temps à une vaniteuse négligence; il portait un petit paletot olive, probablement de la défroque de son maître, boutonné jusqu'au menton, une étroite cravate terminée par des pointes violacées, et, sur la tête, une casquette de velours noir à ganse d'or, rabattue sur les sourcils. Le col arrondi de sa chemise lui sillonnait les joues et allait lui couper les oreilles; les manchettes disproportionnées venaient obstinément recouvrir ses mains rouges et ses doigts difformes ornés de bagues d'or et d'argent, que décorait une germandrée en turquoises. Sa figure vermeille, fraîche et impudente, était de celles qui

presque toujours, autant que je l'ai pu observer, in-
quiètent les hommes et, je le dis à regret, plaisent aux
femmes.

Le drôle, affectant le ton de l'homme ennuyé, s'efforçait de donner à ses traits grossiers un air méprisant
et importuné; il tenait presque fermés ses yeux d'un
gris laiteux, déjà par eux-mêmes bien petits; il se ren-
frognait, abaissait le coin de ses lèvres, bâillait sans en
avoir envie, et, avec une désinvolture qui voulait être
négligée et qui était gauche, il réparait tantôt d'une
main tantôt de l'autre le désordre des boucles de sa
chevelure rousse; puis il pinçait, comme pour les
courber harmonieusement, les crins jaunes qui promet-
taient des moustaches d'or à sa lèvre supérieure; bref,
c'était un maroufle plein d'afféterie. Il avait commencé
à se donner tous ces airs de loin, et juste au moment
où il avait aperçu la jeune fille. Il se mit alors à compo-
ser sa démarche et à piaffer ridiculement en avançant
vers elle; puis il s'arrêta, éleva les épaules en plongeant les deux mains dans les poches de son paletot,
et, presque sans honorer la villageoise d'un regard, il
s'assit par terre de l'air d'un supérieur qui condescend
à s'humaniser un peu. Son œil distrait et aux deux tiers
fermé errait encore en haut, en bas, de côté, tandis
qu'il disait à la petite :

« Eh bien! y a-t-il longtemps que tu es ici? » Et il
balançait son genou et bâillait.

La jeune fille émue ne put répondre immédiatement.

« Oui, il y a longtemps, Victor Alexandrytch, pro-
nonça-t-elle enfin d'une voix à peine intelligible.

— Ah! (Il ôte sa casquette, passe la main dans sa
chevelure épaisse et frisée à boucles serrées, et, après
avoir regardé encore une fois tout à l'entour sans songer à rien voir, il couvre de nouveau sa précieuse tête

d'un air plein de dignité.) Et moi qui avais tout à fait
oublié! Et puis, vois-tu, il pleuvait. (Il bâille de nouveau.) Nous avons tant à faire! on ne peut pas tout
voir, tout deviner et suffire à tout... et l'autre encore
qui gronde à tort et à travers. Nous partons demain.

— Demain! dit la jeune fille en fixant sur lui un regard effaré.

— Oui, demain. Eh bien, eh bien! Ah çà, je t'en prie,
reprit-il à la hâte et d'un ton fort sec, voyant qu'elle
était toute tremblante et qu'elle tenait la tête baissée; je
t'en prie, Acoulina, ne va pas pleurer; tu sais que je ne
puis pas souffrir cela. (Et il fronça son nez épaté.) Finis,
ou je m'en vais à l'instant. Quelle bêtise de pleurer et
de geindre au moindre propos!

— Eh bien, non, non, je ne pleurerai plus, se hâta
de dire la pauvre fille en dévorant ses larmes. Ainsi,
vous partez demain, ajouta-t-elle après un moment de
silence. Quand donc est-ce que Dieu me permettra de
vous revoir, Victor Alexandrytch?

— Nous nous reverrons, certainement, nous nous
reverrons. Si ce n'est pas l'année prochaine, ce sera
après. Il paraît que le bârine désire prendre du service
dans les bureaux d'un ministère à Saint-Pétersbourg,
ajouta-t-il en prononçant les mots à demi et tant soit
peu du nez. Mais il se peut bien aussi que nous allions
voyager à l'étranger.

— Vous m'oublierez, Victor Alexandrytch, dit mé-
lancoliquement Acoulina.

— Eh non; et pourquoi? Je ne t'oublierai pas; seulement, toi, sois raisonnable, ne fais pas la sotte et écoute
ton père. Je te dis que je ne t'oublierai pas, non, non.
(Sur quoi le beau Victor s'étira et rebâilla.)

— Ne m'oubliez pas, Victor Alexandrytch, reprit-elle
d'un ton suppliant. Pourquoi vous ai-je aimé? c'était

bien pour vous-même.... Vous me dites d'écouter mon père, Victor Alexandrytch.... Comment faut-il que j'obéisse?... Comment mon père....

— Eh bien, quoi? (Il prononça ces trois mots comme du fond de l'estomac, pendant que, renversé sur le dos, il avait les deux mains posées sous la tête.)

— Mais, mon Dieu, Victor Alexandrytch, vous savez bien vous-même.... »

Elle se tut. Victor jouait avec la petite chaîne de sa montre.

« Allons, Acoulina, tu n'es nullement une sotte, dit à la fin le galant; ne dis donc pas de folies. Je ne veux que ton bien; me comprends-tu, hein? C'est très-vrai que tu n'es pas une sotte, et tu n'es pas tout à fait une paysanne, on peut bien le voir, et ta mère, en effet, n'a pas été, elle non plus, toujours une paysanne. Mais pourtant tu es sans éducation, vois-tu, et par conséquent tu dois écouter quand on te parle.

— Mais c'est effrayant, Victor Alexandrytch.

— Bah, bah! quelle folie, ma chère amie! qu'est-ce qu'il y a d'effrayant dans tout cela? Qu'est-ce que tu as donc là... des fleurs? ajouta-t-il en se rapprochant d'elle.

— Oui, des fleurs, répondit tristement Acoulina; c'est moi qui ai cueilli de l'achillée, poursuivit-elle en se remettant un peu, c'est très-bon pour les veaux. J'ai ramassé aussi du plantain, du bident, qu'on emploie contre les écrouelles. Mais voyez quelle singulière fleur! je n'avais jamais vu cette plante-là, ni aucune de cette forme. Voici des germandrées, voici de l'espargoutte.... Mais voici qui est pour vous, ajouta-t-elle en tirant de dessous des bidents jaunes un petit bouquet de jolis bluets des champs attachés avec un brin d'herbe; voulez-vous l'accepter? »

Victor tendit nonchalamment la main, prit le bouquet, le passa négligemment près de sa figure, et se mit à palper les bluets en regardant le feuillage des arbres. Acoulina au contraire le regardait, lui.... Dans le douloureux regard de cette pauvre créature se lisait un si tendre dévouement, une si pieuse résignation, un si sincère amour!... On voyait que, craignant cet homme, elle n'osait pleurer; elle prenait congé de lui, et, une dernière fois avant une longue séparation, elle jouissait de le voir là, tout près d'elle.... Et lui, il était étendu tout de son long, comme un stupide Oriental, et avec une magnanime patience, avec condescendance pour la faiblesse, il daignait souffrir qu'on l'adorât. Je ne dissimule pas que je voyais avec indignation ce rouge visage où, à travers un dédaigneux sang-froid brutalement joué, perçait l'amour-propre satisfait du séducteur blasé, du servile et abject imitateur des voluptueux, de l'homme enfin dont aucune vertu ne rachète les vices.

Acoulina était belle en ce moment; toute son âme s'ouvrait devant lui avec confiance, avec passion, s'épanouissait à le voir, se délectait de l'effet seul de sa présence..... Et lui... il laissait tomber son bouquet dans les herbes, il tirait d'une poche de fantaisie de son paletot un petit verre rond monté en cuivre poli et l'assujettissait à son œil droit; mais, malgré tous les efforts qu'il faisait pour le fixer en fronçant le sourcil, en haussant la joue, en s'aidant même d'un pli du nez, le verre s'échappait de cette loge convulsive et lui retombait dans la main.

« Qu'est-ce que c'est que cela? lui demanda Acoulina étonnée.

— Un lorgnon, répondit Victor d'un ton d'importance; cela s'appelle un lorgnon.

— A quoi cela sert-il ?

— A voir mieux.

— Permettez que j'essaye. »

Victor fit un peu la moue, mais il lui .nit dans la main le verre poli, non sans lui dire sèchement :

« Tiens, et ne va pas me le casser !

— Soyez tranquille, je n'ai pas la main si rude. (Elle porta l'objet à son œil.) Je n'y vois rien du tout, ajouta-t-elle.

— Mais ferme donc l'œil, ferme donc l'œil ! dit-il du ton d'un précepteur mécontent de son élève. (Elle ferme l'œil devant lequel elle tient le lorgnon.) Eh ! pas cet œil, pas celui-ci, imbécile ! L'autre... l'autre donc ! » s'écriait Victor qui, sans lui donner le temps de corriger sa faute, lui retira le lorgnon.

Acoulina rougit, pensa rire et s'en abstint, puis en détournant la tête elle dit :

« On voit bien que ces choses-là ne sont pas pour nous autres.

— Pour les filles de village ? il ne manquerait plus que cela. »

La pauvre Acoulina ne répondit point et poussa un gros soupir.

« Ah ! Victor Alexandrytch, que nous aurons de chagrin ici en votre absence ! » se prit-elle à dire.

Victor nettoya son lorgnon, et, en le remettant dans sa poche de côté, il répondit :

« Ah ! oui, je le crois bien ; ce sera dans les premiers temps bien dur pour toi. (Il lui frappa de petites tapes protectrices sur les épaules ; elle saisit doucement sur son épaule cette chère main et la baisa avec une respectueuse crainte.) Oui, oui, je sais parfaitement que tu es une bonne fille, reprit-il de la voix d'un faquin infatué de lui-même ; mais que dois-je donc faire ? Juge toi-même; notre maître et moi nous ne pouvons certes pas rester ici; voici l'hiver qui approche, et la campagne, l'hiver, tu en conviendras, fi! c'est une horreur. En cette saison, vive Pétersbourg! là il y a des merveilles qu'une pauvre sotte comme toi ne peut se figurer, même dans ses plus beaux songes. Quelles maisons! quelles rues! quel beau monde! Avec cela une *civlation*, oh, mais une *civlation* étonnante, vois-tu..... »

Acoulina écoutait cette description de Pétersbourg avec une attention dévorante; elle se tenait la bouche ouverte comme les petits enfants à qui on décrit le pays de cocagne ou le pouvoir des fées.

« Au reste, ajouta-t-il en s'étendant de toute sa longueur sur l'herbe et foulant son bouquet oublié, quelle bête d'idée j'ai eue, moi, de te dire tout cela, à toi qui ne peux point me comprendre!

— Pourquoi donc, Victor Alexandrytch? J'ai compris, vrai, j'ai tout compris.

— Toi? Ho! ho! que ça d'amour-propre! »

Acoulina se mordit les lèvres.

« Auparavant vous ne me parliez pas de cette manière, Victor Alexandrytch, murmura-t-elle doucement sans lever les yeux.

— Auparavant! auparavant! voyez-vous cela? auparavant! » répliqua-t-il, comme s'il était fâché.

Tous deux gardèrent le silence.

« Cependant il est temps que je rentre à la maison, marmotta le beau Victor, et déjà il se relevait à demi en s'appuyant sur son coude.

— Attendez encore un peu, dit Acoulina d'une voix suppliante.

— Attendre quoi? Je t'ai déjà fait mes adieux..... après!

— Attendez, » répéta Acoulina.

Victor se rallongea et se mit à siffloter. Acoulina,
pendant quelques minutes, ne détourna point les yeux
des siens, qu'il tenait presque fermés. Il me fut facile
de remarquer que peu à peu elle devint agitée : l'in-
carnat de ses lèvres s'altéra, elle pâlit et rougit plusieurs fois coup sur coup... elle paraissait avoir le cœur
oppressé.

« Victor Alexandrytch, dit-elle enfin d'une voix entrecoupée, c'est un péché à vous, oui, un grand péché
à vous, Victor Alexandrytch, Dieu m'en est témoin.

— Quel péché? Qu'est-ce que tu dis? » répliqua-t-il
en fronçant les sourcils.

Il se mit sur son séant et tourna la tête vers Acoulina.

« Oui, un péché, Victor Alexandrytch. Vous me devez
un mot d'espoir en un moment de séparation; quoi!
vous n'avez pas un mot à me dire, pas un petit mot
de bonté à moi, pauvre fille, pauvre délaissée...

— Eh! que veux-tu donc que je te dise?

— Que sais-je, moi? vous savez parler quand vous
voulez, Victor Alexandrytch. Vous allez partir et vous
ne me direz rien ?..... Et comment aurais-je mérité
cela?

— Que tu es étrange! puis-je donc quelque chose?

— Un petit mot est pourtant bientôt dit.

— Allons, tu n'as plus qu'un refrain à présent... dit-
il avec dureté en se remettant debout.

— Ne vous fâchez pas, Victor Alexandrytch, dit-elle
précipitamment et en étouffant un sanglot.

— Je ne suis pas fâché, mais aussi tu es bien insupportable. Qu'est-ce que tu veux? Tu sens bien que je
n'irai pas t'épouser; je ne le peux pas... Eh bien, quoi?
dis, que veux-tu donc? que veux-tu? »

Il avançait la tête, comme dans l'attente d'une prompte réponse, et écartait les doigts comme un oiseau étend ses ailes au moment de prendre sa volée.

« J'ai donc mal parlé? Je ne veux rien, rien, moi... répondit-elle en bégayant, et osant à peine avancer vers lui ses bras frémissants; mais je croyais qu'en prenant congé, vous me deviez bien au moins un mot... »

Et les larmes coulèrent de ses yeux en ruisseaux.

« Ah ! nous y voici! il n'avait pas assez plu ce matin; pleure donc bien, dit froidement Victor en se donnant sur la nuque un petit coup pour abaisser sa casquette sur ses yeux.

— Je ne veux rien, continua-t-elle en sanglotant et en se cachant la figure dans ses mains; mais quelle sera ma position dans ma famille? comment serai-je là, oui, comment serai-je, moi, pauvre abandonnée ! On donnera la pauvrette à quelque manant qu'elle ne pourra aimer... Ah! ma pauvre tête! ah! malheureuse que je suis!...

— C'est ça, chante, chante, murmura Victor en piétinant d'impatience.

— Mais il n'aurait eu qu'à me dire un mot, un seul mot : « Mon Acoulina, eh bien, je.... »

L'angoisse qui lui brisait la poitrine ne lui permit pas d'achever; elle se laissa tomber la face contre le gazon et donna un libre cours à sa douleur; tout son corps éprouvait une agitation convulsive, sa tête et ses épaules ressautaient violemment; le chagrin amer et profond qu'elle avait si lontemps contenu se vengeait d'elle à cette heure et la tenait sous ses étreintes. Victor resta à quelques moments debout à regarder; il n'était pas ému, il était impatient; à la fin, il haussa les épaules, se tourna d'un autre côté, et presque aussitôt s'éloigna à grands pas.

Après quelques secondes, elle devint un peu moins agitée. Elle redressa la tête, se leva rapidement, regarda autour d'elle et aperçut le fuyard; elle fit un premier mouvement pour courir après lui, mais ses jambes se dérobèrent sous elle; elle tomba sur ses genoux... Moi, ne pouvant plus résister à la pitié que sa position excitait en moi, je me précipitai vers elle. Mais à peine la pauvre enfant m'eut-elle aperçu qu'il s'opéra en elle une révulsion; elle se releva en poussant un faible cri, et elle disparut à travers les arbres du bocage laissant par terre toutes ses fleurs et ses herbes éparpillées et foulées comme de la vendange, hors les bluets et quelques fleurs.

Ne l'apercevant plus, je me baissai, je relevai le bouquet de bluets auquel je joignis à l'entour une touffe de germandrées, et je regagnai la plaine. Le soleil était déjà bas, dans un ciel clair, mais blafard; ses rayons, en pâlissant, s'étaient comme refroidis; ils ne brillaient point, ils s'échappaient en une lumière égale, fondante, aqueuse. Il ne restait plus qu'une demi-heure avant la venue des ténèbres, et l'horizon occidental gardait à peine quelques teintes vermeilles.

Un vent à rafales ralentissait ma marche à travers les champs moissonnés; les feuilles mortes se dressaient en tourbillons sous ses rudes bouffées : leurs trombes, comme animées d'intentions hostiles, paraissaient souvent vouloir me barrer la route que je suivais à la lisière du bocage; la partie du bois qui s'élevait comme une muraille le long de ces champs était tout agitée et brillait d'un éclat triste et précaire. Sur les herbes devenues rougeâtres, sur les bas buissons, sur les tiges de chaume, partout s'étendaient ces

myriades d'inexpliquables tissus de filandres que le
mouvement de l'air agite et fait remarquer aux yeux
distraits du passant.

Je m'arrêtai deux ou trois fois : j'avais le cœur gros
de cette tristesse sympathique qui s'associe en nous à
l'état de la nature... A travers le mélancolique et frais
sourire de la campagne qui se fane et se dépouille, se
glisse la vague appréhension des approches d'un long
hiver. Un prudent corbeau qui bien haut, bien haut
fendait lourdement les airs de ses rudes ailes, abaissa
la tête tout en volant, me regarda de côté, battit trois
coups avec force, et, en me saluant d'un croassement
énergique, alla se narguer de moi dans l'ombre de la
forêt. Une innombrable volée de pigeons qui venait de
s'élever au loin des entours d'une grange, et qui tout à
coup s'était arrondie en colonnes, vint s'affaisser et se
disperser dans les guérets. C'étaient là autant de signes
précurseurs et d'indices certains de l'automne.

Je regagnai ma maison; je me reposai avec délices,
comme toujours.... Mais l'image de la pauvre Acoulina
ne put de longtemps sortir de mon esprit, et ses bluets,
qui sont depuis longtemps fanés dans le cercle de germandrées dont je les avais entourés, se trouvent encore
sur mes tablettes.

VIII

La haute société de province. — Un Hamlet russe.

Dans l'une de mes excursions, je reçus une invitation
à diner chez Alexandre Mikhaïlytch, riche propriétaire,
gentilhomme et chasseur de ma connaissance, dont le
principal village se trouve à cinq kilomètres du hameau
où j'avais élu pour quelques jours mon domicile de
chasse. Il va sans dire que je me mis en *frac* [1] pour me
rendre ce jour-là chez Alexandre Mikhaïlytch. Il était
dit dans l'invitation : *à six heures* ; j'arrivai à cinq, et
déjà je trouvai un grand nombre de personnes appartenant à la noblesse du pays, les uns en uniforme, d'autres en habits à la mode, d'une mode plus ou moins
récente, d'autres enfin en habits de fantaisie d'une coupe
et d'un goût plus ou moins équivoques.

Notre amphitryon me reçut à merveille, comme c'é-
tait son devoir, mais il courut sans délai aux anticham-
bres. Il attendait un grand dignitaire, et se laissait aller
à une certaine agitation, qui tranchait singulièrement
avec sa position indépendante et son bel état de fortune.
Alexandre Mikhaïlytch n'avait jamais, je ne dis pas con-
tracté, mais même tenté une alliance par mariage. Il
n'aimait pas les femmes, et si chez lui on ne se trouvait pas toujours exclusivement entre hommes, ce qui serait triste, du moins se trouvait-on à peu près sûrement

1. En Russie, l'*habit* de la coupe la plus ordinaire ne s'en
appelle pas moins *frac*. Le frac est l'habit habillé et le petit
uniforme du service civil.

entre célibataires ou à l'avenant. Sa maison était montée
sur un grand pied ; il avait agrandi et magnifiquement
meublé et décoré la demeure seigneuriale de ses pères ;
il se faisait expédier annuellement de Moscou pour
quinze mille roubles de vins... et jouissait, en général,
d'une très-grande considération. Alexandre Mikhaïlytch
avait pris son congé du service presque avant d'avoir
servi : ce qui explique pourquoi on ne lui connaissait
aucun grade, aucun signe officiel de distinction. Quel
motif avait donc pu l'amener à convoiter la visite d'un
haut personnage, d'un homme en crédit, et l'agiter
depuis l'aurore, le jour de ce dîner d'apparat donné
sans occasion connue? « Ces choses-là ne sont pas et
ne sauraient être de notoriété publique, » comme le
disait un homme de loi de ma connaissance, toutes
les fois qu'on avait l'indiscrétion de lui demander s'il
acceptait les dons des gens de bonne volonté.

Le maître de la maison étant en vedette hors du salon,
je me mis à parcourir les appartements. Presque tous
les convives m'étaient entièrement inconnus. Vingt personnes jouaient déjà aux cartes. Au nombre de ces fa-
natiques de la préférence étaient deux militaires de
bonne mine, mais sans fraîcheur; ils avaient beaucoup
servi. On distinguait aussi quelques fonctionnaires ci-
vils en haute cravate serrée, avec des moustaches d'un
assez bon teint, et telles qu'on n'en voit qu'aux hommes bien intentionnés. Ces bien intentionnés manœu-
vraient fort gravement les cartes, tenant la tête élevée
et fixe, de sorte que leurs prunelles faisaient la navette
pour regarder les personnes (cinq ou six employés ou
menus magistrats du district, à panses rebondies, à
mains potelées et plus que moites, et dont les jambes
et les pieds se tenaient modestement immobiles) que
la curiosité attirait près de leur table à jouer. Ces mes-

sieurs parlaient d'un son de voix flûté, souriaient béni-
gnement de tous les côtés, tenaient leur jeu tout contre
leur chemisette, et en jouant *atout*, loin de frapper sur
la table, avançaient sinueusement la main pour laisser
tomber tout doucement la carte, et en ramassant leurs
levées, faisaient un léger mouvement plein d'urbanité
et de convenance.

Les autres gentilhommes se tenaient, les uns assis
sur les divans, les autres debout, groupés près des
portes et des fenêtres. Un propriétaire d'un certain
âge, mais à figure efféminée, restait debout isolé dans
un angle; son corps tremblait, il rougissait; dans son
embarras étrange à voir, il faisait tourner sur sa poitrine je ne sais quelle breloque suspendue à sa chaîne
de montre, et personne ne faisait à lui la moindre attention. Quelques messieurs, en habits ronds et en
pantalons à carreaux, de la coupe de l'éternel grand
habilleur moscovien Firs Kleoukine, dissertaient, en
vérité, fort gaillardement, en se faisant honneur de la
nerveuse souplesse de leurs gros cous nus. Un jeune
homme de quelque vingt ans, très-blond et très-myope,
habillé de noir des pieds à la tête, quoique visiblement
intimidé, promenait sur les assistants un sourire venimeux....

Je commençais à éprouver quelque ennui, lorsque
je fus abordé par un certain Voïnitsyne, jeune homme
que l'Université n'avait pas renvoyé content ni gradé,
et qui habitait la maison d'Alexandre Mikhaïlytch en
qualité... j'aime mieux avouer que je ne sais en quelle
qualité. Ce que je puis dire, c'est qu'il tirait fort bien
et qu'il s'entendait à dresser les chiens. Je l'avais connu
à Moscou. Il était du nombre de ceux des étudiants
qui, à chaque examen, étaient *poteaux*, c'est-à-dire ne
répondaient que par un mutisme absolu aux questions

du professeur. Ces messieurs étaient aussi appelés *favoris*, parce qu'on avait observé, à l'époque dont je parle, que les poteaux avaient le visage bien autrement riche de barbe que les autres étudiants.

Voici comment les choses se passaient : on appelait, supposons, l'étudiant Voïnitsyne. Voïnitsyne, qui jusqu'à ce moment-là s'était tenu assis, immobile et droit, sur le banc, transpirant de tous les membres de son corps, et promenant avec lenteur au plafond et sur l'assemblée des yeux sans regard, se levait, boutonnait en hâte son vice-uniforme jusqu'au menton, et se rendait obliquement près de la table de l'examinateur. « Veuillez, monsieur, prendre un billet, » lui disait gracieusement le professeur. Voïnitsyne étendait la main, et palpait en tremblant les billets entassés sur la table. « Çà, vous n'allez pas choisir; on vous dit de prendre, » dit un vieux monsieur d'une voix un peu sèche. C'était un professeur d'une autre faculté : il regarde l'infortuné poteau, s'indigne de la figure qu'il fait et le prend résolûment en grippe. Voïnitsyne obéit, il prend un billet, montre le numéro et va s'asseoir près de la fenêtre, pour y attendre que la parole lui soit donnée. Pendant ce temps de répit et de recueillement sagement accordé à l'étudiant qui va succéder à l'un de ses camarades devant le docte aréopage, Voïnitsyne ne détourne pas ses yeux du billet qui lui est échu : on suppose qu'il regarde tout à l'entour du billet, comme tout à l'heure il regardait tout à l'entour de la salle.

Son tour est venu; son prédécesseur a fini son épreuve, et déjà il lui a été dit : « Allez; c'est *bien*, » ou peut-être même *très-bien*, selon l'opinion qu'il a su donner de lui. Voïnitsyne est alors appelé : il se lève et avance d'un pas ferme; le voici *posé* en face de ses juges.

On lui dit : « Lisez votre billet. » Voïnitsyne porte à
deux mains le billet, comme par le jeu d'un ressort,
juste au bout de son nez ; puis il lit bien lentement; il
lit scrupuleusement jusqu'au bout, et laisse peu à peu
redescendre ses bras contre ses hanches, tenant le billet entre deux doigts de sa dextre. « Eh bien ! allons,
parlez, » dit indolemment le professeur qui l'avait appelé au tirage ; mais il a le temps de se renverser sur
le dos de son fauteuil et de tourner ses pouces sur sa
poitrine. Voïnitsyne garde un silence sépulcral. « Qu'est-
ce qui vous arrête? » Voïnitsyne est comme pétrifié.
Le vieux savant de l'autre faculté s'agite, et le voilà
qui se met de la partie. « Çà, dites du moins quelque
chose. » Immobilité complète du jeune homme. Sa
nuque, tondue de près, sert en ce moment de point de
mire général aux regards de tous ses camarades. Cependant ils remarquent que les yeux du malin petit
vieillard semblent vouloir s'élancer de sa tête comme
deux balles de cornaline : décidément il déteste Voïnitsyne. « C'est un peu fort! dit un autre examinateur,
et pourquoi restez-vous muet?... Est-ce que vous ne
savez pas, hein? Eh bien! faites-nous le plaisir de l'a-
vouer tout de suite ! — Permettez-moi de prendre un
autre billet, » bégaye le malheureux favori, d'une voix
de *basso profondo*. Les professeurs se consultent de
l'œil, en faisant un effort héroïque pour garder leur
gravité : le moindre rire dans leur cercle produirait
une scandaleuse contagion dans le nôtre. « Eh bien!
prenez, » dit, en fouettant l'air de sa main, le président
de la commission. Voïnitsyne prend un nouveau billet,
de nouveau va passer vingt minutes, le nez sur ce
billet, près de la fenêtre, et de nouveau revient se
planter devant le bureau, et y faire l'effet d'un tronc
d'arbre, debout encore, mais foudroyé, privé de vie.

Le petit vieux avait bien l'air, cette fois, de le vouloir avaler tout d'une bouchée.

A la fin, on lui dit de se retirer et on lui met un zéro. Vous pensez que le poteau a grande hâte de gagner la rue.... Erreur ; il va reprendre son ancienne place ; là, il reste au repos jusqu'à la fin des examens, et en sortant il s'écrie : « Nous ont-ils tourmentés ! En voilà une corvée ! et penser que demain ce sera tout aussi chaud ! » Et il va battre le pavé tout le reste du jour : de loin on le voit, se prenant la tête à deux mains, déplorer son peu d'aplomb. Il va sans dire qu'il rentre fatigué, se couche, dort comme un loir, se lève, prend le thé, et, sans avoir eu même la pensée d'ouvrir un livre, retourne à l'Université, où il passe par les mêmes épreuves avec le même succès, sans plus se déconcerter le lendemain que la veille.

Le M. Voïnitsyne qui vint à moi dans les salons d'Alexandre Mikhaïlytch était un poteau, un favori du temps où j'étais étudiant moi-même. Il n'avait, au reste, aucune répugnance à rappeler les souvenirs de l'Université : nous parlâmes Moscou et chasse.

Comme il était très-original, tout à coup il rompit les chiens et me dit à l'oreille :

« Voulez-vous que je vous fasse faire connaissance avec l'homme le plus *pointu* que nous ayons dans le pays?

— Je vous en prie. »

Voïnitsyne me conduisit à un homme de petite taille, qui avait une très-haute huppe, portait des moustaches, et était vêtu d'un habit couleur de tabac d'Espagne et d'une cravate bariolée. Ses traits bilieux et fort mobiles, ses yeux vifs, ses lèvres habituellement séparées formaient un ensemble pétillant d'esprit et de malice. Près de lui se tenait un gentillâtre large, mollasse, douillet, doucet.... du miel confit dans du sucre : ce monsieur était borgne. Il riait avant coup et de confiance aux pointes du petit homme huppé, et se tordait de jubilation.

Voïnitsyne me présenta à Peotre Pétrowitch Lupikhine, ce petit Vulcain si grand forgeur de bons mots. Nous fîmes échange, l'esprit et moi, de quelques petites phrases de politesse consacrées par l'usage.

« A présent, permettez-moi de vous présenter mon meilleur ami, me dit Lupikhine d'un air très-dégagé, en prenant par la main le doucereux propriétaire terrier. Çà, ne vous dérobez pas sous moi, Kirile Sélifanitch, ajouta-t-il, vous ne serez point mordu.... Voici, voici ce cher ami, poursuivit-il, tandis que Kirile Sélifanitch, dans son trouble, s'inclinait si maladroitement qu'on eût dit qu'il craignait une chute d'entrailles : le voici, je vous le recommande ; c'est un gentilhomme à tous crins. Il a joui d'une santé admirable jusqu'à son âge de cinquante ans : alors sentant sa raison singulièrement développée, il s'est avisé d'un moyen de fortifier sa vue, dans la prévision d'une longue vieillesse : au bout de vingt-quatre heures, il louchait ; au bout de trois jours, il était borgne. Depuis cette époque, il s'est fait lui-même le médecin de tous ses paysans; il prend plus particulièrement soin de leurs yeux, et le succès est constamment le même. Jugez, quels paysans dévoués !

— Ah! quel....! bégaya Kirile Sélifanitch, qui se prit à rire.

— Çà, décidez-vous donc, mon cher ami, à achever vos phrases, reprit Lupikhine ; songez qu'on peut, aux élections, vous déférer les honneurs de la magistrature, et soyez sûr que cela arrivera pas plus tard que dans trois mois : notez-moi cela dans vos tablettes.... Sans

doute MM. les assesseurs penseront en votre lieu et
place, c'est du moins leur devoir ; mais toujours faut-il
bien, à tout événement, savoir au moins énoncer l'idée
d'autrui. Il se peut que le gouverneur vienne à l'improviste voir un peu les juges à leur tribunal. « Bah! qu'est
ceci? le juge bégaye? » s'écriera-t-il. On lui répondra,
supposons, que c'est nouveau, que ce doit être un commencement de paralysie. « Eh bien! dira-t-il, vite, vite,
qu'on le saigne à blanc. » Et, s'il y tenait, songez donc,
dans votre position, avouez que ce serait fâcheux et, en
tout cas, peu agréable. »

Le doucereux seigneur terrier éclata de rire et s'arrêta court, mais essouflé et se tenant les côtés.

« Vous voyez, monsieur, il rit, reprit Lupikhine en
regardant malicieusement la panse de Kirile Sélifanytch,
il rit, l'excellent homme ; et au fait, pourquoi ne rirait-
il pas son soûl? Il est gros et gras, frais et dispos, point
d'enfants, ses paysans ne sont pas hypothéqués, il les
médicamente lui-même, et il a une femme divinement
sotte. »

Kirile Sélifanytch détourna un peu la tête, feignant
de n'avoir pas bien entendu, sans cesser pourtant de
rire aux éclats.

Le satirique en veine de médisances s'interrompit
brusquement et parut se raviser :

« Je plaisante, et ma femme à moi vient de se faire
enlever par l'arpenteur de la ville... Quoi! vous ne sa-
viez pas cela? Comment donc! elle a les honneurs, ma
foi, d'un bel et bon enlèvement. Je suis, vous voyez,
tout fier du mérite de ma femme; et puis, elle y a mis
des procédés, elle a pris ce qu'elle a pu, mais elle m'a
laissé une lettre fort raisonnable où elle me dit : « Cher
« Peotre Pétrowitch , entraînée par une passion in-
« domptable, pardon, je m'éloigne avec l'ami de mon

« cœur, etc., etc. » L'arpenteur avait sur moi deux
grands avantages, elle me l'avait dit, et je ne m'en suis
souvenu qu'après coup... Il ne se faisait point les ongles et portait des pantalons à sous-pieds. Vous êtes
surpris, monsieur, de mon sang-froid et de ma parole
dégagée en pareille conjoncture.... Eh! mon Dieu, nous
autres steppiens nous entrons toujours ainsi de prime-
saut dans le vif de la réalité. Mais au fait, monsieur,
allons un peu à l'écart, il n'est pas sûr en effet de con-
ter ainsi ses affaires juste en face de notre futur magistrat. »

Il me prit par le bras, et nous entrâmes dans la baie
d'une fenêtre.

« On m'a fait ici la réputation d'un moulin à bons
mots, me dit-il dans la suite de la conversation, mais
cela manque de justesse. Je suis tout simplement un
homme qu'on a irrité et qui se soulage en ne ména-
geant plus personne. Je me trouve à merveille de ce
régime. Et pourquoi serais-je discret et cérémonieux,
je vous le demande? Tout le bien que je n'ai pas ne
vaut pas à mes yeux un fétu de paille; je ne veux rien,
je n'aspire à rien; je suis méchant... sans doute! et où
est le mal? Le méchant du moins a cet avantage qu'il
n'a pas besoin d'esprit. Et comme cela rafraîchit le
sang! vous ne sauriez croire. Tenez, voyez donc, voyez
donc, contemplez, par exemple, dans ce moment notre
fastueux amphitryon. Expliquez-moi en vue de quoi il
se donne tant de mouvement; voyez-le regarder pour
la cinquantième fois la pendule... Oh, oh! il fronce le
sourcil, non, il sourit, il sue à ne rien faire, il se pa-
vane, il s'exerce aux grands airs; et, en attendant, ne
nous fait-il pas mourir de faim? Un *dignitaire* est at-
tendu; un dignitaire, ciel! la rare et merveilleuse
chose!..... Voyez, voyez, notre hôte qui voltige..... il

se met à l'amble dans le vestibule... Eh bien, il piaffe et fait la courbette à présent, qu'est-ce donc? »

Et Lupikhine partit d'un rire sifflant et strident qui pensa me gagner.

« Un malheur, c'est qu'il n'y a pas de maîtresse de maison ici, reprit il en soupirant; c'est un dîner de garçons... Ah! si nous avions des dames, vous en entendriez de belles. Regardez! s'écria-t-il tout à coup; je viens de voir entrer le prince Kozelski, le voici, ce grand monsieur barbu en gants jaunes. On voit au premier coup d'œil qu'il a voyagé dans l'Ouest... et il arrive toujours tard. Je vous dirai entre nous qu'il est, à lui tout seul, épais comme un joug de bœufs. Et si vous voyiez cette façon de condescendance avec laquelle il nous parle, à nous autres campagnards! avec quels airs de bonté il daigne sourire à nos femmes et à nos filles affamées dans les maisons qu'il honore de sa tardive présence. Mais savez-vous qu'il essaye de piquer et de mordre, bien qu'il ne soit jamais ici qu'en passage? du reste, quand il est en verve d'esprit, il a tout à fait l'air de vouloir couper un bout de corde avec un couteau émoussé. Il ne peut pas me souffrir.... Il faut que j'aille le saluer. »

Et Lupikhine courut au-devant du prince, s'inclina en lui souriant narquoisement et revint vers moi.

« Ah! voici maintenant un de mes ennemis les plus intimes, dit-il; voyez, voyez cette grosse masse de chair, cette face hâlée qui a une brosse ronde en guise de chevelure, celui qui vient de frotter avec le parement de son habit son chapeau neuf, qui se fait faire passage tout contre les murs et qui regarde de tous les côtés comme un loup. En un jour de besoin je lui ai cédé pour quatre cents roubles un cheval qui en valait mille, et ce vilain marsouin croit depuis lors avoir le droit de me traiter on ne peut plus sans façon. C'est pourtant un homme d'un esprit si lourd, surtout le matin avant le thé ou le soir après qu'il a dîné, que, si on lui dit bonjour, il manque rarement de répondre : *Qu'est-ce?* Voici un général qui s'avance, c'est un général civilien, une excellence en retraite, une excellence ruinée. Ce général a une fille de sucre de betterave et une raffinerie toujours enrhumée.... Bah! qu'est-ce que je dis? c'est la fabrique qui est de sucre. Oh, oh! M. l'architecte ici! bravo! L'architecte, c'est cet Allemand en moustaches; il n'entend rien à l'architecture, mais qu'est-ce que ça lui fait, pourvu qu'il se fasse un revenu et mette le plus possible de colonnes à la façade des riches qui se croient les colonnes de la noblesse du pays. »

Tout à coup une grande agitation se manifesta sur tous les points; le haut dignitaire venait de paraître sous le porche. Notre hôte se précipita dans l'antichambre, et il fut suivi d'un certain nombre de ces dévoués que les riches ont toujours à l'heure du dîner. Les conversations bruyantes de tout à l'heure se changèrent, comme par magie, en un parlage doucereux et mignard, puis en une sorte de bourdonnement d'abeilles partant pour aller butiner dans la prairie. Une seule guêpe inquiète et un insolent bourdon, Lupikhine et le prince Kozelski, s'abstinrent de baisser la voix. La grosse pièce, le haut dignitaire, fit son entrée. Le voici; tous les cœurs volent à sa rencontre, ou du moins toutes les chaises ont crié sur le plancher, tous les bustes se sont élevés d'une aune. Le gentillâtre obèse qui a acheté à Lupikhine un cheval regretté se plonge le menton dans la poitrine pour témoigner sa vénération profonde.

Devant ce concert de prévenances, le dignitaire fit

preuve d'usage et de distinction. Il adressa à droite et
à gauche de gracieuses paroles, toutes prononcées du
nez, toutes commençant par un *a* parfaitement explé-
tif, comme dirait la grammaire. Il regarda avec mécontentement, et comme s'il eût voulu le manger, le
prince Kozelski à cause de sa barbe, et fit avec l'index
de sa main gauche un geste de gracieux accueil au général civilien, possesseur d'une fille et d'une raffinerie.
Au bout de quelques minutes, employées par le haut
fonctionnaire à dire quatre ou cinq fois de suite combien
il était content de ne s'être *point fait attendre,* tous les
conviés passèrent à la salle du banquet, les *figures* ouvrant la marche et les *basses cartes* faisant queue.

Inutile sans doute de dire que celui qui avait affamé
tout le monde depuis deux petites heures occupa le haut
bout de la table entre le général pékin et le maréchal
de la noblesse du gouvernement, homme à physionomie
franche et digne, en rapport parfait avec sa chemisette empesée, son gilet sac et sa grande tabatière
ronde contenant du tabac de France. Il va sans dire
aussi que notre hôte se multiplia, allant, venant, courant, veillant à ce que les conviés ne manquassent de
rien, adressant une parole à chacun, souriant en passant à l'épine dorsale de l'illustre personnage, allant,
comme un écolier, se mettre dans un coin pour avaler
à la hâte, au risque de s'étrangler, quelques cuillerées
de bouillon et quelques bouchées de bœuf ou de che-
vreuil.

Parmi les surprises obligées qui composent les pé-
ripéties ordinaires d'un festin de gala, le buffetier présenta aux nobles conviés un poisson de la longueur de
cinq pieds, qui avait un magnifique bouquet entre
deux rangées de dents effrayantes. De nombreux laquais en livrée, tous gens à mine singulièrement maus-

sade, allaient de convive en convive, versant soit du
vieux madère, soit du vieux malaga, soit des vins de
France. Presque tous les nobles, à qui sans cesse on ver-
sait, buvaient un verre après l'autre, d'un air contrarié
et comme s'ils remplissaient, un peu malgré eux, un devoir désagréable ; en ceci l'austérité des vieux surtout
me semblait réellement comique. Bientôt les bouchons
de champagne sautèrent au plafond, et l'on se mit à
porter des toasts ; les conviés fonctionnèrent enfin sans
avoir trop l'air de malades que l'on médicamente ; il
s'établit çà et là un peu de conversation ; il se dit quelques mots heureux ; la glace était rompue. Ce qui, au
reste, me parut le plus remarquable, ce fut une anecdote racontée par le haut dignitaire lui-même, favorisé
par l'attention souriante de toute l'assistance. Quelqu'un, c'était, je crois, le général taré, homme assez
au courant de la littérature moderne, parla de l'influence que les femmes exercent en général, et sur les
jeunes gens en particulier.

« Oui, oui, dit le haut dignitaire, c'est la vérité, mais
il faut tenir les jeunes hommes aussi sévèrement que
possible, sans quoi le premier jupon venu leur met la
tête à l'envers. (Un sourire que je qualifierai d'enfantin
courut sur toutes les figures ; il y eut même un gentilhomme dont les traits, je ne saurais dire pourquoi, prirent une expression d'attendrissement et de reconnaissance.) Car les jeunes gens sont des sots. J'ai mon
fils Jean, par exemple, c'est un grand imbécile de
vingt ans ; eh bien ! un matin à l'improviste, il vient à
moi et me dit sans préambule : « Mon père, vous me
permettez de me marier ? — Sers d'abord, maître sot :
obtiens un grade convenable. » Là-dessus les pleurs,
le désespoir.... Mais moi j'ai tenu bon.... Ah ! c'est
que.... »

Le haut fonctionnaire usa de mots parasites, coupés
de réticences, et en ce moment il parlait beaucoup plus
du ventre que de la gorge. Il jeta un regard majes-
tueux sur son voisin, l'Excellence des chancelleries,
en élevant les sourcils beaucoup plus haut qu'on n'aurait pu s'y atter' .e. L'ex-général pencha un peu la
tête de côté et cligna avec une extrême vitesse de l'œil
qu'il avait tourné vers le grand personnage. Celui-ci
reprit :

« Eh bien! qu'arrive-t-il? il m'écrit à présent de
grands remercîments, s'accusant lui-même d'avoir été
un imbécile et un fou. « Où en serais-je aujourd'hui,
dit-il, si vous ne m'eussiez mis à la raison? » Voilà, voilà
comme il faut agir avec ces blancs-becs-là ! »

Tous les conviés murmurèrent des paroles d'approbation; on trouva l'anecdote curieuse, instructive et
charmante; les visages étaient radieux de plaisir....
Après un pareil plat de dessert on n'avait plus qu'à se
lever de table; on passa au salon avec tout le bruit
contenu, bienséant, discret, calculé, qui se fait d'ordinaire en de telles occasions.... Un quart d'heure s'était
à peine écoulé que toutes les tables de jeu étaient oc-
cupées.

Vers dix heures, j'allai sous le porche ordonner à mon
cocher de tenir ma calèche prête pour cinq heures du
matin, puis je me fis indiquer une chambre; il m'était
réservé de faire ce jour-là même encore une nouvelle
connaissance, la connaissance d'une physionomie digne
peut-être de quelque attention.

Par suite de la multitude des conviés qui encom-
braient la maison, on fut obligé de dresser deux ou
trois lits dans chaque chambre, et le nombre des para-
vents fut loin d'égaler celui des couches préparées.
Dans la petite chambre humide où me conduisit l'in-

tendant, se trouvait déjà un individu qui, ayant pris les devants, était, au moment de ma venue, tout à fait déshabillé. Il eut hâte de se glisser sous sa couverture, dont il se brida la moitié inférieure du visage ; il s'établit commodément sur son lit de plume, et il garda une parfaite immobilité. Mais je m'aperçus qu'en attendant le sommeil, de dessous le rebord de son bonnet de coton, il regardait très-fixement mon lit, situé à l'opposite. En dix minutes, je fus déshabillé, couché, entortillé dans des draps imprégnés d'humidité. Mon vis-à-vis s'étant alors un peu agité sur son lit et ayant même balbutié, je crois, quelques mots indistincts, je lui dis : « Bonne nuit, monsieur. » Mais je gardai ma bougie allumée, comme il gardait la sienne.

Une demi-heure se passe. Malgré toute ma bonne volonté, je ne puis fermer l'œil…. Une chaîne sans fin de pensées obscures et importunes gravite obstinément, uniformément dans ma tête, comme les seaux d'une machine hydrostatique.

« Il paraît que vous ne dormez pas, me dit mon voisin en dégageant un peu sa bouche.

— Comme vous voyez, répondis-je ; mais évidemment vous n'êtes pas plus chanceux que moi.

— Moi, je ne dors jamais.

— Bah ! et comment cela ?

— Je ne sais ; je me mets au lit, et je reste là des heures avant qu'il me vienne un peu de sommeil.

— Ici, par extraordinaire, je le conçois ; mais chez vous, pourquoi vous coucher avant que le sommeil soit venu vous solliciter ?

— Que voulez-vous ? l'habitude. »

Après une minute de silence, il reprit : « Je m'étonne beaucoup qu'il n'y ait pas de punaises dans cette chambre ; ce serait pourtant l'endroit ou nulle part.

— Êtes-vous contrarié de n'en pas trouver, par hasard?

— Non assurément; mais ceci est de fondation une chambre à coucher, et sans luxe d'aucune sorte; et moi, en toute chose, voyez-vous, j'aime qu'il y ait conséquence. »

Nouveau silence de mon vis-à-vis, qui me semble un peu original dans ses heures d'insomnie.

« Voulez-vous faire avec moi un pari? me dit-il à voix haute, comme s'il craignait que je m'endormisse.

— Au sujet de quoi? demandai-je à ce camarade de chambre inconnu, qui commençait à m'amuser.

— Eh! au sujet de quoi?... Voici au sujet de quoi : je parie que vous me prenez pour un braque.

— Que dites-vous donc? marmottai-je tout surpris.

— Oui, pour un braque, pour une brute, pour un ignorant, pour un stepniak fieffé. Convenez....

— Je n'ai pas l'agrément de vous connaître, et d'où pourriez-vous conclure que j'eusse pareille opinion de vous?

— D'où? Eh! du seul son de votre voix. Vous répondez avec tant de négligence.... Eh bien, je ne suis en rien tel que vous pensez.

— Permettez....

— Non; vous, permettez. *Pro primo*, je parle français tout aussi bien que vous; allemand, probablement beaucoup mieux; secondement, j'ai passé trois années et plus à l'étranger, y compris huit mois entiers à Berlin. J'ai fait de Hegel, monsieur, une étude assez approfondie; je sais mon Gœthe par cœur. Sachez qu'en outre, j'ai été éperdument amoureux de la fille d'un professeur d'Allemagne, ce qui ne m'a pas empêché de venir me marier ici à une belle demoiselle poitrinaire et chauve, mais d'un esprit fort remarquable. Donc, vous voyez que nous sommes, vous et moi, des baies

de la même prairie, et je ne suis nullement un demi-
sauvage des steppes, comme vous persistez peut-être
même encore à le penser.... Laissez-moi dire.... je
suis, moi aussi, capable de penser, de réfléchir, de
juger, de parler. »

Je relevai la tête et regardai avec un redoublement
d'attention cet original. Nous nous étions réduits à
l'éclairage d'une simple veilleuse qui ne me permettait
guère de distinguer ses traits.

« Voilà que maintenant vous me regardez, reprit-il
en relevant un peu son bonnet, et probablement vous
vous demandez comment la soirée a pu se passer sans
que vous m'ayez remarqué ; eh bien, moi, je vous ex-
pliquerai cela. C'est que je n'élève jamais la voix ; c'est
que je me tiens derrière les autres, dans les coins, dans
les baies des portes, et ne parle à personne ; c'est que
l'intendant, le buffetier, avant même de passer devant
moi, élève déjà le coude à la hauteur de ma poitrine.
Mais d'où tout cela provient-il ? demanderez-vous ; de
deux causes : je suis pauvre, j'ai pris mon parti d'être
humble. Avouez donc que vous ne m'avez pas même
aperçu.

— En effet, je n'ai pas eu le plaisir...

— Eh! mais, j'en étais sûr. »

Il se mit sur son séant et croisa ses bras sur sa poitrine ; l'ombre de son bonnet, allongée du décuple, s'é-
tendait, rompue en deux, sur la paroi et sur le plafond.

« Et avouez sans cérémonie, ajouta-t-il en me regardant de côté, que je vous fais tout l'effet d'un grand
fou, d'un braque, d'un maniaque. Après cela, convenez
encore que vous avez un vague soupçon que peut-être
c'est un jeu et qu'il me plaît de simuler l'originalité.

— Vous me forcez à vous répéter que je ne vous
connais point, et...

— C'est vrai; et en ce sens je ne vous connais pas
davantage. Pourquoi me suis-je mis ainsi spontanément, contre toutes mes habitudes de six années, à
parler comme je l'ai fait tout à l'heure à un homme qui
m'est tout à fait inconnu? il n'y a, je vous assure, que
Dieu qui le sache. (Mon vis-à-vis soupire.) Vous et
moi nous sommes ce que les Français appellent des
gens comme il faut, égoïstes d'un égoïsme réglé, disci-
pliné; vous n'avez nulle affaire de moi, ni moi de vous,
n'est-ce pas? Nous ne dormons ni l'un ni l'autre...
pourquoi ne ferions-nous pas un bout de conversation?
Je suis dans un accès de parole, et chez moi ces accès-
là sont très-rares. Je suis, voyez-vous, timide, ombra-
geux, pas à la manière des provinciaux, des gens sans
grade civil et sans fortune; je suis timide par surabon-
dance d'amour-propre. Mais parfois, je le vois maintenant surtout, sous l'influence de circonstances favorables, que je ne suis du reste en état ni de définir ni
de prévoir, ma timidité disparaît tout à fait en quelques
instants, et vous m'êtes témoin du fait à cette heure.
Mettez-moi en ce moment face à face avec le Grand
Mogol, je lui demanderai sans embarras la permission
de goûter son tabac, à supposer que le dalaï-lama soit
présent, comme notre honorable hôte, qui, par paren-
thèse, s'est privé de sa tabatière tout le jour d'aujour-
d'hui, Dieu le bénisse!... Çà, voulez-vous dormir, hein?

— Tout au contraire, monsieur, car j'éprouve un
grand plaisir à causer avec vous.

— A merveille, je vous amuse; tant mieux. Eh bien
donc, vous saurez qu'ici on me fait passer pour un
original; on, c'est-à-dire les personnes à qui, entre
autres riens, mon nom vient à la bouche. Personne ne
sait rien de moi, ne s'intéresse en rien à moi. Ils pen-
sent me piquer.... O mon Dieu! s'ils savaient.... s'ils

prenaient la peine d'observer, ils verraient que ma
mauvaise chance est précisément une suite du manque
absolu en moi de toute originalité... rien, rien en moi
d'original, sauf ce que le moment actuel peut vous en
faire supposer. Mais une sortie comme celle-ci ne doit
point tirer à conséquence; ce serait la plus sotte et la
plus insignifiante espèce d'originalité, n'est-ce pas, que
celle qui ne se trahirait, de lustre en lustre ou d'olympiade en olympiade, que par une boutade due peut-être à
un verre de champagne ou à une insomnie fortuite. »

Il se tourna droit en face de moi et joua un instant
des bras comme pour bien mettre sa chemise à fil droit,
après quoi il s'écria :

« Monsieur, mon opinion, il est vrai, est qu'en général il ne fait bon vivre sur la terre que pour les originaux ; eux seuls sont réellement des membres de la
société, eux seuls ont de l'individualité. « Mon verre
n'est pas grand, mais je bois dans « mon verre, » a dit
je ne sais quel poète français du dernier siècle. Vous
voyez avec quelle pureté je prononce le français, soit
dit en passant. Je reprends en russe, avec votre permission. Que me fait à moi que tu aies un cerveau spa-
cieux et richement meublé? tu comprends tout, tu sais
beaucoup, tu marches parfaitement au pas de ton siècle.... Eh! qu'importe, si tu n'as du reste rien de propre et privé, rien qui soit de toi et de nul autre? Les
entrepôts de lieux communs sont nombreux en ce
monde; mais à qui cela fait-il plaisir? Qui en a vu trois
en a vu un million. Sois sot plutôt, mais sot à ta guise.
Tâche d'avoir ton haut goût, et que ce soit bien ton
haut goût à toi! Et ne croyez pas que je sois difficile
sous le rapport de ce haut goût... eh! non. Les originaux tels que je les comprends se rencontrent à chaque
pas; on ne voit en vérité qu'originaux; vous trouvez

presque dans chaque individu un original. Mon malheur, à moi, est donc précisément de n'avoir pas, comme chacun, mon cachet d'originalité... Et cependant, sachez, monsieur, que dans ma jeunesse je donnais les plus belles espérances; et quelle haute opinion j'en étais venu à avoir de moi-même, tant avant mon départ pour l'étranger qu'à mon retour en Russie et dans mes foyers! A l'étranger, c'était différent; j'avais l'oreille toujours dressée, et je braquais isolément, silencieusement, la longue-vue de mon intelligence de tous les côtés, comme en ces pays-là il nous convient à nous autres de le faire, à nous qui là-bas observons, observons et finissons par voir qu'à tout prendre nous n'avons rien vu.

« Moi original! moi original! m'appeler original, allons donc!... Monsieur, je pose en fait, et de très-bonne foi, qu'il n'y a pas sur la terre un homme moins original que votre très-humble serviteur. J'ai dû naître *imitation négligée* d'un autre homme ; je vis sûrement d'après les personnages décrits dans les livres que j'ai étudiés, je vis à la sueur de mon front, à l'imitation d'autrui, tout haletant à la peine. Je crois fermement que j'ai étudié, que je me suis amouraché et marié sans que ma volonté y ait été pour rien, comme on remplit un devoir qu'on voit remplir, comme Jacques dit sa leçon à l'école après Paul, et du même ton.... Plaisante originalité, n'est-ce pas? »

Il ôta son bonnet, le jeta sur le lit, et dit après une pause :

« Voulez-vous que je vous raconte ma vie? Bah! bah!... quelques traits caractéristiques de ma vie, ce qu'il en faudra pour vous endormir.... Voulez-vous?

— Faites-moi ce plaisir, et comptez que je suis on ne peut plus éveillé.

— Non, tenez... je prends un fait qui ne sera pas long
à rapporter, je vous dirai ce qui se rattache à mon
mariage. Vous n'ignorez pas que le mariage est la pierre
de touche de l'homme; c'est un miroir magique où il
se reflète tout entier... Comparaison bien surannée,
n'est-ce pas?... Permettez-moi de prendre une prise
de tabac pour sortir des prologues métaphoriques. »

Il retira sa tabatière de dessous son traversin et se
remit à parler en gesticulant, sa tabatière ouverte dans
une main.

« Entrez un moment dans ma position; jugez vous-
même, monsieur, et dites, de grâce, quel profit pou-
vais-je jamais retirer de l'encyclopédie et de toute la
doctrine de Hegel? Qu'y a-t-il de commun entre cette
encyclopédie et la vie russe? Quelle application pourrait-on jamais imaginer de faire à la manière d'être des
Russes soit de l'hégélisme en particulier, soit de la philosophie allemande, soit même simplement de l'érudition allemande en général? »

Il sauta sur son lit et murmura en serrant les dents
avec une sorte de colère :

« Eh bien! eh bien! justement, pourquoi est-tu allé
essuyer les murs des autres de l'érudition germaine .
Pourquoi ne t'être pas tenu dans ton pays, dans ta province, où tu aurais étudié, sur les lieux mêmes, la vie
réelle de ta localité, les besoins, les sentiments, les
progrès, les faiblesses, les chances futures de tes com-
patriotes et ton propre état, ta propre vocation, qui
aurait pu alors t'être révélée?... Eh! messieurs, messieurs, poursuivit-il en changeant sa voix de juge en
une timide voix d'accusé sommé d'exposer ce qu'il
peut alléguer pour sa défense, où voulez-vous que nous
autres provinciaux nous puissions étudier ce qu'aucun
observateur philosophe n'a encore inscrit dans aucun

livre catalogué , dans aucun ouvrage quelconque?
Hélas ! je ne demanderais pas mieux que de prendre
des leçons de la vie russe elle-même directement....
Mais elle se tait, la douce colombe. Il faut en saisir les
traits au hasard et bien à la hâte au moment où elle
apparaît. Et moi, je ne suis pas doué pour cela, j'ai
besoin d'analyses faites et de conclusions toutes tirées.

« Des conclusions ! direz-vous; quoi, il te faut des conclusions?... Que n'écoutes-tu les lettrés de Moscou?...Ne
sont-ce pas de vrais rossignols? Eh! mon Dieu, voilà
justement le mal que j'y trouve; les écrivains de Moscou
sifflent tout à fait comme des rossignols de Koursk,
et je voudrais des lettrés qui parlassent en hommes.
Jeune, inexpérimenté, dans le temps je pensais : la
science, incontestablement, est partout la science, la
vérité est une sur toute la face du globe, et avec cette
belle idée me voilà lancé chez ces païens d'étrangers.
Que voulez-vous? l'effervescence de l'âge et beaucoup
d'orgueil m'ont emporté. Je ne voulais pas avant le
temps dormir et prendre du ventre, malgré ce qu'on
dit des avantages qu'on y trouve. Au reste, qui n'a pas
de chair ne peut guère espérer d'engraisser.

« Çà, ajouta-t-il, revenons, revenons; je voulais vous
dire les circonstances de mon mariage. Or, écoutez :
et je me hâte de vous prévenir que ma femme n'est
plus de ce monde, en second lieu... en second lieu... je
vois bien que je ne puis éviter l'obscurité, si je ne
reviens pas en effet à ma jeunesse. Dites, sincèrement,
vous n'avez pas envie de dormir?

— Nullement, je vous jure.

— C'est charmant. Mais il faut que vous soyez bien
attentif, car nous avons dans la chambre voisine un
M. Kantagrukhine qui a l'indignité de ronfler si bruyamment.... Je suis né de parents bien peu riches, je dis de

parents, parce que, selon l'usage traditionnel, outre
ma mère, j'avais un père. Je me le rappelle ; on dit que
c'était un assez pauvre bonhomme à long nez avec de
grandes taches de rousseur ; il était roux ardent et ne
prisait que d'une narine. Son portrait pendait dans la
chambre de ma mère ; d'après cette peinture, qu'on me
donnait pour plus exacte que belle, il était étonnam-
ment laid, en dépit ou à cause de son bel uniforme
rouge, à collet de velours noir, qui relevait ses pendants d'oreilles. Quand j'avais mérité d'être fouetté,
c'était devant ce portrait qu'on me conduisait, et ma
mère, en pareil cas, me montrait toujours cette figure
rouge en me disant : « Tu en aurais vu bien d'autres
avec lui ! » Vous pouvez vous figurer le respect et
l'amour que cela devait m'inspirer pour la mémoire du
défunt. Je n'avais ni frères ni sœurs. J'ai pourtant quelque souvenir confus d'un certain petit frère rongé par
la maladie anglaise, qui se traînait comme une larve ;
mais il n'a pas tardé à être porté en terre. Dites-moi un
peu comment la maladie anglaise, scrofules, écrouelles,
et que sais-je ? est venue se fourvoyer dans le gouvernement de Koursk ; mais laissons cela. Ce fut ma mère qui
s'occupa de mon éducation, et elle y mit toute l'ardeur d'une steppienne ; cette éducation dura depuis le
premier jour de ma naissance jusqu'à l'âge de seize ans
accomplis.... Me suivez-vous sans trop de fatigue ?

— Ayez la bonté de continuer.

— Bien. Quand j'eus seize ans bien sonnés, ma mère
congédia mon gouverneur français, qui était un prétendu Allemand du nom de Philippovitch, né d'une
famille grecque, vivant, Dieu sait de quoi, dans la ville
de Niéjinsk. Elle me mena à Moscou, me fit inscrire à
l'Université, et, peu de temps après, rendit son âme au
Tout-Puissant, me laissant dans les mains de mon

oncle paternel, homme de loi du nom de Koltoun
Baboura, oiseau de proie connu en bien d'autres lieux,
vraiment, que dans le district de Stchigrof. Mon bon
oncle Koltoun Baboura me rançonna cruellement, en
brave homme de loi qu'il était. Mais ce n'est pas encore
de cela qu'il s'agit.

« Je fus admis à suivre les cours de l'Université ; je
dois rendre justice à ma mère à qui je dois de m'être
trouvé assez bien préparé. Mais l'absence d'originalité
se faisait dès lors remarquer en moi. Mon enfance ne
se distinguait en rien de l'enfance d'une foule d'autres
jeunes garçons : j'ai fait, moi aussi, ma croissance en
serre chaude, sottement, maigrement, maladivement ;
moi aussi, j'ai commencé de bonne heure à apprendre
par cœur des vers et à tourner à l'aigre et au sombre
sous ombre de disposition rêveuse : «Quelle idée pour-
« suit ce jeune homme ? Laissez-le, respectez ses aspi-
« rations au beau, à l'idéal!... » A l'Université, ce fut la
voie dans laquelle je me trouvai engagé ; je *tournais*
comme les autres, comme il arrive au laitage quand
l'air est pesant ; je me trouvai donc tout naturellement
admis dans le *Kroujok*, dans le *cercle des étudiants*.
Comme vous êtes plus jeune que moi, vous ne savez
peut-être pas même ce que c'était que le Kroujok des
étudiants de Moscou quatre ou cinq ans avant vous. Je
me rappelle que Schiller a dit quelque part :

> Gefahrlich ist's den Leu zu wecken,
> Und schrecklich ist des Tiegers Zahn,
> Doch das schrecklichste der Schrecken
> Das ist der Mensch in seinem Wahn[1]!

[1]
> Dangereux est le lion pour qui l'éveille,
> Et terrible est la dent du tigre ;
> Mais un objet d'effroi plus terrible encore
> C'est l'homme dans sa propre erreur.

« Et je vous assure qu'il n'a pas dit là ce qu'il voulait dire; il devait dire :

Das ist ein kroujok in der Stadt Moskau [1].

— Çà, mais qu'est-ce que vous trouviez donc de si abominable dans le cercle? demandai-je à ce pauvre monsieur, à qui le dîner, un peu trop long il est vrai, avait probablement agité les nerfs ce soir-là.

— Ce que j'y ai trouvé d'abominable? s'écria-t-il, le voici. Le cercle, à mon sens, est pour tout jeune homme la pelisse qui en huit jours déprime nos habits, l'étouffoir moral qui tue en nous la personnalité de l'esprit et du cœur; c'est la foule, la presse où l'on perd la respiration avec sa bourse, sa montre et son mouchoir de poche. Le cercle, c'est la vie collective substituée à la vie individuelle nécessaire au développement de l'âme, c'est un règlement oppressif donné à ce qui ne peut que périr ou languir sous la règle, c'est une belle forêt ravagée par des fous qui veulent faire de tous les arbres indistinctement ce qu'on fait du tilleul et du charme dans les jardins des riches, un décor. Le cercle remplace les libres entretiens par des dissertations; il vous accoutume à un stérile parlage, il vous détourne du travail isolé, de l'étude suivie, de la méditation intime; il vous inocule le *scribendi cacoethes;* il vous prive de la séve bienfaisante, de la fraîcheur virginale de l'âme. Le cercle! eh mais, c'est la platitude, le nivellement forcé au lieu des saillies naturelles, et cela sous le nom même de fraternité et d'amitié.

« Qui donc dans la famille a cent frères? Qui donc dans la société, à vingt ans, mène de front cent amitiés sérieuses à la fois? On ne saurait donc s'attendre là

---

1   C'est le Kroujok (le cercle) dans la ville de Moscou.

qu'à des chaînes de malentendus et de prétentions imposées sous prétexte de franchise et d'enthousiasme.

« Oui, dans le cercle, par l'effet du droit de chaque membre de pouvoir en tout temps, à toute heure, enfoncer ses doigts sales jusque dans la poitrine des sociétaires, soi-disant frères et amis, il ne reste plus rien de propre, de pur, d'intact dans l'âme d'aucun; dans le cercle, on penche invinciblement vers le plus vide parleur *tinnit quia vacuum*, le plus vaniteux bel esprit, un Caton en herbe, un philosophe scythe imberbe. Là on fait des ovations à tout poétereau grimacier à la parole creuse, aux pensées pleines de lointains impénétrables, à l'imagination sophistiquée et nuageuse. Dans le cercle, on voit de nobles gars de dix-sept ans, dissertant subtilement de la femme et de l'amour; il est vrai qu'après cela, en présence des femmes, ils restent court, ou bien leur adressent effrontément des phrases d'emprunt, fruit d'une lecture de la veille. Dans le cercle on s'observe les uns les autres tout aussi traîtreusement et dangereusement que si l'on vivait entouré d'agents de police... O cercle! tu n'es pas un cercle de vertes amitiés juvéniles comme tu en as la prétention, mais bien un cercle de sorcellerie et de malédiction où se sont perdus une foule de nobles enfants du pays, nés pour être hommes de mérite.

— Vous me permettrez de vous faire observer que, selon le vieux proverbe latin : « Qui veut prouver trop ne prouve rien, » décidément vous venez de tomber dans l'exagération. Pardon, mais l'hyperbole est ma bête noire, voyez-vous. »

Mon interlocuteur me regarda en silence.

« Peut-être avez-vous raison; Dieu me connaît; je me connais fort imparfaitement. C'est humiliant d'être ainsi pris en faute, mais peut-être bien avez-vous raison ; car à nous autres pauvres diables, rejetés par la fortune loin du commerce des intelligences cultivées, il ne nous est resté qu'un penchant et qu'un plaisir, celui d'exagérer.

« C'est pourtant dans une sphère plus ou moins semblable à celle que j'ai décrite (pardon à mon tour !) que j'ai passé quatre années à Moscou. Je ne saurais au reste vous exprimer avec quelle étourdissante rapidité ce temps plein de séduction s'écoula pour moi ; je trouve à m'en ressouvenir une joie vive mêlée de regret et d'angoisse. Je me levais, c'était l'aurore, j'étais en haut de la brillante montagne de glace, je me posais sur le char à patins, je dévalais, en un clin d'œil j'arrivais au but, je me remettais debout, je regardais... et déjà j'assistais au coucher du soleil, et je n'avais pas vu passer la journée. Mon domestique, endormi toujours, me présente mon surtout ; je le mets, je passe chez un camarade, je fume une pipe, je prends avec lui un grand verre de thé, bien faible, et nous voilà à causer philosophie allemande, à disserter sur l'amour, cet éternel soleil de l'âme, et sur quelques autres sujets émouvants. Il survenait quelques autres camarades qui de la rue avaient vu la chambre éclairée. Il se rencontrait là du moins quelques individualités originales, et tel qui suait à s'assouplir au joug, à s'aligner derrière le fatal cordeau, ne pouvait parvenir à dompter entièrement sa bonne et belle nature prime-sautière. Moi seul j'étais pure cire molle, et mon triste naturel ne résistait à aucune pression. Je me trouvai avoir vingt et un ans sonnés, j'entrai en possession de mon bien, je veux dire de la partie de mon héritage que la prudence de mon cher oncle et tuteur jugea indispensable de me laisser.

« Maître enfin de moi-même, je donnai à mon domestique serf, Vacili Koudrachef, procuration de régir toutes les parties qui composaient mon domaine patrimonial, et je franchis la frontière, pressé de voir Berlin. J'ai passé, comme je vous l'ai dit, trois ans en pays étrangers, ce qui n'a en rien contribué à donner plus de caractère à mon naturel sans relief. Il va sans dire que je n'ai pas le moins du monde acquis la connaissance de l'Europe et de la vie européenne; je ne m'en suis pas même enquis; j'allais écouter les doctes professeurs allemands, je lisais les livres allemands sur les lieux mêmes où ils ont été écrits... Voilà en quoi consistait pour moi toute la différence entre l'Allemagne et Moscou. Seulement, à Berlin, je vivais seul, en véritable anachorète; ma chambrette était une cellule de moine. Il m'arrivait de me frotter un peu à quelques ex-lieutenants altérés comme moi de savoir, comme moi lents à comprendre et mal doués sous le rapport de la parole; il m'arrivait de courir un peu la ville avec quelques familles russes bien mal dégrossies, dégrossies à la hache, et venant des gouvernements à blé de Penza, Simbirsk, Tambof ou Saratof; j'entrais quelquefois au café pour parcourir les feuilles publiques, et je me donnais le plaisir d'un spectacle au théâtre royal.

« Je voyais peu les indigènes, je ne pouvais causer avec eux, chez eux, sans une tension d'esprit fatigante; ils me semblaient raides; et je n'en ai vu aucun paraître chez moi, hors deux ou trois jeunes Hébreux qui espéraient, pour leurs petits besoins de numéraire, trouver chez le Russe plus de laisser-aller que chez le bon Berlinois. Un simple hasard me jeta un jour dans la maison de l'un de mes professeurs; j'allai dans son domicile m'inscrire à son cours; mon visage lui plut-il, je ne sais, mais il m'invita à venir chez lui passer la soirée. Il avait deux filles, l'une de vingt-six, l'autre de vingt-sept ans, toutes deux à taille ramassée, à nez énorme, à longs et nombreux tire-bouchons; ajoutez des yeux bleus de faïence et des doigts saumon terminés par des ongles blancs. Elles s'appelaient l'une Linchen, l'autre Minchen. Je me mis à fréquenter la maison du professeur.

« Il faut vous dire que ce professeur était non pas sot, mais toqué : dans sa chaire il parlait avec assez de suite, mais chez lui ce n'était plus cela, peut-être parce qu'alors il n'avait plus ses lunettes sur le nez, mais sur le front. C'était d'ailleurs un grand érudit. Voilà que je me fourrai dans la tête que j'en tenais pour Linchen; oui, pendant six mois entiers j'en demeurai persuadé. Je causais peu avec elle, je la regardais beaucoup; je lui lisais des livres d'un grand pathétique; s'il faut tout dire, il m'arrivait de lui presser la main à la dérobée, et le soir parfois, assis près d'elle, je regardais beaucoup la lune, ou bien à défaut de lune je regardais en l'air. Linchen avait un talent remarquable pour faire le café. Tout cela n'était-il pas charmant! Une seule chose m'interloquait : dans les plus doux instants, je me sentais inquiet, je tremblais de commettre quelque imprudence; j'étais tellement en garde contre les entraînements d'une aveugle convoitise que j'en avais la fièvre. L'idée que peut-être on ne m'en voudrait pas d'une recrudescence de familiarité m'accabla si bien, que, ne pouvant plus supporter mon *bonheur*, je pris la fuite.

« Je passai encore deux ans à l'étranger; je visitai l'Italie, je comtemplai à Rome la Transfiguration, à Florence la célèbre Vénus. Un enthousiasme inespéré, vague et violent à la fois, vint s'emparer de moi; une rage me saisit, je me mis à écrire mon journal et à faire des vers tous les soirs; bref, là encore,

je faisais comme tout le monde. Et cependant voyez
combien il est facile d'être original; je ne me connais
nullement en peinture ni en sculpture... il me suffirait
d'avouer cela tout haut de bonne foi... Non pas, comment donc! loin de là, je prends un cicerone et je cours
voir les fresques.

« A la fin je regagnai nos frontières, poursuivit-il
d'une voix fatiguée, après avoir plusieurs fois ôté, jeté,
pris et remis son bonnet. Je me rendis droit à Moscou
avec le projet d'y passer une quinzaine de jours avant
d'aller me retirer pour longtemps peut-être dans la
solitude de ma terre. Il se fit en moi, à Moscou, une
métamorphose bien surprenante. A l'étranger je m'é-
tais complu à garder habituellement le plus modeste
silence; tout à coup je me pris à parler d'abondance
et en même temps à prendre de moi-même la plus
haute opinion. Il se trouva à point des personnes in-
dulgentes dont la condescendance alla jusqu'à me
prendre, je crois, pour un génie, et les dames assez
généralement écoutaient avec intérêt les récits et les
descriptions dont j'étais prodigue.

« Mais je ne sus pas me maintenir à la hauteur de
toute cette gloire; et d'ailleurs, dès le neuvième ou
dixième jour de mes présentations et de mes repré-
sentations d'éclat, il sortit en quelque sorte de terre
une bonne petite calomnie sur mon compte. J'ignore
qui en était l'auteur; ce fut probablement quelqu'une
de ces vieilles filles du sexe mâle dont Moscou pullule.
Cette calomnie grandit, eut des branches, des liens,
des provins, comme le fraisier des bois. Mes pieds s'y
trouvèrent engagés; je voulus sauter, déchirer, rompre
les longs filaments, mais la besogne ne marchant pas
à souhait, je rêvai départ et solitude.

« Là encore, je tins la conduite la plus misérable;

j'aurais dû tout simplement attendre avec patience la
fin de ces méchants bruits, comme on attend celle de la
fièvre d'ortie, et j'aurais bientôt vu les mêmes hommes
bienveillants me rouvrir leurs bras, les mêmes dames
sourire de nouveau à mon éloquence. Mon malheur est
de n'avoir aucune sorte d'originalité. La conscience de
ceci s'éveilla tout à coup en moi ; j'eus honte de mon
peu de tenue, j'eus honte de babiller, de babiller sans
cesse et sur les mêmes thèmes, hier sur Arbate, aujourd'hui sur Trouba, demain sur Sivtseraïa Vrajka [1].

« Mais, pourrait-on m'objecter, si l'on aime cela !
Voyez tous les gens du bel air les plus favorisés sur la
scène du grand monde à Moscou, ont-ils honte, ceux-
là, de se répéter ? ils sont inépuisables en babil, et
c'est là le grand point. Voilà ce que signifie la confiance en soi et l'amour-propre ! Eh ! mon Dieu, j'avais
de l'amour-propre, et il m'en reste même bien encore
quelque peu ; mais à quoi pouvait-il me servir lorsqu'il
était dans mon humeur de dire : *Un obstacle vient à
moi, c'est désagréable, éloignons-nous ?* Il eût fallu que
la nature ou doublât la dose de mon amour-propre ou
ne m'en donnât point du tout. Ce qui me consternait
encore, c'était d'être à court d'argent : mon séjour de
trois ans en Allemagne et en Italie avait achevé d'é-
puiser mes moyens. Jeune d'années, mais faible de
complexion, je ne voulus pas même songer à épouser
une fille ou une jeune veuve de riche marchand,
malgré les nombreux exemples dont je pouvais me
prévaloir pour m'y décider ; je préférai me retirer au
village, et je partis sans faire d'adieux à personne.

« Deux mois ne s'étaient pas écoulés que je m'en-
nuyais dans ma retraite comme une pauvre hirondelle

1. Quartiers ou paroisses de Moscou fort éloignés l'un de
l'autre.

fourvoyée dans une chambre dont le vent aurait re-
fermé la fenêtre sur elle. Cependant au printemps,
lorsque j'arrivai homme aux lieux que j'avais quittés
adolescent, au moment où je revis la boulaie témoin
de mes jeux, de mes ébats d'enfance, mon œil se
remplit de larmes, mon cœur battit bien fort, je m'attendis à des émotions douces, charmantes et durables.
Mais ces chères attentes, vous le savez, ne se réalisent
jamais, et l'on ne tarde pas à se heurter contre une
foule de tristes réalités que l'on n'attendait pas du tout :
épizooties, grandes intempéries, déficits, dettes, pro-
têts, vente aux enchères *e tutte quante*. En usant chaque
jour de quelque nouvel expédient, avec le secours de
mon nouveau bourmistre ou bailli Iakof, qui avait remplacé mon précédent régisseur, et qui, dans la suite,
fut convaincu d'être un aussi grand voleur que lui, je
vécus tant bien que mal ces deux premiers mois, fort
incommodé seulement par la forte senteur des bottes
ointes de cambouis dont Iakof ne savait point se passer.

« L'ennui me tenant à la gorge, bien me prit de me
ressouvenir un jour d'une famille voisine, que les
miens fréquentaient autrefois. Cette famille ne se composait plus que d'une mère, veuve de colonel, et de
deux demoiselles, ses filles ; je me fis bien vite atteler
une drochka et je partis. Ce jour-là ne pouvait manquer de se bien graver dans ma mémoire : six mois
après ma première visite à la dame, j'épousai sa seconde fille. »

Mon compagnon de chambre, en achevant ces mots,
baissa les yeux vers le plancher et éleva sa main
droite vers le ciel. Un moment après il reprit avec
chaleur :

« Je ne voudrais pas vous inspirer une mauvaise
opinion de feu ma femme ; Dieu me préserve de com-

mettre une pareille injustice envers sa mémoire. C'était une très-bonne et très-noble créature, une personne aimante et dévouée; cependant j'avouerai entre nous que, si je n'eusse pas eu l'affliction de la perdre, je ne serais très-probablement pas ici à causer avec vous ; car elle est encore solide à sa place la solive de mon hangar, à laquelle je me réservais bien d'aller me pendre.

« Il y a, reprit-il, des poires qui n'acquièrent leur vraie saveur et leur succulence qu'après avoir séjourné quelque temps sous terre dans une cave. Il paraît que ma femme avait quelque parenté avec cet étrange phénomène de la nature; car il a fallu qu'elle n'appartînt plus à ce monde pour que je pusse, sans amertume, rendre pleine et entière justice à ses excellentes qualités. En vérité, c'est d'aujourd'hui seulement que, par exemple, les souvenirs de quelques soirées que j'ai passées avec elle avant notre mariage n'éveillent en moi aucun ressentiment fâcheux ; tout au contraire ils m'attendrissent jusqu'aux larmes.

« Ces dames étaient des personnes à peine aisées ; leur habitation, très-vieille maison en bois, bien distribuée du reste, s'élevait sur un monticule, entre une cour remplie d'herbe et un assez grand jardin rempli de broussailles. Au pied du mamelon coulait une jolie petite rivière qu'on apercevait difficilement à travers l'épaisseur du feuillage. Une grande terrasse conduisait de la maison dans le jardin ; devant la terrasse croissait et fleurissait un beau massif de jeunes arbustes, de rosiers surtout, élancés et vigoureux ; ce *clumb* était oblong et terminé à chacune de ses deux extrémités par deux acacias qui avaient été tordus l'un sur l'autre en façon de torsade par feu le colonel. Un peu plus loin, dans la plus grande épaisseur d'un grand fouillis

de framboisiers réduits presque à l'état sauvage, se
trouvait un pavillon très-joliment peinturluré en dedans, mais si vieux, si caduc au dehors, qu'en y jetant
un coup d'œil on avait le cœur serré. Le salon s'ouvrait sur la terrasse par une double porte vitrée ; dans
chacun des angles du fond de cette pièce se trouvait
un poêle de faïence ; à droite était une triste et criarde
épinette, encombrée de musique manuscrite ; au fond,
un divan tapissé d'une étoffe bleue rayée, de deux
nuances avec arabesques en blanc ; aux deux côtés du
divan, des tablettes étagées, très-chargées de riens
en porcelaine, de riens en broderies de perles, de
riens en menus cristaux et en figures d'ivoire ; devant
une table ronde, à la paroi, au-dessus, le fameux portrait d'une belle jeune fille blonde qui faisait les yeux
blancs en pressant un tourtereau contre son sein. Sur
la table était un vase de belles roses souvent renou-
velées....

« Vous voyez avec quel soin je vous décris la localité,
et ce n'est pas sans dessein, car c'est dans ce fourré de
framboisiers, autour de ce clumb, sur cette terrasse,
dans ce salon, que se joua toute la tragi-comédie de
mes dernières amours. La dame était par elle-même une
méchante bârynia de province, une vraie pie-grièche
sans plumes, la gorge toujours pleine de criailleries
discordantes, l'œil de regards venimeux et despoti-
ques. L'aînée des filles de cette dame, Mlle Croyance
(Véera), était ce que sont en général toutes les demoiselles de nos provinces, de nos districts éloignés de tous
les centres ; la cadette, Sophie... qui dit Sophie dit
sagesse, n'est-ce pas ?... C'est de Sophie que je tombai
amoureux. Les deux sœurs avaient une chambre à
elles ; là, outre deux lits de bois, propres mais sans
luxe, on voyait des albums dont les reliures étaient

jaunies par le temps, des pots de réséda, des portraits
d'amis et d'amies assez mal dessinés au crayon, deux
statuettes, l'une de Goëthe, l'autre de Schiller, des
livres allemands, des guirlandes et des couronnes de
bluets depuis longtemps desséchés, et quelques autres menus objets laissés en souvenir par des absents.
Au nombre des portraits dont j'ai parlé se distinguait
celui d'un monsieur qui avait une physionomie extra-
ordinairement énergique et une signature encore plus
crâne que l'air de sa figure ; c'était le portrait d'un
homme qui dans sa jeunesse avait donné de lui les plus
hautes espérances, et qui, comme nous tous, hélas !
avait fini par ne plus rien donner du tout. C'était une
chambre où j'entrais fort rarement, vers laquelle rien
ne m'attirait, où, tout au contraire, je ne sais quoi de
mystérieux m'oppressait la poitrine.

« Par une singularité assez étrange, ce n'était pas
quand j'étais face à face, mais bien dos à dos avec Sophie,
qu'elle me plaisait, ou lorsque, sans la voir, sans la
toucher du coude, sans même qu'elle fût présente, je
rêvais à elle, je l'idéalisais à loisir, surtout le soir, sur la
terrasse. Livré seul à mes pensées, je regardais alors et
les splendeurs du couchant, et les arbres et les petites
feuilles vertes, déjà baignées d'ombre, mais se déta-
chant à merveille sur la teinte rosée du ciel. Souvent
Sophie, à cette heure-là, se tenait au salon devant le
piano, jouant une phrase de Beethoven, à la fois mélancolique et passionnée, détachée d'une petite pièce
qu'elle avait prise en affection, et qui semblait devoir
rester à tout jamais l'univers musical de la jeune personne. La méchante vieille prolongeait sa sieste sur le
divan, où elle se tenait à demi couchée. Dans la salle
à manger, que remplissaient les vives clartés rouges
de l'ouest, Croyance faisait les apprêts du thé ; la

bouilloire sifflait, chantait sur la table, comme si elle
se réjouissait de quelque chose ; les biscuits de plusieurs formes entassés dans une petite corbeille se
jetaient follement les uns les autres par-dessus le bord
au moindre mouvement de la table ; les cuillers réson-
naient dans les soucoupes ; le canari, qui tout le jour
nous avait impitoyablement régalés de ses pénétrantes
mélodies, se montrait plus discret, et gazouillait seulement de temps en temps, semblant adresser des
questions à Mᶦᶦᵉ Véera préoccupée de sa besogne. Du
nuage léger et transparent de la vapeur qui s'élevait
du samavar, il tombait çà et là quelques gouttelettes....
Et moi, je restais immobile, distrait, écoutant à peu
près sans entendre, regardant sans presque rien voir :
mais mon cœur toutefois se dilatait, et il me semblait,
à n'en pas douter, que l'amour m'y tenait le plus doux
langage. Ce fut précisément sous l'influence d'une
soirée ainsi faite qu'un jour j'abordai la vieille et lui
demandai la main de sa fille cadette ; deux mois après
nous étions, Sophie et moi, un jeune couple pourvu
des bénédictions de l'Église, et nous recevions les sin-
cères félicitations de tous nos voisins.

« Il me semblait bien que j'aimais Sophie.... Aujour-
d'hui il serait certainement bien temps que je susse à
quoi m'en tenir sur ce fait.... Eh bien, parole d'honneur, je ne suis pas encore parfaitement en état d'af-
firmer en **toute sécurité** de conscience que j'aie eu de
l'amour pour elle. C'était une créature bonne, spiri-
tuelle, silencieuse, chaude de cœur : mais Dieu sait si
c'était pour avoir trop séjourné à la campagne, ou pour
quelque autre cause inconnue, elle avait au fond de
l'âme (supposons que l'âme ait un fond) une blessure,
une plaie toujours ouverte, que rien ne pouvait cica-
triser, une douleur vague, indéfinie, à laquelle ni elle

ni moi ne savions assigner un nom. Vous concevez
que ce ne fut qu'après le conjungo que je pus soupçonner l'existence de cette plaie ; ce n'est jamais qu'à
l'user qu'on reconnaît les qualités de l'étoffe. Que
n'essayai-je point pour réconforter cette pauvre âme
avariée! rien n'y fit.

« Je me souviens que, dans mon enfance, le chat tint
quelques secondes entre ses griffes discrètement ren-
trées encore un tarin que j'avais; on dégagea l'oiseau
en effrayant le voleur, il était temps. On donna de
grands soins au pauvre tarin, il ne se remit pourtant
pas de la secousse ; il devint maigre, chétif, tremblant,
haletant; plus d'appétit, plus de chant !... Un jour se
glissa dans sa cage restée entr'ouverte une souris
qui lui emporta d'un coup de dent les deux tiers du
bec ; c'en était trop, il rendit l'esprit. J'ignore quel
chat avait jamais pu tenir dans ses pattes ma Sophie,
mais elle devenait maigre, chétive, haletante, misérable
comme mon pauvre petit tarin. Il y avait des moments
où il lui prenait envie à elle-même de se ranimer, de
voir son esprit, sa vie jouer librement au grand air, au
soleil, de s'y retremper, de prendre de haute main le
dessus.... Après un premier ou un second élan, elle se
repliait sur elle-même, obligée de renoncer à des ten-
tatives d'où il ne résultait que lassitude, sentiment
d'impuissance et prostration plus complète.

« Elle m'aimait, je crois vraiment qu'elle m'aimait ;
elle m'a spontanément assuré cent fois qu'elle n'avait
auprès de moi rien, rien à désirer... mais ses yeux,
même dans ces instants-là, avaient des regards bien
peu faits pour allumer ma flamme. Un jour, m'atta-
chant à l'idée qu'il devait y avoir eu dans le passé de
Sophie quelque chose... je résolus d'aller aux rensei-
gnements ; je ne découvris absolument rien.

« Vous comprendrez qu'après cela un homme original, à ma place, aurait eu le bon sens de hausser les
épaules. En poussant deux ou trois soupirs de commi-
sération à l'adresse de son infortunée compagne, il se
serait mis à vivre, à part, au moins de quelque bonne
partie de son plein vivre, ce plein vivre personnel, don
du ciel même, et qu'il y a toujours danger et sottise à
étouffer dans les murs d'une maison où l'on ne vous
sert d'autre plat que l'ennui le plus communicatif ;
mais moi, pauvre être né sans vestige d'originalité,
que fis-je ?... je me mis à considérer les solives de mes
remises.

« Toutes ces habitudes de vieille fille, Beethoven, les
promenades nocturnes, les pots de réséda, les corres-
pondances d'amitié, les albums, etc., etc., etc., s'étaient
à ce point infusées et invétérées dans ma femme qu'elle
ne put jamais se plier à aucun autre genre de vie, et
particulièrement à la vie de maîtresse de maison, que
je souhaitais toujours pour elle, afin de la voir occupée
du matin au soir de quelque chose de sain et d'utile.
Le linge était fort mal blanchi et fort mal repassé, la
cave aux légumes n'était point aérée, on laissait passer
le moment de faire remplir la glacière, nos meubles
avaient des housses en loques ; le thé, le café, le sucre
manquaient à la fois, le tout parce que les affaires m'a-
vaient forcément distrait de ces menus soins de ménage, et une femme sans enfants pour lui donner des
soucis était là à se morfondre sous un prétendu mal
sans nom, et le soir à chanter l'éternel :

> Ah ! zéphir, ne vas pas, ne vas pas,
> Ne vas pas demain l'éveiller à l'aurore !
> Je pars, etc., etc.

« Voilà de quelle manière nous passâmes trois années
avec la réputation d'un couple d'heureux égoïstes.

« Au milieu de la quatrième année, Sophie mourut de ses premières couches ; j'avais pressenti qu'elle ne me donnerait pas un enfant viable. Je me rappelle les moindres circonstances de l'enterrement de la mère et de l'enfant.

« C'était au printemps ; notre église paroissiale est petite et hideuse de vétusté ; l'iconostase, qui masque l'autel de sa grande porte *royale* [1] et de ses deux petites portes latérales, est devenu tout noir par l'effet de l'humidité et du temps ; les parois sont nues et rancies ; le parvis, fait de briques posées sur champ, ressemble aux vagues que forment les eaux d'un lac pendant la houle ; au-dessus de chacun des deux compartiments du chœur est une grande image des plus antiques. On apporta le cercueil, qui fut déposé au centre du temple, en face de la porte royale de l'iconostase ; il fut recouvert d'un drap mortuaire tout usé ; on l'entoura de trois grands chandeliers. Le service funèbre commença. Un vieux sacristain moitié mort lui-même, avec sa petite tresse de cheveux au bas de la nuque et sa ceinture verte posée singulièrement bas, lisait les litanies d'un ton en effet bien funèbre, debout devant un pupitre mobile. Un bon vieux prêtre à figure d'aveugle, en chasuble avec fond lilas et galons jaunes, officiait à lui tout seul, à la fois comme pontife et comme acolyte. Dans toute la largeur des fenêtres béantes s'agitaient et bruissaient les jeunes et fraîches feuilles des saules pleureurs ; le remugle de l'intérieur était combattu en cette douce saison par les senteurs

1. On sait que l'iconostase des églises du rite grec est une cloison incrustée d'images plates et sans saillies, avec trois portes, dont celle du centre est appelée porte royale, et ne s'ouvre qu'à certains moments du service divin, pour laisser voir le célébrant, invisible pendant le reste du temps.

herbagères du dehors. La flamme rouge des cierges blêmissait, se plombait dans la joyeuse lumière de ce beau jour printanier ; les moineaux gazouillaient sur toute l'étendue de la toiture, et de temps en temps, sous la coupole, retentissait le cri sonore d'une hirondelle nouvellement arrivée de ses lointains voyages. Dans la poussière d'or d'un vif rayon de soleil, on voyait s'abaisser tout à coup et se relever tour à tour les têtes blondes des quelques paysans qui étaient venus prier pour l'âme de la défunte ; de l'encensoir s'élevaient d'avares jets d'une fumée bleuâtre. Je portai les yeux sur le visage de la défunte....

« Que vous dirai-je ? La mort, la mort elle-même semblait ne l'avoir pas affranchie de son mal.... C'était là encore, dans le cercueil, sur ce visage découvert, la même expression maladive, concentrée, muette et sauvage... jusque sur ce dernier lit, elle éprouvait du malaise. Il m'en vint du fond des entrailles jusque sur les lèvres je ne sais quelle navrante amertume.... C'était une femme bonne et honnête ; et cependant, comment ne pas reconnaître que pour elle-même elle avait bien fait de mourir? »

Le conteur, que je regardai en ce moment, avait le visage enflammé et les yeux obscurcis par les larmes.

« Quand je me fus senti remis de l'abattement où m'avait jeté la mort de ma femme, poursuivit-il, je résolus de faire quelque chose qui me tirât forcément de l'engourdissement moral où l'on tombe dans la solitude quand on ne s'occupe que de soi. Je pris du service dans le chef-lieu de notre gouvernement. Dans les vastes chambres de cet établissement de la couronne, je devins sujet aux maux de tête ; ma vue s'affaiblit ; il se joignit à cela différentes autres causes qui me décidèrent à prendre mon congé. J'avais bien envie de

me rendre à Moscou, mais premièrement l'argent me
manquait, secondement... je vous ai déjà dit que je me
suis amendé. Je me suis amendé tout à coup et non tout
d'un coup. Mon âme s'était amendée que ma tête tenait
encore bon. J'attribuais le calme nouveau, la modéra-
tion, la modestie survenue dans mes sentiments, à la
double influence de la vie agreste et du malheur. D'un
autre côté, j'avais depuis|longtemps remarqué que pres-
que tous mes voisins, qui, jeunes ou vieux, avaient été
d'abord effarouchés à l'idée de mon érudition, de mon
séjour à l'étranger et des autres grandes particularités
de mon éducation, non-seulement en étaient venus à
se faire tout à fait à moi, mais qu'ils commençaient à
me traiter avec moins de rudesse, qu'ils écoutaient mes
discours avec moins d'antipathie, et qu'en me parlant
ils n'employaient plus certains mots par trop sans gêne.

« J'ai oublié de vous dire que, dans la première
année de mon mariage, j'essayai, pour tromper l'ennui
dont Sophie m'avait apporté le triste germe, de me
lancer dans la littérature. J'envoyai à un journal de
Moscou un article qui était, si je m'en souviens bien,
une nouvelle; mais, quelques semaines après cet envoi,
je reçus du rédacteur une lettre polie où il me disait
entre autres choses : « A en juger d'après la pièce, on
ne peut nier que vous n'ayez beaucoup d'esprit; mais
on doit, jusqu'à nouvelle épreuve, vous nier le talent
d'écrire pour le public, et en littérature c'est ce talent
qui seul est nécessaire. » De plus, il vint à ma connaissance qu'un jeune Moscovien, de passage à Orel, avait
parlé de moi, dans une soirée chez le gouverneur,
comme d'un homme usé, taré, éteint, sans nerf et sans
souffle. Mais mon aveuglement demi-volontaire résistait encore; je ne pouvais me décider à faire moi-même
l'office de me tirer les oreilles.

« A la fin, je dus bien savoir décidément à quoi m'en
tenir sur la valeur de ma personne; un jour vint chez
moi le magistrat de police, l'*ispravnik*; il voulait appeler mon attention sur un pont rompu, qui se trouvait
sur mes terres; j'étais complétement hors d'état de
restaurer ce pont, encore bien moins de le recons-
truire tout à fait, comme cela eût été à désirer. Ce sage
gardien de l'ordre public, tout en arrosant d'un peu
d'eau-de-vie un morceau d'esturgeon fumé que je fis
mettre devant lui, me réprimanda paternellement sur
le mauvais état des chemins qui traversaient mes terres. Cependant il entra dans ma position avec tant de
condescendance qu'il me conseilla lui-même de faire
combler de fumier et de jonc marin, par mes paysans,
l'endroit du fossé encombré des débris du pont; puis
il fuma une pipe et mit la conversation sur les pro-
chaines élections.

« Les fonctions honoraires de maréchal de la noblesse du gouvernement étaient, à cette époque, con-
voitées par un certain Orbassanof, insupportable cla-
baudeur et concussionnaire intrépide, de naissance
assez médiocre et nullement riche, du moins en biens
au soleil. Encouragé par l'air d'affection qu'avait mon-
tré tout à l'heure à mon égard cette brute d'ispravnik,
je lui dis, imprudemment sans doute, et d'un ton peut-
être un peu trop dégagé, mon opinion sur cet Orbassanof, que, de parti pris, je regardais de haut. L'édile
me regarda bien en face, me frappa sur l'épaule d'une
main caressante et me dit avec une bonhomie déses-
pérante : « Eh! Vacili Vacilytch, est-ce bien à de pauvres têtes comme la mienne et la vôtre à juger et seulement à comprendre des gens de cette portée? Il faut
savoir se mesurer, frère; aux grands vaisseaux les
grandes mers. — Çà mais, de grâce, répliquai-je avec

dépit, quelle différence si énorme y a-t-il donc, à vous entendre, entre moi et ce M. Orbassanof? »

« L'édile, à cette question, retira sa pipe de sa bouche, ouvrit les yeux très-grands, éclata de rire, mais jusqu'aux larmes, en s'écriant, autant du moins que le paroxysme de son hilarité lui permettait de parler : « Aïe! aïe! le farceur! nous en donne-t-il là de bonnes, et tara, tara, tara.... de quel air sérieux il vous chante son antienne!.... » Et jusqu'à la minute même de son départ il ne cessa de dauber sur moi, en m'enfonçant de temps en temps son poing dans les côtes et en s'oubliant même jusqu'à me tutoyer. Il était déjà fort loin que je regardais encore, et restais immobile de stupeur.

« C'était apparemment la goutte qui manquait pour faire déborder le vase. J'arpentai mon salon, et allai m'arrêter devant la glace, où bien longtemps je regardai, j'observai les effets de ma confusion; le bout de ma langue était venu s'enrouler sur mes lèvres, j'avais la figure allongée et le teint bilieux; je me souris amèrement en branlant la tête. Des coquilles étaient tombées de mes yeux, et je voyais clairement, plus clairement que je ne venais de voir mon extérieur physique dans le miroir, quel homme sot, insignifiant, inutile et commun j'étais et n'avais cessé d'être.

« Dans l'*Électre* de Voltaire.... Voltaire n'a-t-il pas écrit une Électre? Au fait, c'est peut-être dans l'*Andromaque* du grand Racine, un personnage, Oreste, je crois, se félicite d'être parvenu aux dernières limites du malheur. Il n'y a, c'est vrai, rien de grand et absolument rien de tragique dans ma destinée, mais j'ai pourtant éprouvé un sentiment analogue au sein de mon obscurité. J'ai connu les transports empoisonnés du froid désespoir; j'ai éprouvé combien il est doux d'employer une matinée entière, sans se démener, sans sortir du lit, sans même relever une tête appesantie par l'insomnie, à maudire le jour et l'heure de sa naissance. Non, je ne pus m'amender tout entier en une fois ; le manque d'argent m'enchaîna à ces campagnes où vous concevez bien que tout m'était odieux, et j'ai tout loisir ici de me bien ressouvenir que ni mon éducation, ni les études faites pendant mon séjour hors des frontières, ni mes dispositions économiques, ni mon mariage, ni mon service administratif, ni la littérature, rien, mais rien ne m'a réussi. J'avais de l'éloignement pour les gentillâtres mes voisins ; eh bien ! Dieu a voulu que j'en eusse presque autant pour les livres.

« Quant à nos dames atteintes d'hydropisie morale et de maladive sentimentalité, qui secouent la masse de leur chevelure à longs tire-bouchons, vraie ou fausse, et qui appuient fébrilement sur les mots : « La vie ! oh ! la vie ! » je n'avais à leur offrir en moi rien d'intéressant, du moment que j'eus cessé de babiller et de faire de l'enthousiasme ; m'isoler entièrement chez moi, c'est ce que je n'ai pas su, ce que je n'ai pas pu faire....

« Je me suis mis à courir d'un voisin à un autre ; et, comme si le mépris que je fais sincèrement de moi me rendant ivre ou stupide à perpétuité, je me soumets à toutes sortes de petites humiliations. Il y a des gens qui, à leur table, ont ordonné que le plat, passant derrière moi, fût porté aux convives suivants, de manière qu'il n'arrivât à moi qu'en dernier ; d'autres me reçoivent avec hauteur et dédain ; quelques-uns affectent dans leur salon et à leur table de ne pas m'apercevoir ; plusieurs ne me permettraient pas impunément de placer un mot dans la conversation. Il m'est arrivé d'applaudir, de dessein prémédité, de derrière un recoin du salon, un très-sot beau diseur quelconque, qui autrefois, à

Moscou, eût baisé avec transport le pan de mon manteau. Je n'osais pas même me permettre de penser qu'en encourageant un fat je me donnais du moins l'amer plaisir de l'ironie... et d'ailleurs, qui s'amuse à faire de l'ironie à lui tout seul? Voilà, voilà, monsieur, comment j'ai passé quelques années de suite et comment j'ai vécu jusqu'à l'heure même où je vous parle, par suite de l'horreur que j'éprouve à l'idée d'un isolement absolu chez moi, parmi les derniers débris de mon triste et pauvre domaine.

— Ah çà, mais cela ne ressemble à rien, murmura de la chambre voisine la voix endormie de M. Kantagrukhine; quel est donc ce fou qui s'avise de discourir là, derrière, à des deux ou trois heures du matin? »

Mon camarade de chambre fit un rapide plongeon sous sa couverture, puis ressortant peu à peu la tête pour me regarder, il fit mine de me menacer du doigt.

« Ts, ts, ts, marmotta-t-il. En faisant, dans la direction de la voix de Kantagrukhine, les poses d'un homme qui s'excuse et qui s'incline, il dit avec l'accent du respect : « Pardon, mille fois pardon! » Et s'adressant à moi, il ajouta : « Il lui est bien permis de dormir, c'est son fait à lui de dormir; il doit absolument, indispensablement recueillir ses forces, ne fût-ce que pour manger demain avec la même volupté qu'il l'a fait aujourd'hui. Nous n'avons aucun droit de troubler un repos si précieux. D'ailleurs je vous ai dit, je crois, tout ce que je voulais vous dire; il est probable que vous avez sommeil; je vous souhaite une bonne nuit. »

Le conteur nocturne se tourna avec une rapidité fébrile et plongea sa tête dans son oreiller.

« Permettez du moins que je sache, lui demandai-je, avec qui j'ai eu l'honneur.... »

Il releva lestement la tête, et m'interrompit en disant :
« Non, pour l'amour de Dieu, ne demandez mon nom
ni à moi ni à personne ; souffrez que je reste pour vous
tout simplement *Vacili Vacilytch*, un inconnu que la
Providence a cruellement éprouvé. Vous sentez bien
que, dépourvu comme je le suis de tout cachet d'originalité, je ne mérite pas d'avoir un nom à moi. Si vous
tenez absolument à accoler à mon souvenir un sobriquet quelconque, eh bien! appelez-moi.... appelez-moi
le petit Hamlet rustique du district de Stchigrof. Il est
bien vrai que cette famille de Hamlets de district est
extrêmement nombreuse dans le pays, mais peut-être
ne vous est-il jamais arrivé de passer une nuit à écouter l'odyssée d'aucun de mes frères de misère. Adieu. »

Le pauvre diable se replongea dans son lit de plume,
et le lendemain, quand on vint, à sept heures, m'éveil-
ler, m'avertir que ma calèche était prête, je regardai,
son lit était vide et déjà froid ; le valet m'apprit qu'il
était parti avant l'aurore.

IX

Originaux indigènes. — Les gentilshommes stepniaks[1].

Un jour je revenais de la chasse en télègue, sous une
chaude température d'été. Ermolaï, assis à côté de moi,
faisait sonner les cloches d'une manière vraiment comique, et les chiens, blottis sous nos pieds, rebondis-
saient comme eussent fait des corps morts, tant la

1. Voir sur ce mot la note de la page 68.

fatigue leur avait fait du sommeil une nécessité impérieuse. Le cocher avait fort à faire à émoucher de son
fouet les chevaux assaillis par un intrépide essaim de
taons. Un nuage de poussière blanche, probablement
calcaire, s'élevait sur tout le sillage du chariot. Nous
entrâmes dans des taillis. Le chemin y était raboteux,
les roues commencèrent à s'accrocher fréquemment
aux branches inclinées qu'elles tordaient et déchiraient.
Ermolaï, que secouaient les cahots produits par les
aspérités du lieu, s'éveilla, regarda à l'entour et s'écria
aussitôt : « Hé, hé ! il doit y avoir ici de la caille ! »

Sur ce signalement donné, nous descendîmes lestement et nous nous engageâmes dans le taillis. Mon
chien tomba sur une piste ; je tirai. Je rechargeai mon
fusil, quand tout à coup, derrière moi, se fit entendre
un craquement répété, et un cavalier, écartant les ar-
brisseaux pour se faire jour directement vers moi, parut
en me disant d'un ton très-hautain : « Hé ! pè è ermet-
tez-moi de vou ou ous demander, mo o o sieur, de qué
e el droit vou ou ous cha a assez i i ici ? »

L'inconnu qui m'apostrophait de la sorte, tout en
bégayant, parlait rapidement, impatiemment et du nez.
Je le regardai en face ; de ma vie je n'avais vu pareille
figure. Qu'on se représente un petit blond, avec un
petit nez de travers et de très-longues moustaches
rousses ; sur la tête, et enfoncé jusque sur les sourcils,
un bonnet persan, pointu, terminé par une tonsure en
drap violet framboise ; un vieux arkhalouk jaune, dont
la batterie à cartouches en drap noir était plissée sur la
poitrine, et qui était orné de galons d'argent déprimés
et éraillés sur toutes les coutures ; un cor de chasse en
sautoir et un poignard à la ceinture. Sous lui un pauvre
cheval roux, très-fourbu ; à ses côtés, deux chiens
d'arrêt maigres, malingres et boiteux, tournant piteu-

sement autour des pieds de la haridelle. Aspect, regards, voix, gestes, mouvements, tout l'ensemble de
l'inconnu respirait la folle audace, l'orgueil indomptable, quelque chose qui côtoie la démence. Ses yeux
de verre bleu terne brillaient, se voilaient et louchaient
tour à tour, comme il arrive aux gens pris de vin ; il
déjetait sa tête en arrière, enflait ses joues, soufflait et
frissonnait de tout son corps, par exubérance de dignité personnelle, comme un coq d'Inde fâché qu'on le
regarde. Ce personnage, pour hâter ma réponse, répéta
sa question presque dans les mêmes termes.

« J'ignorais qu'il fût défendu de chasser ici, répondis-je.

— Vous êtes ici, monsieur, sur mes terres.

— Bon ! je vais m'en aller.

— Monsieur, permettez-moi de vous demander si
c'est à un gentilhomme que j'ai l'honneur de parler.
(Je lui dis mon nom.) Eh bien alors, veuillez chasser
tout à loisir ; je suis moi-même gentilhomme, et je mets
volontiers mon plaisir à être agréable aux personnes
de ma classe. On me nomme Pantéléï Tchertapkhanof. »

Là-dessus il s'inclina, poussa un cri et tira de bas
la bride ; le cheval agita sa tête en redressant les
oreilles, fit sur ses pieds de derrière un quart de con-
version, et en jetant de biais ses pieds de devant pour
reprendre terre, broya à demi la patte saine de l'un
des chiens. La pauvre bête jeta les hauts cris. Tchertapkhanof devint rouge et hennit de colère ; il appliqua
à sa monture un grand coup de poing sur le crâne, mit
pied à terre avec la vitesse de l'éclair, inspecta la patte
du chien, cracha de dépit sur le membre lésé, détacha
au malheureux animal un vigoureux coup de pied dans
les côtes pour qu'il cessât de crier, puis saisit le pom-
meau de sa selle et mit le pied gauche à l'étrier. Le

cheval écarquilla ses naseaux, souffla, battit l'air de sa
queue et se lança obliquement dans les buissons. Le
maître le suivit, debout encore sur un pied; il parvint,
à cinquante pas de là, à passer la jambe, et, dès qu'il
se sentit en selle, il agita en tout sens sa nagaïka [1],
sonna du cor et galopa ventre à terre et à l'aventure,
comme un fou.

Je venais à peine de perdre de vue dans le lointain
ce M. Tchertapkhanof et sa monture, qu'à la droite
de l'endroit où j'étais, sortit des broussailles, mais sans
faire aucune espèce de bruit, un cavalier petit et gros,
portant bien la quarantaine, et monté sur un petit
cheval bai brun. Il s'arrêta à trois pas de moi, ôta de sa
tête une casquette de maroquin vert, et d'un son de
voix moelleux me demanda si j'avais vu un cavalier
montant un cheval roux.

Je répondis affirmativement.

« De quel côté, s'il vous plaît, s'est-il dirigé? poursuivit-il de la même voix et sans se couvrir.

— Par là.

— Mille grâces, monsieur! »

Il claqua de la langue, tarabusta des jambes les
flancs de sa haridelle et fila au trot..... treouk, treouk,
treouk..... dans la direction indiquée. Je le suivis du
regard tant que je pus apercevoir le bout de son bonnet
au-dessus des broussailles. Ce deuxième inconnu avait
des dehors tout autres que le précédent; son visage
bouffi, rond comme une boule, avait une expression de
timidité, de bonhomie et de patience; son nez, gonflé
et sphérique comme la tête elle-même, et sillonné de
veines bleues, trahissait des penchants à la volupté. Il
ne lui restait pas vestige de cheveux sur le devant de

1. Nagaïka, fouet à la cosaque.

la tête, tandis que la nuque était, d'une oreille à l'autre, garnie d'une soyeuse guirlande de cheveux blond cendré; ses yeux, fendus en amande, avaient un regard fort doux; ses lèvres vermeilles et moites semblaient avoir été formées pour le sourire. Il portait un surtout à collet droit et à boutons de cuivre; ce surtout n'était plus neuf, il s'en faut, mais il était vergeté avec soin; son pantalon de drap, j'en parle pour l'avoir entrevu, avait peu à peu remonté au niveau du genou, et de dessus le rebord rouge des tiges de ses bottes saillissaient deux mollets tels qu'il n'est plus donné aux souverains d'en jamais revoir à leur cour. Je questionnai Ermolaï du regard d'abord, puis de la voix, sur ce cavalier qu'il me semblait avoir fait mine de reconnaître; et je ne me trompais pas.

« C'est, me dit-il, Tikhon Ivanovitch Nédopeouskine; il demeure chez Tchertapkhanof.

— Comment! c'est un homme pauvre?

— Pauvre? eh mais oui, pauvre, pauvre... et Tchertapkhanof, son hôte, passe les deux bons tiers de l'année sans posséder un misérable sou.

— Alors, pourquoi donc est-il allé s'installer chez lui?

— Dame, ils se sont liés comme ça; l'un ne va nulle part sans l'autre..... Comme dit le proverbe : Là où est un cheval avec son sabot, arrive l'écrevisse avec sa pince. »

Nous sortîmes des taillis. Tout à coup deux chiens courants débouchèrent des broussailles près de nous, et dans les avoines déjà hautes s'élança par sauts et par bonds un maître lièvre; après lui, des chiens courants et des levrons, et à leur suite, Tchertapkhanof en personne. Celui-ci ne jetait aucun des cris usités en pareil cas; essoufflé, haletant, il semblait avaler une soupe

bouillante; de sa bouche en convulsion s'échappaient
de temps en temps des sons précipités, inintelligibles; i₁
galopait, les yeux hors de la tête, cinglant de sa nagaïka
le flanc de son infortunée monture. Les levrons tra-
quèrent; le lièvre se contracta, se dressa, tourna, et
courut comme un trait, en passant devant Ermolaï, se
jeter dans les buissons; et les lévriers de reprendre
leur chasse. « Pi i i ille! Pi i i ille! marmottait avec un
effort désespéré la langue presque ossifiée du chasseur
exténué . « Tire, frère, ti i ire! » Ermolaï tira... Le
lièvre blessé se pelotonna sur un beau lit d'herbe molle,
fit un dernier saut, et jeta son cri suprême entre les
dents d'un chien d'arrêt, qu'entoura aussitôt toute la
meute.

En un clin d'œil Tchertapkhanof eut mis pied à terre,
saisi son poignard, tiraillé violemment ses chiens par
les pattes de derrière pour les écarter, et arraché de
leurs dents la victime, à laquelle il plongea la lame
jusqu'à la poignée dans la gorge, sur quoi il fit beaucoup de ho! ho! ho! ho! ho! Tikhon Ivanovitch parut
à la lisière des buissons. Tchertapkhanof en le voyant
fit des ho! ho! ho! ho! beaucoup plus bruyants. « Ho!
ho! ho! ho! ho! » répéta placidement son complaisant
ami.

« On voit bien que nous ferions sagement de nous
abstenir de la chasse en été, fis-je observer à Tchertapkhanof en lui montrant une grande pièce d'avoine
qui venait d'être foulée.

— C'est un champ à moi, » parvint à me dire Tchertapkhanof, qui respirait avec tant de difficulté que je
me reprochai de lui avoir parlé.

Il mutila le lièvre, l'attacha à sa selle, et donna les
pattes à ses chiens.

« C'est un coup de feu dont j'ai à te tenir compte, d'après les règles de la chasse, frère, dit-il en s'adressant à Ermolaï. Et vous, monsieur, ajouta-t-il toujours de sa voix sèche, rude, saccadée et criarde, je vous remercie... Là-dessus il remonta à cheval... Excusez-moi, j'ai oublié vos noms..... Aurez-vous la bonté... »

Je me nommai de nouveau.

« Heureux d'avoir fait votre connaissance. Si vous me venez voir chez moi, vous me ferez plaisir. Çà, Tikhon Ivanytch, où est donc Fomka! dit-il avec un ton irrité; nous avons traqué le lièvre sans lui.

— C'est que son cheval s'est abattu entre ses jambes, répondit Tikhon Ivanovitch avec son sourire habituel.

— Co o oment aba a attu? Orbassan a a a abattu? Pfou, pfitt, pfip... où où où est-il? où?

— Là-bas derrière le bois. »

Tchertapkhanof frappa de sa nagaïka les naseaux de son cheval et s'éloigna en véritable casse-cou. Tikhon Ivanovitch me salua à deux reprises, une fois pour lui, et, je suppose, une autre fois pour son camarade, puis il se remit à trottiner à travers les sinuosités du taillis.

Ces deux messieurs excitaient vivement ma curiosité; je me demandai ce qui avait pu lier de sympathie et d'indissoluble amitié deux êtres aussi évidemment opposés de naturel. Je procédai à l'enquête presque sans désemparer, et voici ce que je parvins à savoir :

Pantéléï Eréméitch Tchertapkhanof avait dans tout le pays la réputation d'un braque, d'un écervelé de la plus dangereuse espèce, d'un orgueilleux et d'un braillard au premier chef. Il avait servi, mais fort peu de temps, dans un régiment d'armée [1], et avait pris son

1 Distinction que l'on fait en Russie avec le service dans la garde impériale.

congé par suite de désagréments, n'ayant encore que
ce grade qui a donné lieu à l'opinion assez généralc-
ment répandue qu'on peut être poule et n'être pas encore oiseau.

Il descendait d'une ancienne maison jadis opulente;
ses aïeux étalaient un faste steppien, dont la tradition
n'existe plus que dans la mémoire des centenaires. Ils
recevaient chez eux petits et grands, gens connus et
inconnus, les faisaient manger et boire à crever sur
place, faisaient délivrer tout d'abord un boisseau d'a-
voine à tout cocher tenant sous sa main un troïge; ils
entretenaient un orchestre, un nombreux chœur de
chantres, des bouffons, des chiens; aux grands jours ils
abreuvaient le peuple d'eau-de-vie de grain et de brague [1]; en hiver ils allaient à Moscou dans leurs lourdes
et vastes kolymagues, voitures des familles nobles,
vraies arches de Noé; et quelquefois, de retour dans
leurs foyers, ils se tenaient chez eux sans un sou vail-
lant, vivant de leurs magasins, de leurs basses-cours et
de leurs étables.

Le père de Pantéléï Eréméïtch n'avait resçu qu'un
héritage déjà plus qu'obéré, et en avait joui de telle
sorte qu'en mourant il laissa à son unique héritier
Pantéléï le village de Bezsonovo affreusement grevé,
avec trente-cinq âmes mâles et soixante-seize âmes
femelles réparties sur quatorze arpents et quelques
toises carrés de terrain aride situé dans la steppe dite
de Kolobrod; on ne trouva du moins dans les papiers
du défunt aucune trace d'hypothèques sur ces terres.
Le défunt avait dévoré les dix-neuf vingtièmes de ce
qui lui restait de son domaine patrimonial, et cela d'une
manière bien étrange : il avait été victime de l'*entente*

---

1. *Brague*, bière forte, sorte de porter russe. On n'en brasse
plus guère; c'était une boisson grossière, mais capiteuse.

économique. En effet, suivant lui, il ne convenait pas à un *dvoreanine* [1] de dépendre des marchands, des habitants des villes ni de tous les autres *brigands* de cette espèce, selon son expression ; et il établissait successivement chez lui tous les métiers, tous les ateliers, toutes les fabriques possibles. « C'est, disait-il, *plus séant et moins cher,* c'est là de la véritable entente économique ! » Ces belles idées furent sa chère marotte jusqu'à son dernier soupir ; elles le ruinèrent, mais il eut des jouissances et se passa toujours toutes ses fantaisies.

Entre autres inventions, il fit exécuter sur ses dessins une si colossale voiture de famille, que, malgré les efforts collectifs des chevaux de tout le village convoqués là avec leurs possesseurs par voie de réquisition, la maison roulante, au premier cahot, fut renversée et couvrit de ses membres épars une assez grande étendue de terre. Sur ce lieu même, après le déblai, Eréméï Loukitch (ainsi se nommait le père de Pantéléï Erémétïch) fit ériger un monument, et ne s'affligea pas autrement de la déconvenue.

Il eut aussi l'idée de construire une église, idée persistante qu'il mit à exécution, il fit le plan de l'édifice et procéda lestement à son érection ; il va sans dire que nul homme spécial ne fut consulté. Eréméï ne pouvait pas même soupçonner qu'un misérable bâtisseur de profession pût en remontrer sur aucun point à celui qui avait l'idée, le plan et les moyens, le tout réuni dans sa tête et sous sa main. Il brûla toute une forêt pour faire des briques (des briques superbes) ; il posa de larges fondements, qui comprenaient en effet un espace suffisant pour une cathédrale ; lui-même fut bien un peu frappé du grandiose des proportions lors-

1. *Dvoreanine,* gentilhomme russe.

qu'il vit les murs s'élever ; mais comme on ne se reproche guère ses inclinations au grandiose, il ordonna
qu'on procédât à l'érection des voûtes de la nef, puis
de la coupole.... La coupole tomba, emportant une
partie de la nef ; il fit déblayer et recommencer, et de
nouveau la coupole s'écroula. Le nombre trois est
divin ; il s'y prit une troisième fois.... et une troisième
fois la coupole tomba tout d'une masse avec un bruit
terrible, et de longues fissures, semblables aux carreaux de la foudre, apparurent en différentes parties
des murs. A ce coup, notre Eréméï Loukitch réfléchit, et
voici ce qui sortit de ses réflexions : « C'est, pensa-t-il,
une chose assez claire, la sorcellerie s'en est mêlée, et
du moment qu'on a jeté un sort.... » Et tout à coup il
fit passer par la rude épreuve des verges toutes les
vieilles femmes du village. A la bonne heure ; mais,
tout bien considéré, si on ne bâtit pas le temple, le
village posséda une belle ruine sans autre tradition
qu'un plan de la coupole ensorcelée et le procès ver-
bal admirable de brièveté du châtiment des sorcières.

Eréméï Loukitch délivré de ce soin, put alors se livrer
tout entier à un autre projet favori, celui de construire
sur un nouveau plan les chaumières de ses paysans ;
ces choses-là ne se font pas sans une assez forte dépense,
mais l'*entente économique* ne recule pas devant un sacrifice momentané. Trois enclos triangulaires, réunis en
un grand triangle, avaient un point central, du milieu
duquel s'élevait un mât: sur ce mât était une loge aé-
rienne pour un peuple entier d'étourneaux, et au-dessus
de cette loge, une flamme.... Bref, il n'y avait pas de jour
qu'il n'inventât quelque procédé économique : tantôt
il était de cuisine, expérimentant l'idée d'un pain
bien étrange ou d'une soupe horripilante ; tantôt il
retranchait aux chevaux le meuble inutile et pesant

de leurs queues, et, du crin qui résultait de cette tonte, il faisait des casquettes à son nombreux domestique. Une autre fois il se disposait à remplacer le lin par les filaments de l'ortie, et à démontrer qu'on peut nourrir les pourceaux de champignons pendant deux bons tiers de l'année. Un jour il lut dans un journal de Moscou un grave article d'un seigneur terrier Khriagof, du gouvernement de Kharkof, sur les avantages d'une bonne moralité dans les habitants des campagnes ; le lendemain, il décréta que ses paysans apprendraient par cœur cet écrit, sans que nul pût s'en dispenser. Les paysans apprirent l'article ; le seigneur eut alors l'idée que peut-être ils ne le comprenaient pas très-bien, mais l'intendant leur fit esquiver l'examen en se portant gardant de leur intelligence. Vers ce même temps Eréméï Loukitch, en vue *de l'ordre et de l'entente économique*, ordonna que chacun de ses sujets fût numéroté, et eût pour cela un collet un peu montant sur lequel serait cousu le numéro fait en drap rouge à l'emporte-pièce. Toutes les fois qu'un paysan rencontrait son maître, il lui criait : « n° 5! n° 21! ou n° 74! » et le seigneur lui répondait : « Va ton chemin, enfant de Dieu. »

Malgré ce grand ordre et toute cette entente économique, Eréméï Loukitch tomba peu à peu dans une situation des plus embarrassées ; il avait engagé ses villages les plus épars, mais il dut en venir à les aliéner tout à fait. Le dernier *nid* héréditaire, le village où s'élevait avec assez de majesté la grande ruine du temple mort-né, fut mis en vente par la couronne, heureusement après le décès du bon Eréméï Loukitch, qui n'aurait pas supporté un coup si terrible porté à son noble orgueil. Du moins il était mort chez lui, dans son ¹², dans le vieux manoir, entouré de manants à lui appartenants et sous l'œil de son médecin. Il ne resta, hélas ! à l'unique fils et héritier du nom. au pauvre Pantéléï, que le seul Bezsonovo....

Pantéléï était au service, et dans tout le feu du désagrément dont nous avons fait mention, quand il eut connaissance de la dernière maladie de son père. Il venait d'entrer dans sa dix-neuvième année. Depuis sa première enfance jusqu'à son apparition encore toute récente à son régiment, il avait été élevé dans la maison paternelle sous la direction de sa mère, femme très-bonne, mais non moins sotte que bonne, et il avait grandi impétueux, têtu, capricieux, enfant gâté, enfant terrible. Eréméï Loukitch, entièrement absorbé dans ses études et ses expériences économiques, ne trouvait pas le temps de seconder sa femme dans l'éducation de son héritier. A chacun sa tâche pour bien faire. Un jour pourtant, s'étant aperçu de l'obstination de l'enfant à prononcer *ar* la lettre *r*, il lui infligea de sa propre main une correction. Eréméï Loukitch avait eu ce jour-là une immense affliction : son meilleur chien avait été tué par la chute d'un arbre. Au reste, les soins que Vacilissa Vacilievna donnait à l'éducation du jeune Pantéléï se bornaient à faire des vœux ardents pour qu'un arrangement qu'elle avait imaginé pût se maintenir pendant la durée nécessaire.

A force d'expédients plus ou moins pénibles, la bonne dame avait eu l'idée de préposer au gouvernement de son fils chéri un ancien soldat alsacien, du nom de Birkoft. Jusqu'à sa mort la pauvre femme trembla devant cet homme, rude comme son ancien état : car, pensait-elle, « s'il prend congé de nous, je suis perdue ; que ferai-je, malheureuse ? où trouverai-je un autre instituteur ? c'est déjà avec tant de peine que je suis parvenue à soutirer celui-ci de chez ma voisine de là-bas ! » Et Birkoft, en finaud qu'il était,

profita de la parfaite indépendance de sa position ; il
se mit à boire des spiritueux pour se procurer un bon
sommeil, et à dormir tout le reste de son temps pour
cuver les spiritueux : c'était là à peu près toute son
occupation journalière, et cette uniformité ne lui dé-
plaisait point. Quand l'élève eut près de dix-huit ans,
son cours de sciences et de belles-lettres se trouva
merveilleusement terminé ; il entra au service. La
dame n'était plus de ce monde ; elle était morte quelques mois avant ce grave événement, d'une horrible
peur qu'elle avait eue pendant son sommeil ; elle avait
vu en songe un homme blanc comme la neige à cali-
fourchon sur un ours noir. Eréméï Loukitch mourut
neuf mois après sa femme, trois mois après le départ
de son héritier pour je ne sais quelle ville de garnison.

Pantéléï, à la première nouvelle de la maladie de son
père, parvint à obtenir un congé, et accourut d'un
train d'estafette; malgré toute sa diligence, qu'activait
encore le profond dégoût qu'il avait pris pour la vie
militaire, il retrouva, au lieu de son père, un cadavre.
Mais quelle ne fut pas la consternation de ce fils aimant
et respectueux, quand tout à coup, vingt jours après
les funérailles, il se vit presque réduit à la mendicité,
après s'être estimé de fondation, et jusqu'à l'heure
même de sa découverte, un jeune seigneur opulent? Il
y a bien peu de gens capables de soutenir sans bron-
cher le choc terrible d'une pareille surprise; aussi
Pantéléï, d'enfant et d'adolescent impétueux qu'il avait
été, passa-t-il, en quelques semaines, à l'état d'homme
fougueux et redoutable. Il avait été honnête, généreux,
bon, affectueux, quoique pétulant et fantasque; il devint un orgueilleux, un sauvage ; il renonça à toute re-
lation suivie avec ses voisins, rougissant des riches et
méprisant les pauvres, les insultant tous et bravant

avec une audace inouïe les autorités constituées. « Je
ne suis pas de noblesse, ni même de gentilhommerie,
mais de grandesse, qu'on le sache bien ! » lui arrivait-
il de dire dans ses boutades.

Un jour il ne tint à rien qu'il ne tuât d'un coup de
fusil un préposé de police qui, probablement par trouble
et par distraction, était entré chez lui la casquette sur
la tête. Il va sans dire que les autorités locales, de leur
côté, manquaient bien rarement une occasion de
signaler à ses dépens leur zèle pour l'ordre public.
Cependant on le craignait, et beaucoup, parce qu'il
avait très-mauvaise tête, et qu'à la première parole
qui lui semblait dissonante, il proposait à son homme
un combat à mort au couteau. A la moindre objection,
on voyait son œil s'égarer et sa voix s'éteignait « A
va va va va bva a a, balbutiait-il, je donne ma tê ê ête
à couper si i.....! » et il n'y avait plus moyen de le
ramener.

C'était d'ailleurs un galant homme, qu'on ne voyait
mêlé dans aucun tripotage. Il va sans dire qu'on n'a-
vait garde de le fréquenter, mais il avait au demeurant
une âme sensible et généreuse à sa manière. Il était
hors d'état de voir, sans éclater, qu'on insultât, qu'on
lésât ou qu'on opprimât qui que ce fût en sa présence ;
une tigresse n'est pas plus ardente à protéger ses petits
qu'il ne l'était à défendre ses paysans. « Quoi ! criait-il
en se donnant à lui-même un furieux coup de poing à
la tête, on ose toucher des gens à moi.... eh bien ! que
je ne sois pas Tchertapkhanof si je n'assomme le té-
méraire !.... »

Tikhon Ivanytch Nédopeouskine ne pouvait pas,
comme Tchertapkhanof, s'enorgueillir de son origine ;
son père, issu d'une famille appartenant à la caste
déclassée des odnodvortsis, n'avait acquis la noblesse

héréditaire qu'au prix de quarante années d'un service assidu et irréprochable dans les chancelleries, et c'était tout ce que le vieillard avait acquis, car il était du nombre de ces hommes que la fortune contrecarre et persécute avec un acharnement qui ressemble aux fureurs des haines personnelles. Dans le cours de soixante années entières, du jour de sa naissance à celui de sa mort, le malheureux n'avait pas cessé de lutter contre les besoins, les infirmités et les misères qui sont l'apanage naturel des petites gens. Il s'agitait comme le poisson butant contre la glace, il ne mangeait, ne buvait ni ne dormait son soûl; il s'inclinait devant tous, s'inquiétait, vivait dans les angoisses, prenait le frisson, faisait de tristes adieux à chaque misérable denier dont ses nécessités exigeaient le sacrifice, essuyait bien souvent, pour la faute d'autrui, de terribles bourrasques; et, après quarante ans de supplice de tous les jours, au moment où il rêvait repos et pension de retraite, il mourut dans un logement qui n'était ni cave ni grenier, et qui tenait des deux.

Pour dernier désastre, il mourut là sans être parvenu à assurer à ses enfants le pain quotidien. Les destinées, telles qu'une meute folâtre, s'étaient lancées à sa poursuite comme sur un pauvre lièvre qui, haletant, éperdu, aux abois, va mourir d'épuisement et d'angoisse, entier, il est vrai, mais succombant à la peine. Ç'avait été un bon et honnête vieillard; ce qui ne veut pas dire qu'il ne se soit pas fait graisser la patte dans l'occasion; il prenait de dix sous de cuivre à deux écus d'argent inclusivement. Il avait eu une femme, et de cette femme, maigre et asthmatique, quelques enfants.... Heureusement tout cela était mort, excepté Tikhon et sa sœur, la belle Mitrodora, qui, après les alternatives tristes et ridicules de vingt grosses aventures, avait fini par épouser un vieil agent d'affaires, appréciateur madré de la beauté d'une femme.

M. Nédopeouskine père avait, de son vivant, introduit Tikhon comme employé surnuméraire dans une chancellerie; mais Tikhon, à peine son père décédé, prit de lui-même congé au plus vite. C'est que, pendant son adolescence, les alertes continuelles, la cruelle lutte des siens contre le froid et la faim, le visible dépérissement de sa mère, l'agitation désespérée de son père, les rudes exigences des propriétaires et du boulanger et de l'épicier, toute cette interminable et journalière agonie, avaient jeté dans Tikhon les germes d'une incroyable poltronnerie. A la vue seule d'un supérieur il tremblait de tous ses membres, il tombait en syncope comme un pauvre oiseau pris aux gluaux. Il en réchappa non sans y laisser quelques plumes ; mais quitte de son joug officiel, il s'en tira pour cette fois.

La nature, indifférente, et, si j'ose dire, moqueuse, développe dans certains hommes, nés pour être des souffre-douleurs, des facultés et des penchants en complet désaccord avec leur position sociale et leurs moyens d'existence. C'est ainsi qu'avec toute la sollicitude et tout l'amour qui lui sont propres elle a pris un étrange plaisir à faire du pauvre Tikhon, fils d'un pauvre commis de bureau ou sous-greffier de tribunal, un être sensible, paresseux, mollasse, doux, sympathique, voluptueux, doué d'un goût et d'un flair admirablement fins. Elle s'est amusée à copier elle-même et à terminer délicatement cette figure de sybarite, puis elle a voulu que sa production séjournât à jamais entre le chou fermenté et le poisson pourri des habitacles de la misère. C'est là que cet être, destiné à former un vivant paradoxe, a été déposé à sa naissance, c'est là

qu'il a pris vie, puisque aussi bien il vit après tout.
Triste plaisanterie!

Le sort, qui avait incessamment martyrisé Nédopeouskine père, ne fut guère plus clément pour le fils,
qu'il sembla même avoir réservé pour la bonne bouche.
Il ne tortura pas Tikhon, il fit de lui son amusette; il
ne le réduisit pas une seule fois au désespoir, ne lui fit
pas endurer les honteuses et navrantes angoisses de la
faim, mais il le pelotta par toutes les Russies, en le faisant passer d'une fonction avilissante à une fonction ridicule. Tantôt il fit de Tikhon le majordome d'une *bienfaisante* dame bilieuse et fort difficile à vivre, tantôt le
complaisant commensal d'un riche marchand, à barbe
touffue et à ample cafetan bleu, avare jusqu'à la
crasse; tantôt le chef de la *chancellerie domestique*
d'un gentillâtre aux yeux éraillés et tondu à l'anglaise;
tantôt il le réduisit à vivre demi-valet et demi-bouffon
près d'un collectionneur de chiens dilettante....

Bref, le sort fit longtemps avaler goutte à goutte à ce
pauvre homme le philtre empoisonné d'une existence
éternellement dépendante. Il subit, dans toutes leurs
exigences, les lourdes fantaisies, l'ennui somnolent et
hargneux de l'oisive gentilhommerie. Combien de fois,
la nuit, laissé libre enfin par un essaim de convives
repus, las de vin, las de gros rire et impatients de passer à d'autres exercices, il se retirait seul dans sa
chambrette, et là, tout rouge de honte, les yeux inon-
dés des froides larmes du découragement, il jurait que
le lendemain il s'enfuirait secrètement, qu'il irait chercher fortune à la ville, qu'il prendrait la première petite
place de commis qu'il trouverait, ou mourrait de faim
dans la rue!... Mais le lendemain il s'effrayait de ses
idées de la veille : s'enfuir, aller tomber comme un va-
gabond dans une ville, solliciter une place... et à qui

donc demander de l'emploi? Qui lui donnerait un emploi, à lui?.... « Non, disait-il, personne, personne ne voudra même entendre ma prière ou lire ma supplique; on ne me donnera rien, rien, je serai consigné, insulté à toutes les portes. » Et il s'agitait avec angoisse sur son lit; puis, midi venu, il était appelé, et il se hâtait d'aller égayer et servir le bon seigneur son hôte et son maître.

Tikhon était ainsi dans une position déplorable, et d'autant plus cruelle que les soins de la Providence ne l'avaient pas doté de la moindre parcelle de la présence d'esprit et de la souplesse de nerfs indispensables au métier de farceur en titre d'office. Il ne savait ni danser jusqu'à tomber en convulsions, l'écume à la bouche, sous une fourrure d'ours le poil en dehors, ni multiplier les mots plaisants et les farces sous les claquements d'un fouet de poste qu'on lui faisait résonner aux oreilles. Exposé nu, pour rire, à l'action de vingt degrés de froid, il avait l'absurdité de prendre un gros rhume, et alors.... alors son estomac ne supportait plus le vin mélangé d'encre et de bien autre chose encore, ni un certain hachis de champignons vénéneux arrosé de vinaigre.

Dieu sait ce qu'il en aurait été de l'infortuné si le dernier de ses bienfaiteurs, un rustre qui s'était enrichi dans les fermes, n'avait pas eu l'idée, dans une boutade qui lui prit en dressant son testament, d'inscrire ce legs inattendu : « Je donne à Zézé (lisez Tikhon) Nédopeouskine, en toute propriété, tant pour lui sa vie durant que pour les siens après lui, purgé de toutes charges et hypothèques, mon village de *Bezeélendeéfka* et toutes les pièces de terre, prés, champs et bois qui en dépendent. » Quelques jours après avoir régularisé cet acte, l'honnête testateur, qui relevait à

peine d'une grave maladie, eut un coup d'apoplexie foudroyante à la suite d'une admirable soupe aux ster-
lets. Cris, tumulte, vacarme, préludaient aux désordres ;
mais la justice tomba là comme la grêle, et les scellés furent apposés dans les formes. On fit bonne garde ; quinze
ou vingt jours s'écoulèrent, et les parents du défunt ac-
coururent ; on fit l'ouverture du testament, on lut ; on
manda Nédopeouskine, Nédopeouskine parut.

La plupart des personnes dont se composait l'assemblée savaient quelles fonctions remplissait Tikhon
auprès du défunt. D'assourdissantes exclamations et
les railleuses félicitations des autres légataires l'ac-
cueillirent à chaque pas qu'il fit dans la salle.

« Seigneur terrier, messieurs ! voici, voici le nouveau seigneur terrier ! ma foi ! un bien gentil seigneur !

— Oui, oui, reprit un fameux diseur de bons mots
de la troupe famélique. Eh ! comment donc !... monsieur est ma foi ! bien,... oui, vous savez ce qu'il est?...
justement, justement.... c'est vraiment bien.... un....
un héritier ! »

Et là-dessus, rire olympien.

Nédopeouskine refusait de croire à tant de bonheur.
On lui montra l'article.... Il rougit, cligna de l'œil, ouvrit la bouche en écartant les doigts, et sanglota tout
du haut du gosier. A ces démonstrations, les rires de
l'assemblée se changèrent tout à coup en un gros ru-
gissement compact, dont les vitres tremblèrent et tin-
tèrent comme en un jour d'ouragan. Le village légué à
Tikhon n'était, après tout, qu'une propriété de vingt-
deux âmes chrétiennes : il n'y avait là personne qui
s'en souciât beaucoup. Aussi, l'occasion étant donnée,
pourquoi ne se serait-on pas un peu égayé chez le défunt qui était depuis vingt grands jours en terre sainte?
Seulement un des héritiers, homme bien découplé, nez

grec, physionomie heureuse, un M. Rostislaf Adamytch
Stoppel, de Saint-Pétersbourg, prit la chose moins gaiement : il s'approcha de Nédopeouskine à le toucher de
la hanche, et en le regardant de dessus l'épaule, il lui
dit d'un ton négligé et fort méprisant :

« Dites-moi, mon cher monsieur, vous étiez, autant
que je puis être informé d'une pareille circonstance,
vous étiez près de feu Fédor Fédorytch en qualité,
n'est-ce pas, de bouffon, de domestique favorisé? »

Le monsieur de Pétersbourg s'exprimait en un russe
fâcheusement pur, élégant et correct. Nédopeouskine,
n'ayant plus la tête à rien, n'entendit pas un mot de ce
propos de l'inconnu; les autres héritiers gardèrent tous
le silence; le bel esprit sourit d'un air de complaisance. M. Stoppel se frotta les mains et récidiva sa
question. Nédopeouskine souleva un regard éperdu et
resta bouche béante. Le beau Rostislaf Adamytch sourit du plus narquois, du plus provoquant sourire, et
poursuivit :

« Je vous félicite, monsieur le nouveau seigneur, je
vous félicite, m'entendez-vous? Il est vrai de dire que
peu d'honnêtes gens consentiraient à user de votre
moyen de fortune; mais *de gustibus non est disputan-
dum*, dit l'école; ce qui signifie, monsieur, que *chacun
a son goût*. N'êtes-vous pas de mon avis? »

Quelqu'un du milieu de la foule fit entendre, sans trop
d'inconvenance, une sorte de hennissement contenu,
effet de son enthousiasme pour ce qu'il venait d'entendre, le latin y compris. On se regardait, on souriait,
on était aise. Apparemment, cela surexcita la verve de
M. Rostislaf Stoppel, qui ajouta :

« Çà, aurez-vous l'extrême obligeance de nous dire à
quel genre particulier de mérite vous êtes redevable de
votre petit legs, qui me semble assez rond. Eh! ne rou-

gissez donc pas ; songez, mon cher monsieur, que nous
sommes ici, pour ainsi dire, *en famille*.... Messieurs,
faites donc comprendre à monsieur que nous sommes
en famille ! »

Le légataire à qui M. Stoppel adressait cette dernière
phrase, mêlée de quelques mots français, ne comprit
nullement ces mots-là, et se borna, pour toute réponse,
à de vagues signes de tête, accompagnés d'une légère
toux qui promettait en vain des paroles. Mais un autre
héritier, un jeune homme, dont le front était marqué
de singulières taches safranées, se hâta presque aussitôt
de dire, croyant de bonne foi parler français :

« Voui, voui, voui, vous dites justesse, ann famile,
ann famile, voui, voui !

— Il se peut, reprit le beau Stoppel, que vous sachiez marcher sur vos mains, les jambes en l'air....
Est-ce cela ? »

Nédopeouskine regarda, éperdu, tous les visages....
la malice pétillait dans tous les yeux.

« Ou peut-être vous imitez, à s'y méprendre, le chant
du coq ? »

Un bruyant éclat de rire retentit et fut comprimé
aussitôt par l'attente.

« Ou peut-être, sur ce petit bout de nez que vous
avez....

— Assez ! cria une voix impérieuse et cassante, n'a-
vez-vous pas honte et conscience du mal que vous
faites à ce pauvre homme ? »

L'assemblée échangea des regards autres que ceux
de tout à l'heure. A la porte de la salle se tenait Tchertapkhanof. En sa qualité de parent du défunt, parent à
un degré des plus lointains, mais qu'importe ? il avait
été invité formellement à venir prendre part à cette
réunion de famille. Pendant tout le temps qu'avait

duré la lecture du testament, il s'était tenu, selon son habitude, à une fière distance de tous les assistants.

« Assez ! » répéta-t-il en relevant très-haut sa bouillante tête.

M. Stoppel, se tournant rapidement du côté d'où partait cette voix, et voyant un homme plus que modestement habillé, et en général de bien peu d'apparence, dit tout bas à un de ses voisins (la prudence est toujours et partout une bonne chose) :

« Quel est cet homme, je vous prie ?

— C'est Tchertapkhanof, un pas grand'chose, « fut-il répondu à l'oreille de Stoppel, qui, voyant ses conjectures confirmées, prit une figure singulièrement hautaine.

« Ah çà ! nous avons donc ici un grand maître des cérémonies, un ordonnateur général ? dit-il en prononçant du nez et en fermant à demi les yeux. Avec votre permission, quelle sorte d'oiseau pourriez-vous bien être ? »

Tchertapkhanof partit comme une bombe ; la rage lui ôta un moment la respiration, puis il éclata :

« Dz dz dz dz, siffla-t-il…. et, comme un tonnerre, il vociféra : Qui je suis ? qui je suis ? Je suis Pantéléï Tchertapkhanof, noble, et noble de la plus vieille noblesse, entends-tu ? Mon trisaïeul a été au siége de Kazan, sous le Terrible [1]…. Et toi, toi ? j'espère bien que tu es noble ! hein ! »

Rostislaf Adamytch pâlit (ces choses-là émeuvent toujours), il recula, recula…. C'est que cet orage avait éclaté si vite et en dehors de toute prévision !

« Ah ! je suis un oiseau ! moi, un oiseau…. é é é ! »

Tchertapkhanof bondit en avant ; Stoppel ne bondit

---

1. Le tzar Ivan IV, surnommé le Terrible.

pas moins, mais en arrière. Les assistants se précipitèrent au-devant du gentilhomme furieux.

« Des pistolets, vite, vite, des pistolets! ah!... il y a ici deux fusils.... trois pas de distance, ou une longueur de mouchoir, et l'épée! tout ce qu'il voudra! criait Pantéléï exaspéré. Ou bien, écoute, demande-moi pardon, et à lui, à ce pauvre homme aussi!

— Demandez, demandez-lui pardon, murmuraient autour de Stoppel les héritiers avec une grande inquiétude : c'est un fou, un fou furieux; il est très-capable de vous égorger, voyez-vous.

— Pardon, eh bien! pardon, monsieur; je ne.... savais pas.... marmotta en bégayant Stoppel à Tchertapkhanof qui, au rebours, dit tout d'une haleine et sans bégayer le moins du monde :

— Et à lui, à lui! demande-lui aussi pardon!

— Je vous demande pardon aussi à vous, » ajouta Stoppel s'adressant à Nédopeouskine, qui était si effrayé qu'il aurait volontiers quitté et l'assemblée, et le district, et l'héritage.

Tchertapkhanof se calma comme par enchantement; il alla droit à Tikhon Ivanytch, le prit par la main, regarda audacieusement à l'entour, et ne rencontrant pas un seul regard sur ces figures consternées, sortit triomphalement, au milieu d'un silence profond, de cette salle tout à l'heure si orageuse, et fit marcher à ses côtés le nouveau seigneur et maître de Bezcélendéef, prés, bois, champs et bâtiments relevant de ce domaine, purgés de toute dette et charge ou hypothèque.

Depuis ce jour de grandes émotions, ces deux hommes ne se quittèrent plus (Bezcélendéef était à deux petites heures de Bezsonovo). La reconnaissance de Nédopeouskine ne tarda guère à tourner en une espèce d'ardente dévotion. Faible, mou, vulgaire, sujet à

toutes les défaillances du cœur et de l'esprit, Tikhon
se prosternait contre terre devant l'intrépide et généreuse nature de Pantéléï? « Est-ce peu de chose,
pensait-il quelquefois en lui-même ; est-ce peu de
chose de le voir parler au gouverneur, au gouverneur même, en personne, face à face, sans baisser les
yeux ?... Ah ! Seigneur Dieu ! face à face, songez
donc... avec le gouverneur, face à face ! »

L'admiration de Tikhon pour Pantéléï allait jusqu'à
la monomanie : il le savait franc du collier et brave à
tous crins, désintéressé toujours; il faisait, en outre,
de son héros un esprit extraordinaire, un philosophe,
un érudit, un génie, un soleil d'intelligence. A vrai
dire, quelque misérable qu'eût été l'éducation de
Tchertapkhanof, toujours est-il que, comparée à celle
de Tikhon, elle pouvait paraître fort brillante à cet
homme agreste. Tchertapkhanof lisait fort peu le russe
et en français il n'était pas fort... si peu fort qu'un
jour, à la question que lui adressa un précepteur
suisse, en ces termes, si familiers à l'oreille de chacun,
d'un bout du monde à l'autre bout : « Parlez-vous
français monsieur ? » il répondit de l'air d'un homme
qui marche pieds nus sur des têtes de clous : « Jé
né comprenn... pas... cé... dé vous parlé... » Cependant il savait qu'il y avait eu dans le monde un Voltaire, qui était un écrivain bien spirituel, et que Fré-
déric le Grand, roi de Prusse, qui n'avait pas moins
d'esprit à sa manière, s'était en outre distingué dans
un grand fouillis de guerres, toutes terminées à son
avantage. En fait de grands esprits russes , il esti-
mait Derjâvine, et il aimait Marlinski , au point d'a-
voir donné à son meilleur chien le nom d'Ammalat-
Bek [1].

1. Personnage d'un poème de Marlinski qui est le pseu-

Quelques jours après ma première rencontre avec les deux amis, je crus devoir aller à Bezsonovo faire visite à Pantéléï Eréméitch. On voyait de loin sa modeste habitation, crânement placée et isolée sur une hauteur à un demi-kilomètre du village, comme le faucon suspend son aire au-dessus des bas prés, son domaine. Tout l'enclos particulier de Tchertapkhanof ne comptait que quatre toits : la maison, l'écurie, la remise et le bain d'étuves. Ces quatre bâtiments se détachaient vigoureusement à la fois sur le ciel et sur l'aride monticule qui lui servait de base, et l'on ne distinguait ni fossé, ni palissade, ni haie vive, ni portes, ni barrières qui indiquassent au moins une limite quelconque à cette habitation seigneuriale.

Je trouvai, en arrivant, près d'un hangar attenant à la remise, une demi-douzaine de chiens maigres et très-ébouriffés occupés à ronger le cadavre d'un cheval, d'Orbassan, je suppose. L'un d'eux souleva un moment son museau sanguinolent, et eut l'air de vouloir aboyer, mais toute réflexion faite, il se remit à la curée. Près de ce groupe très-prosaïque se tenait un garçon de dix-sept ans, à figure jaunâtre et boursouflée, à peu près habillé à la cosaque et nu-pieds ; il regardait d'un air dictatorial les chiens confiés à sa garde, et de temps en temps il réprimait, à l'aide d'un grand fouet, la voracité hargneuse des plus acharnés de ses pupilles.

« Ton maître est à la maison ? lui demandai-je.

— Peut-être oui, peut-être non, répondit le gars ; frappez, on viendra. »

Je sautai à bas de ma drojka, et je me trouvai sous l'abri du perron couvert. La maison de M. Tcher-

_____

donyme du fameux Bestoujef, mort au Caucase après avoir passé bien des années en Sibérie par suite du libéralisme de ses opinions.

tapkhanof se présentait aux regards sous un aspect
bien triste ; les rondins tout nus dont se composaient
exclusivement les murs avaient noirci, et s'étaient
bombés en forme de panses ; le haut de la cheminée, cal-
ciné, éraillé, affaissé, menaçait ruine ; de petites fenêtres
aux vitres irisées par le temps regardaient aigrement la
plaine, de dessous le rebord tourmenté, moisi, moussu et
sourcilleux de la toiture. J'ai vu quelques vieilles femmes
avoir des yeux ternes entourés de végétation à peu près
comme ces fenêtres-là. Je frappai trop discrètement, à
ce qu'il paraît, personne ne me répondit du dedans.

« A, b, c, d... allons donc, imbécile, disait une voix
forte. — A... b... c... — Non, pas comme ça, voyons,
tout beau ! *a* bri, *b* étail, *v* érue, *p* éril.... Eh bien donc,
pille, pille, pille !... lourdaud ! »

Je frappai de nouveau, un peu plus fort. La voix
d'homme répondit : « Qui est là ? entrez donc ! » J'entrai dans une toute petite antichambre vide, et, à travers une porte entre-bâillée, j'aperçus Tchertapkhanof.
Il était en khalatt boukhare et en large pantalon, il
avait sur la tête une ermollka rouge ou calotte à la
grecque ; assis sur une chaise d'une époque antédilu-
vienne, les jambes très-ouvertes, il tapotait sur le museau un jeune caniche, tandis que de l'autre main il
posait gravement un petit morceau de pain sur le bout
du nez du patient animal. « Ah ! fit-il avec dignité et
pourtant sans se presser de changer de posture... enchanté de vous voir chez moi ; faites-moi l'honneur de
vous asseoir près de moi. Vous le voyez, j'étais occupé
de l'éducation de Vennzor. »

Puis élevant la voix, il dit en se tournant vers une
des cloisons : « Tikhon Ivanytch ! monsieur Nédopeouskine ! veuillez passer ici ; il nous est venu une
aimable visite ; un chasseur... devinez.

— Je suis à vous tout à l'heure, » répondit sans se
montrer Tikhon Ivanytch... « Hé! Marie, donne-moi
ma cravate... »

Tchertapkhanof, que Vennzor regardait, ne put
s'empêcher de le regarder aussi et de lui remettre le
morceau de pain sur le bout du nez. J'en profitai pour
jeter un coup d'œil autour de moi. Dans la chambre
où je me trouvais, et qui était évidemment la princi-
pale, excepté une table à rallonges très-bosselée,
montée sur treize pieds inégaux, et quatre chaises de
paille tressée en assez triste état, il n'y avait aucune
espèce de mobilier. Les parois, blanchies à la chaux et
ornées de taches bleues à cinq pointes, s'écaillaient en
vingt endroits et surtout dans les angles, place con-
sacrée aux fusils et aux longs tuyaux de pipe. Entre
les deux fenêtres pendait un miroir si splendidement
étoilé que le torchon ni le plumeau n'osaient plus s'en
approcher. J'ignore sur quoi était fondé le respect té-
moigné aux noirs et filandreux réseaux qui descendaient du plafond, et si mon hôte poursuivait là quelque
point de l'histoire naturelle des araignées, mais il en
devait avoir tout un peuple à observer, presque à
portée de sa main. « A bri... b étail... v érue... p éril !
Eh bien !... rille, rille, rille ! ! ! » prononçait d'abord
lentement Tchertapkhanof.... « Rille... pille ! pille ! !
cria-t-il avec colère. Pille donc.... Oh ! la stupide
bête ! »

Le pauvre animal tremblait de tout son corps, sans
se décider à desserrer les dents ; il se tenait là assis,
la queue maladivement rangée sous lui, et grimaçant
du naseau, clignant de l'œil, il avait tout l'air de se
dire : « Hélas! je ne demanderais pas mieux que de
savoir votre volonté, haut et puissant seigneur mon
maître ! »

« Eh bien, avale, allons, pille, pille, triple bête, pille
donc ! ! !

— Vous l'avez un peu effrayé, dis-je à mon hôte.

— Eh bien, ma foi, qu'il aille se promener ! »

Et le maître détacha à l'élève un coup de pied dans
les côtes. Le morceau de pain tomba ; la pauvre bête se
remit sur ses pattes, et, profondément humiliée, gagna
l'antichambre en se faisant aussi petite que possible.
Quelle honte en effet ! un étranger paraît dans la maison
pour la première fois, il voit Vennzor, et voilà comment on le traite !... que va penser l'étranger ?

La porte de la chambre contiguë fut ouverte avec
discrétion, et M. Nédopeouskine parut en s'inclinant et
en souriant de l'air le plus agréable. Je me levai et le
saluai.

« Ne vous dérangez pas, je vous en supplie, » me
dit-il.

Nous nous assîmes à deux pas l'un de l'autre. Tcher-
tapkanof passa dans une des chambres attenantes.

« Y a-t-il longtemps que vous êtes dans notre Pales-
tine ? dit Nédopeouskine d'une voix moelleuse, après
avoir gentiment toussé dans le creux de sa main en
tenant le bout de ses doigts contre sa lèvre supérieure.

— Il y a un peu plus d'un mois.

— Ah, bravo ! » fit-il. Et nous gardâmes le silence....
Puis il reprit : « Il fait bien beau aujourd'hui.... » Là-
dessus il me regarda comme s'il me savait un gré infini
de la beauté de cette journée ; il ajouta : « Les céréales
prospèrent.... c'est une bénédiction. » Nouveau sourire, nouveau regard de profonde gratitude, nouveau
silence.... Il ajouta : « Pantéléï Eréméitch a eu hier
l'extrême gentillesse de traquer deux lièvres.... dame,
ce n'a pas été sans peine, c'est vrai.... mais quels lièvres, quels lièvres !... superbes ! je vous assure.

— Est-ce que M. Tchertapkhanof a de bons chiens ?

— Des chiens admirables ! répondit avec ardeur
M. Nédopeouskine, enchanté de saisir une ombre de
sujet de conversation ; on peut bien dire les meilleurs
chiens du gouvernement. (Mon interlocuteur avança sa
chaise.) Ah ! c'est que.... Pantéléï Éréméitch est un
homme.... oh ! un homme, voyez-vous.... quand il
veut quelque chose, oh, oh ! il pense seulement.... ou
regarde, c'est fait.... chez lui, ça bout.... ça brûle....
trrrrr ! ! Voilà comme il est, Pantéléï Éréméitch. Ah ! je
vous dirai.... »

Tchertapkhanof rentra dans la chambre. Nédopeouskine sourit, se tut, me montra son ami d'un regard tout
humide de jubilation, qui disait mieux que des paroles :
« Voyez-le, voyez-le ; est-ce que cet homme-là peut
avoir son second sur la terre ! »

Nous nous mîmes tous trois à parler chasse. « Vou-
_ez-vous que je vous montre ma laisse ? « me dit
Tchertapkhanof, et, sans attendre ma réponse, il appela Karpe. Karpe, grand jeune gaillard en cafetan de
nankin vert à collet bleu de ciel et boutons armoriés,
parut sur le seuil.

« Porte à Foma de ma part l'ordre de m'amener ici
Ammalatt et Saïga.... et en forme.... tu comprends ? »

Karpe sourit de toute sa personne et fit un signe
d'intelligence ; sa bouche rendit je ne sais quel son in-
déterminé, et il sortit. Deux minutes après parut Foma,
peigné, étiré, botté, et tenant deux chiens en laisse.
J'admirai, par convenance, les deux sottes bêtes (les
levrons, et en général tous les chiens courants, sont
incroyablement sots). Tchertapkhanof fit à Ammalatt
la gracieuseté de lui cracher dans les narines, ce qui,
au reste, ne parut pas procurer la moindre sensation
voluptueuse à l'animal ; Nédopeouskine lui tapota les

flancs et l'arrière-train. Les chiens renvoyés, nous
nous remîmes à babiller. Tchertapkhanof rentra si
bien peu à peu tous ses piquants, il mit tant de soin et
de courtoisie à ne plus faire le coq, à ne plus s'ébrouer
comme un palefroi de cinq cents pistoles, que je le
trouvai bientôt tout transfiguré en mon honneur et
gloire. Il regarda et moi et Nédopeouskine tour à tour....

« Çà! s'écria-t-il tout à coup.... quelle idée a-t-elle
là dedans de se tenir seule, quand nous sommes ici en
aimable et bonne compagnie? Hé, Marie, Marie! viens
donc ici! »

Quelqu'un fit un mouvement quelconque dans la
chambre voisine, mais il n'y eut point de réponse.

« Ma a a rie! dit avec douceur M. Tchertapkhanof,
viens, viens, grande enfant; que crains-tu? »

La porte s'ouvrit doucement, et je vis une femme de
vingt ans, grande, bien faite, visage basané de bohémienne, œil strié de jaune, chevelure noire d'ébène,
et denture d'un blanc éclatant qui tranchait avec une
splendeur merveilleuse sur des lèvres de corail. Elle
était en robe blanche; un châle d'un bleu d'azur, as-
sujetti à la gorge par une épingle d'or, couvrait jusqu'au-
dessous du coude un bras fin que terminait une main
effilée, du genre si bien caractérisé par le nom d'aris-
tocratique. Elle fit deux pas avec la gaucherie propre
à la timidité d'une sauvage, puis elle s'arrêta et garda
une complète immobilité. J'aurais bien voulu être peintre en ce moment et pouvoir faire un croquis de son
attitude, car elle *se tenait* et ne posait pas.

« Permettez que je vous recommande Marie, dit
mon hôte; libre à vous de voir en elle ma femme, s'il
vous plaît. »

Marie se troubla un peu, rougit et sourit en même
temps. Je m'inclinai, et cela de grand cœur; elle me

revenait beaucoup. Son petit nez aquilin avec ses narines diaphanes bien ouvertes, le trait hardi de ses hauts sourcils, ses joues pâles, un peu pleines du bas, et toute l'expression de sa physionomie trahissaient passion, bizarrerie, indépendance d'idées, insouciance, résolution, spontanéité. De dessous un chignon dru et vivace descendaient en étages sur son large cou deux rangées de cheveux follets imprégnées de phosphorescence, signe de sang et de force.

Elle se retira contre une fenêtre et s'assit. Je ne voulus pas risquer d'augmenter son trouble, et j'adressai quelques paroles vagues à Tchertapkhanof. Marie tourna à demi la tête du côté de notre groupe, et se mit à me regarder, mais en dessous, à la dérobée, sauvagement, par éclairs. Ce regard, dans son jet, avait bien quelque chose de la rapide vibration du dard de la couleuvre.... un magique regard !

Nédopeouskine alla s'asseoir auprès d'elle, et lui chuchota quelques mots à l'oreille. Elle sourit une seconde fois. Cette fois-ci, en souriant, elle fronça légèrement les parois du nez et releva la lèvre supérieure ; ce qui communiqua à ses traits une expression, je ne dirai pas féline, je ne dirai pas non plus léonine, je dirai bien moins encore séraphique, mais fort belle, fort belle à observer pour un simple spectateur.

« A moi cuirasse et bouclier ! va, tu ne m'entameras point, » pensai-je à part moi, en regardant à la dérobée sa taille souple, sa poitrine cintrée, son geste court, anguleux et rapide.

« Eh bien, Marie, dit Tchertapkhanof, n'as-tu pas à offrir quelque rafraîchissement à notre hôte?

— Nous avons des conserves au sucre, répondit-elle.

— Eh bien, apporte-nous des conserves, et n'oublie

pas l'eau-de-vie. Ah! écoute, Marie.... tu apporteras
aussi ta guitare.

— Pourquoi ma guitare? je ne chanterai point.

— Pourquoi cela?

— Je n'en ai pas envie.

— Folie! l'envie t'en viendra, dès que je.....

— Dès que quoi? dit vivement Marie en fronçant les
sourcils.

— Dès qu'on t'en priera, ajouta Tchertapkhanof avec
une certaine émotion de dépit.

— Ah! » fit-elle.

Elle sortit, rentra presque aussitôt, mit sur la table
des confitures, des verres, des soucoupes et le flacon
d'eau-de-vie, et aussitôt elle alla se rasseoir à la fenêtre. Sur son front se voyait encore la trace du fronce-
ment de tout à l'heure; ses sourcils se haussaient et se
baissaient comme il arrive aux deux petites moustaches
de la guêpe.... Quelqu'un de mes lecteurs aura peut-
être observé combien il y a de férocité native dans
l'expression du visage des guêpes. « Allons, pensai-je,
il y aura une bourrasque. »

Une sorte de malaise nous rendait silencieux. La conversation était devenue impossible. Nédopeouskine
était tout abattu, son sourire était contraint et grimaçant; Tchertapkhanof soufflait, rougissait; les yeux lui
sortaient de la tête; moi, je me disposais à partir....
Marie tout à coup se leva, ouvrit des deux mains la fenêtre, mit la tête en dehors, et cria impétueusement à
une femme qui passait : « Axinia! » La bonne femme
ressauta, glissa en voulant se retourner, et tomba lourdement tout d'une pièce. Marie se rejeta en arrière, et
rit aux grands éclats de l'effet de sa voix; Tchertapkhanof se sentit égayé de l'incident, et rit lui-même en

voyant l'enchantement fou dont était saisi l'impressionnable Nédopeouskine.

Nous avions tous frémi; l'orage fut dissipé par un folâtre éclair.... l'air était purifié.

Une demi-heure s'était à peine écoulée que déjà on n'aurait pu nous reconnaître : nous causions en jouant comme de véritables écoliers. Marie nous surpassait tous en franche gaieté. Tchertapkhanof la dévorait des yeux. J'observai qu'elle avait pâli; ses narines s'étaient élargies, son regard jetait des feux et des ombres en même temps. La sauvage avait surgi dans la femme. Nédopeouskine canetait autour d'elle; Vennzor même, sortant de dessous le banc de l'antichambre, vint sur le seuil nous regarder, se mettre en cadence et aboyer d'émotion.

Tout à coup, cédant comme à une inspiration subite, Marie se jeta brusquement dans la chambre voisine et rentra aussitôt sa guitare à la main : elle se débarrassa de son châle, s'assit d'un air résolu, redressa la tête, et entonna avec passion un chant bohémien. Sa voix résonnait, vibrait comme un timbre de pur cristal frappé d'un léger marteau d'acier pur; elle éclatait tout à coup, et s'évanouissait dans l'espace... en laissant dans le cœur le plus voluptueux saisissement, *Aï jghi, govori; aï jghi*[1] !...

Tchertapkhanof se mit en danse; Nédopeouskine piétinait, piaffait comme s'il eût foulé la vendange. Marie, électrisée, pétillait de toute sa personne comme une botte de sarments secs jetés sur un brasier ardent : ses doigts effilés couraient, fuyaient, volaient sur la guitare, sa gorge se soulevait lentement sous le double

1. *Allons, parle, va....* Exclamations qui servent de ritournelles ou de reprises aux chants des Bohémiens, et de provocation à la danse.

rang de son collier d'ambre. Tantôt, à l'improviste, elle
faisait une pause, puis elle semblait céder à l'épuisement, et ne plus pincer la corde que mécaniquement
et malgré elle : alors Tchertapkhanof s'arrêtait; seulement il haussait une épaule, puis l'autre, et piétinait
sur place; Nédopeouskine cependant branlait la tête
comme un magot de porcelaine. Tantôt elle partait de
nouveau, de toute la fougue de sa voix, redressait sa
taille, et donnait à son sein une merveilleuse saillie; et
Tchertapkhanof descendait, descendait jusqu'à terre
comme attiré de dessous dans une chausse-trape, puis
s'élançait d'un bond jusqu'au plafond, et ensuite tournait comme un fuseau, et s'écriait : « Jivo [1]!...

— Jivo, jivo, jivo, jivo, jivo! » répéta Nédopeouskine
avec toute la rapidité de l'évolution que décrivait son
ami, dont la fougue déteignait jusque sur son talent de
danseur steppien.

Ce ne fut qu'à une heure fort avancée de la nuit que
je partis de Bezsonovo.

Je regrette, et vous aussi peut-être, cher lecteur, de
quitter ainsi *Marie la Bohémienne*. Pour motif de con-
solation, je déclare qu'on la retrouvera, si jamais j'ai la
fantaisie de faire comme tout le monde, en ce temps-
ci, c'est-à-dire d'écrire un roman. Mais, auparavant,
j'aurai soin de m'assurer si réellement on écrit encore,
et si on lit des romans dans le monde.

1. *Jivo,* cri de joie folle et de surexcitation : *vite, vite, vite.*

X

La forêt et la steppe.

ÉPILOGUE

Il est bien possible que le lecteur soit fatigué de mon journal de chasses. Occupé de cette idée, je me hâte de le tranquilliser, en lui promettant de m'en tenir sagement là de la publication de ces feuilles légères. Mais qu'il me soit permis seulement de lui laisser pour adieu quelques mots sur la chasse.

La chasse au fusil et au chien d'arrêt est un exercice bon par lui-même, *für sich*, comme on disait autrefois; mais à supposer même que le ciel ne vous ait pas créé chasseur, vous n'en êtes pas moins ami de la nature; d'où je tire la conclusion que vous nous portez envie, à nous autres chasseurs. Mais entendons-nous.

Connaissez-vous le bonheur de sortir au printemps avec l'aurore, si ce n'est à pied, eh bien à cheval, ou encore en voiture?...

I

Vous voici déjà sur votre perron. Sur un ciel gris sombre, çà et là cillent les étoiles; un moite courant d'air passe onduleux, et pour ainsi dire en légère houle; on entend les vagues et discrets murmures de la nuit; les arbres silencieux paraissent enveloppés et chargés de ténèbres. On dispose le tapis pelucheux sur la télègue; on met à ses pieds la boîte à thé et le samovar. Les deux chevaux de volée se courbent, secouent la tête, agitent la queue et la crinière, piétinent avec élégance; une couple d'oies blanches, à peine éveillées, traversent silencieusement la route. Dans le jardin, au pied même de la palissade qui le sépare de la cour, dort bien paisiblement le garde de nuit; il n'est pas un son qui, dans l'air refroidi, ne reste comme suspendu et prolongé.

Vous prenez place; les chevaux sont partis avec un ensemble parfait, vous roulez, roulez à grand bruit, vous avez dépassé l'église, vous descendez la montée, vous prenez à droite.... Vous voici sur la digue; à peine s'élèvent quelques vapeurs blanchâtres de la surface de l'étang. Vous éprouvez un petit saisissement de froid, vous remontez sur votre figure le collet de votre manteau; vous passez à un état de légère somnolence. Les chevaux piaffent bruyamment dans les flaches; le cocher siffle. Mais voilà que vous avez franchi quatre kilomètres.... L'extrémité de l'horizon rougit; les corneilles s'éveillent sur les bouleaux et vont lourdement, voletant d'une branche sur l'autre; les moineaux babillent autour des meules fortement ombrées. L'air s'éclaircit, la route est plus distincte, le ciel s'imprègne de clarté, les nuées blanchissent, les champs verdoient. Dans les cabanes, les loutchines brûlent d'une lueur rougeâtre; dans les cours charretières se font entendre des voix somnolentes.

Cependant l'aurore s'avance; déjà des zones dorées s'étendent comme pour indiquer les rives de l'orient; dans tous les ravins s'enroulent des vapeurs; les alouettes chantent à plein gosier; le vent qui suit l'aube, accompagne l'aurore et précède le jour, a soufflé, et le disque enflammé du soleil s'élève sensiblement. La lumière dore tous les sommets, puis les versants, puis pénètre dans les vallées : c'est un déluge de clartés ; le cœur bondit en vous comme l'oiseau dans la feuillée : vous sentez fraîcheur, joie, bien-être !... Tout est devenu visible à l'entour ; le village au delà du bois ; là-bas, bien plus loin, un autre que domine une église blanche ; là-haut une boulaie sur les monts, et à côté de vous un marais vers lequel vous vous dirigez.

En avant ! chevaux, en avant ! au grand galop, en avant ! Il reste à franchir trois kilomètres à peine.

Le soleil s'élève rapidement ; le ciel est pur, la matinée sera magnifique. Le troupeau d'un village, dans son long et lent défilé, vous a fait perdre quelques minutes. Vous gravissiez une montée, vous voici tout au haut.... Quelle vue ! la rivière vous découvre dix verstes de ses gracieux méandres et bleuit à travers le brouillard ; au delà s'étendent de vertes prairies où la rosée a versé tout son écrin ; au delà des prés est un rideau de monticules à pentes douces ; au loin, une volée de vanneaux babillards tournoient en l'air au-dessus du marécage. A travers le fluide éclat répandu dans le ciel, le lointain ressort nettement, ce n'est pas comme en été. Que la poitrine respire librement ! que les membres ont de souplesse ! que l'homme sent en lui se déployer de force, lorsqu'il est ainsi enveloppé de la fraîche haleine du printemps !...

II

Et une matinée d'été, en juillet ! Il n'y a que les amateurs de chasse qui sachent apprécier le plaisir d'errer à l'aurore dans les taillis. La trace de vos pieds laisse une empreinte verte sur l'herbe blanche de rosée. Vous écartez l'humide feuillée, vous êtes à l'instant saisi par la chaude senteur qui s'y est concentrée immobile dans le cours de la nuit ; l'air est tout imprégné de la fraîche amertume de l'absinthe, des douces exhalaisons du blé noir et du trèfle. Au loin, semblable à de hauts remparts, s'élève une chaîne qui brille de teintes rosées au soleil ; il fait encore frais, et déjà vous sentez l'approche de la chaleur ; la tête est presque saisie de vertige par suite de l'exubérance des senteurs.

Le taillis est interminable. A travers les éclaircies, çà et là au loin, on voit, il est vrai, comme un lac de seigles jaunissants, comme un canal de sarrasin rougeâtre. Un chariot roule et se fait entendre ; c'est un paysan qui vient, se hâtant lentement, mettre son cheval en station à l'ombre.... Vous avez échangé un salut et vous vous êtes croisés ; vous entendez à vingt pas de vous le son sifflant de la faux. Le soleil monte, il est déjà haut. Le foin sèche sous la fourche des faneuses. Il fait chaud, trop chaud. Une heure se passe, une autre heure... Le ciel se rembrunit à ses extrémités ; l'air immobile concentre des ardeurs embrasantes.

« Frère, où peut-on se désaltérer ? demandez-vous à un faucheur.

— Dans le ravin, là-bas à gauche, vous trouverez une source, » répond le villageois.

Vous gagnez les premiers massifs d'une fraîche coudraie, et à travers des herbes longues et enlaçantes vous descendez jusqu'au fond du ravin. En effet, sous un escarpement pittoresque est à demi cachée une source au-dessus de laquelle quelques jeunes chênes contrefaits, mais très-verts, penchent avidement l'extrémité de leurs branches inférieures. De grosses bulles argentines s'élèvent du fond de la source à la surface de la fontaine, s'y livrent un combat où toutes périssent dans une lutte qui n'a point de cesse, sans que ce trouble

empêche d'apercevoir un fond tapissé d'une mousse
veloutée, que n'atteignent pas les rigueurs de l'hiver.
Vous vous jetez contre terre; vous vous êtes désaltéré,
mais un sentiment de douce langueur s'empare de vos
sens. Vous êtes plongé dans l'ombre, vous respirez
une fraîcheur aromatique; vous êtes bien sous cet
abri, tout près duquel vous voyez les arbustes griller et
jaunir.

Mais qu'est-ce? que se passe-t-il? Le vent accourt et
bondit soudain, l'air a frémi : ne se prépare-t-il pas un
orage? Vous sortez du ravin... Quelles sont donc ces
zones qui se sont formées à l'horizon? Est-ce la chaleur qui s'épaissit? Est-ce un nuage qui s'avance? Une
grande lueur phosphorescente m'a répondu : c'est
un ouragan qui se forme. Le soleil brille encore de
toute sa clarté; on peut continuer à chasser.

Cependant le nuage s'agrandit toujours..... il est
multiple, c'est une armée, une horde qui a des ailes,
une avant-garde; la partie la plus avancée se suspend
en voûte. Gazons, buissons, plaines, monticules, tout
s'est couvert en un moment d'un voile d'obscurité. Vite,
vite, il me semble apercevoir un hangar à foin... leste,
gagnons cet abri.... Ouf! m'y voici.... Quelle averse
aussitôt ! c'est le ciel qui se fond en eau; et quels
éclairs vifs et précipités? En quelques parties du chaume
l'eau s'est fait jour, tombant sur le foin parfumé. L'o-
rage est dissipé, vous sortez de votre agreste asile d'un
moment....Grand Dieu! comme tout brille joyeusement
autour de vous! que l'air est frais et onctueux! comme
son haleine respire en les confondant les salubres
senteurs du genièvre, du champignon, de l'aubépine
et du fraisier !

Le soir approche. Le couchant figure un incendie,
l'incendie de tout un quart du firmament. Voilà le

soleil posé sur l'horizon. L'air dont vous êtes environné est d'une transparance cristalline ; dans le lointain rampe une moelleuse vapeur d'un ton chaud ; avec la rosée tombe un reflet vermeil sur ces plaines qui tout récemment étaient inondées d'or liquide ; des arbres, des bocages, de hautes meules de foin s'élancent des ombres prolongées... Le soleil va rentrer ses derniers rayons ; l'étoile du soir s'est allumée, elle scintille vivement dans l'océan igné du couchant... Le couchant pâlit ; au-dessus tout est bleu ; les ombres des objets saillants s'effacent, l'air se voile de ténèbres naissantes. Il est temps de se remettre en route pour regagner la maison, ou pour atteindre soit un village, soit une chaumière isolée où vous puissiez passer la nuit. Le fusil sur l'épaule, vous marchez d'un bon pas, fussiez-vous fatigué... La nuit s'avance si rapidement que déjà, à vingt pas devant vous, vous ne distinguez plus rien avec certitude ; votre propre chien, à cette distance, vous fait l'effet d'un cheval trottinant quarante pas plus loin.

Au-dessus d'un taillis dessiné en noir, une petite partie du ciel blanchit en s'éclaircissant peu à peu... Que serait-ce ? de la fumée, un commencement d'incendie ? Non, c'est la lune qui va s'élever sur l'horizon, Et là-bas, à droite, déjà un village est signalé par quelques faibles lumières..... Vous voyez enfin devant vous votre chaumière. A travers la vitre, vous apercevez la table couverte d'une nappe blanche ; sur cette table brille une chandelle allumée, et le souper...

III

Vous faites atteler la *begovaïa drochka* [1], et vous allez au bois chasser la gélinotte.

1. Bancelle sur quatre roues déjà décrite plusieurs fois.

Il est agréable de rouler dans un sentier étroit, entre deux murailles de hauts seigles. Les épis vous battent sans violence les aisselles et le visage, les bluets s'accrochent à vos pieds, les cailles font entendre à chaque instant leur étrange cri parlé, et votre cheval chemine au petit trot. Voici le bois ; le bois, c'est l'ombre et le calme. Les hauts trembles grelottent à leurs cimes, tandis que les longues branches pendantes des bouleaux bougent à peine ; le chêne vigoureux se dresse fier et sévère à côté de l'élégant tilleul. Vous roulez dans les circuits d'un sentier gazonneux, tout tigré d'ombre et de lumière. De grosses mouches jaunes pendent immobiles dans l'air doré, et tout à coup disparaissent d'un coup d'aile ; les moucherons tourbillonnent avec ordre et en colonne, lumineux dans l'ombre, bruns au soleil ; les oiseaux gazouillent en paix.

Prêtez l'oreille : la voix métallique de la fauvette interprète mélodieusement la jovialité insouciante et babillarde qui est son naturel, et sa légèreté s'accorde bien avec le parfum du muguet. Loin, très-loin dans la forêt, là où le fourré est épais et sourd, un calme indéfinissable descend dans l'âme, et tout ce qui vous environne est doux et paisible. Le vent pourtant s'est élevé, et les cimes se sont toutes penchées les unes sur les autres comme les vagues sur l'abîme des mers ; sous la couche de feuilles mortes de l'automne dernier, saillissent çà et là des herbes d'autant plus hautes qu'il leur a été plus difficile de se faire jour : à part sont les groupes de champignons, qui ont l'air de délibérer en famille sous l'abri de leurs grands chapeaux. Un lièvre part et s'élance, et mon chien court après lui.... mais pendant qu'il aboie et tâche de l'atteindre, je reste à mes réflexions, et l'animal poursuivi en profite pour s'échapper.

Et que cette même forêt est belle encore, à la fin de l'automne, lors du passage des bécassses! La bécassine ne s'arrête jamais dans l'épaisseur du fourré, c'est à la lisière du bois qu'il faut l'aller chercher. Il n'y a pas de vent, mais il n'y a pas non plus de soleil, de clarté, d'ombre, de mouvement ni de bruit; dans l'atmosphère moelleuse est répandu le parfum particulier de l'automne, qui rappelle la senteur du vin; une vapeur déliée s'élève au-dessus des champs qu'on aperçoit dans le lointain. A travers le grillage fantastique des branches dépouillées apparaît le blanc mat d'un ciel immobile; çà et là sur les tilleuls pendent sans consistance les dernières feuilles dorées par les gelées blanches du matin. Le sol humecté est devenu élastique sous le pied; les hautes herbes desséchées ne font pas un mouvement, et de longs fils d'une finesse extrême couvrent les pâles gazons d'un filet brillant.

La poitrine respire tranquillement, mais l'âme n'est pas sans trouble. Vous longez la lisière du bois en paraissant regarder attentivement votre chien, mais vos images favorites, les personnes aimées, les unes déjà mortes, les autres encore vivantes, vous reviennent en mémoire; des impressions depuis longtemps endormies se réveillent à l'improviste, votre imagination voltige ou se berce comme l'oiseau, et mille objets en un quart d'heure ont surgi devant vous. Votre cœur tantôt bat plein d'émoi et s'élance avec passion dans l'avenir rêvé, tantôt recule et se laisse tomber dans l'abîme de souvenirs plus ou moins riants, plus ou moins importuns. Et cette rêverie, cet état mélancolique de l'âme a de la douceur, même quand il vient s'y mêler de l'amertume.

IV

Et un jour d'automne clair, un peu froid, ouvert par une piquante gelée blanche, quand le bouleau, arbre vraiment féerique, se dessine élégamment avec ses teintes d'or sur un ciel d'un bleu tendre, quand le soleil est trop bas, trop oblique désormais pour réchauffer, et brille cependant plus vivement qu'en été, qu'un petit bois de tremble resplendit d'outre en outre et semble se réjouir de se trouver tout nu, que la gelée blanchit encore au fond des vallées et qu'un vent frais agite doucement et chasse devant lui les feuilles enroulées tombées des arbres, quand sur la rivière ondulent gaiement des vagues bleues, portant à la surface les oies et les canards dispersés, que, dans le lointain, le moulin bat à coups mesurés entre les marceaux aux feuilles rondes, et qu'au-dessus, à peine distincts sur le fond de l'air imprégné de lumière, tourbillonnent rapidement les pigeons de toutes couleurs, dites, n'est-ce pas aussi une belle journée ?

Ils ont bien aussi leurs beautés les jours d'été brumeux, quoique les chasseurs les goûtent fort peu. En de pareils jours, nul moyen de chasser ; l'oiseau part de dessous vos pieds et disparaît à l'instant dans les blanches ténèbres du brouillard immobile. Mais comme **tout est** paisible et ineffablement calme à l'entour ! Tout est réveillé dans le ciel et tout se tait. Vous passez près d'un arbre, il n'a pas un grêle rameau qui remue; il est au repos dans sa force. A travers une subtile vapeur répandue avec égalité dans l'air, une longue zone noire se présente à vos yeux : vous la prenez pour une forêt peu distante du lieu où vous êtes, vous approchez.... la forêt se change en une haute ligne d'absinthe

qui en croissant d'elle-même a formé la haie d'une
limite. Brouillard au-dessus, brouillard autour de vous,
brouillard partout.

Voilà que le vent s'élève insensiblement ; un coin du
ciel, d'un bleu pâle, ressort peu à peu à travers la
brume qui, en cet endroit, se raréfie et prend l'apparence d'une légère vapeur ; là un rayon de soleil, jaune
comme l'or, pénètre tout à coup, et, s'abattant en torrent prolongé, vient frapper la campagne, puis va se
perdre dans le bois ; et de nouveau tout s'est couvert
pour découvrir encore et de la même manière sur un
autre point ; lutte du clair et du sombre, du sec et de
l'humide, qui dure parfois des heures... Mais que le
jour devient indiciblement beau, brillant et magnifique
lorsque la lumière a enfin triomphé, lorsque les derniers flots du brouillard échauffés se confondent, s'enroulent, s'étendent et s'aplatissent vers la terre pressée
de les absorber, ou se raréfient pour s'élever au-dessus
de l'atmosphère, attirés par le soleil vainqueur !

V

Vous vous êtes réunis plusieurs pour aller visiter un
champ éloigné dans la steppe. Vous avez déjà franchi
dix kilomètres par des chemins de traverse, et vous
voici enfin sur une route. Vous roulez, vous roulez,
laissant tour à tour derrière vous des convois interminables de charrettes, des maisons de poste, où le
samovar bout sur le large perron couvert, où la porte
cochère toute grande ouverte vous montre le puits en
permanence de service.

Vous roulez d'un village à l'autre, à travers des champs
immenses, des prairies, des chènevières. Une nombreuse volée de corneilles quitte un aubour et va, avec

de grands croassements, se poser sur un autre qui plie et gémit sous la masse. Puis se succèdent les rencontres qui animent le voyage et varient l'uniformité de la route : les femmes, armées de longs râteaux, se dirigent languissamment vers les champs où on les envoie; un passant, un havre-sac sur les épaules, chemine d'un pas alourdi par la fatigue ; une pesante et vaste voiture de seigneur, attelée de six grands chevaux maigres, accourt au-devant de vous; un coin de coussin brodé ressort par la portière; et derrière cette maison roulante, sur un sac de nattes enveloppant de la literie, est assis tout de travers un laquais qui s'accroche comme il peut à une corde, et dont le manteau et tout le visage sont couverts d'une épaisse couche d'éclaboussures.

Vous traversez une petite ville de district formée de petites maisons de bois incapables de se tenir droites, de palissades interminables, de quelques maisons en pierre toujours à louer et appartenant à des marchands; d'un vieux pont jeté à une époque éloignée sur un ravin profond... En avant, en avant!... Vous voici dans la steppe, ou du moins bien près. Arrivés sur une hauteur, vous regardez..... Quelle perspective s'offre à vous!

Une série de petits mamelons, labourés et ensemencés du haut en bas, accidentent la plaine de leurs vagues éternelles; des ravins tapissés de buissons verdissent dans les intervalles; des bocages épars qui s'élèvent comme des îles, d'étroits sentiers qui courent de hameau en hameau, puis quelques églises blanchies à la craie, une petite rivière tortueuse qui miroite dans un lit bordé de verdure, et dont le cours paraît quatre fois entravé par de rustiques écluses. Au loin dans la plaine cheminent une à une des outardes et des canepetières; une vieille maison seigneuriale avec toutes ses dépendances, son verger, son jardin potager, sa grange, etc., s'est élevée dans le voisinage d'un petit étang... Mais vous allez plus loin, plus loin, les mamelons, les monticules, les tertres ont disparu, et avec eux ont disparu aussi les bocages, les arbres isolés; vous y êtes, la voici, la steppe, la vraie steppe, sans autres limites que l'horizon qui souvent se confond avec elle à vos regards!

Et, par le froid de l'hiver, il n'est pas sans douceur d'aller, à travers les montagnes que le tourbillon a formées et fixées pour la saison, chasser le lièvre inquiet et oublieux, respirer l'air pur et vif qui aiguise l'appétit, et, tout en fermant les yeux malgré soi au scintillement aveuglant du givre, les rouvrir pour admirer les teintes vertes du ciel sur la forêt rougeâtre !...

VI

Et les premiers jours du printemps! quelles ne sont pas alors les vives sensations du chasseur? Comme à ses yeux toute la campagne reparaît dans sa variété, à mesure que décroît et s'affaisse la couche uniforme des frimas dont elle se dégage! A travers la lourde vapeur de la neige fondante, comme il jouit déjà des senteurs de la terre réchauffée, en approchant des vides que les rayons obliques du soleil y ont creusés, quand déjà les alouettes chantent en toute confiance; qu'avec de joyeux rugissements les torrents bondissent et tourbillonnent de ravin en ravin, et que ces fougueux enfants du vieux hiver qui n'est plus, à peine nés, semblent, en se précipitant, courir au bruit, à l'éclat et à la mort!...

Mais il est temps de finir. Je viens de parler du printemps; au printemps on a moins de peine à se séparer

au printemps les heureux se sentent eux-mêmes attirés
vers les climats lointains où la nature sourit à l'imagination, et appelle les longues excursions du voyageur...
Adieu, lecteurs; je vous souhaite une félicité cons-
tante.

FIN

TABLE DES MATIÈRES

FIN DE LA TABLE

COULOMMIERS. — Typographie PAUL BRODARD.